|g|r|a|f|i|t|

© 2006 by GRAFIT Verlag GmbH
Chemnitzer Str. 31, D-44139 Dortmund
Internet: http://www.grafit.de
E-Mail: info@grafit.de
Alle Rechte vorbehalten.
Umschlaggestaltung: Peter Bucker
Umschlagfoto: wahnsinn © 1997 by Gregor Kastner // www.jHelden.com
Druck und Bindearbeiten: CPI books, Leck
ISBN-13: 978-3-89425-320-2
ISBN-10: 3-89425-320-7
1. 2. 3. 4. 5. / 2008 2007 2006

Leo P. Ard

Der letzte Bissen

Kriminalroman

|g|r|a|f|i|t|

Der Autor

Leo P. Ard ist das Pseudonym von **Jürgen Pomorin**. Der 1953 geborene Bochumer arbeitete zunächst als Bankkaufmann, dann als Journalist und Dokumentarfilmer.

1986 erschien der erste gemeinsam mit Reinhard Junge verfasste Kriminalroman: *Bonner Roulette*. Diesem Buch folgten die schon legendär gewordene ›Ekel‹-Trilogie *(Das Ekel von Datteln, Das Ekel schlägt zurück, Die Waffen des Ekels)* sowie weitere Pegasus-Geschichten und die beiden in Kooperation mit Michael Illner entstandenen Krimis *Gemischtes Doppel* und *Flotter Dreier*.

Seit 1992 ist Jürgen Pomorin als Drehbuchautor tätig. Von ihm und Michael Illner stammen die Krimiserie *Balko* und zahlreiche Drehbücher für die Fernsehreihe *Polizeiruf 110*. Für die Folge *Totes Gleis* erhielten die beiden den Grimme-Preis mit Gold.

Gemeinsam mit Birgit Grosz schrieb Pomorin u. a. zahlreiche Folgen der ZDF-Krimireihe *Ein starkes Team*.

Jürgen Pomorin lebt in Bochum und auf Mallorca und ist kein Vegetarier.

*Ich danke Birgit Grosz und Michael Illner
für Inspiration und Ideen*

1.

Das Messer war sehr scharf. Die dünne Schale des Kürbis hatte der Schneide keinen Widerstand entgegenzusetzen, der Kürbis fiel unter den blitzschnell ausgeführten Hieben auseinander und gab den Blick auf sein Innenleben frei, hellbraune Kerne, sämige Fäden und hellrotes Fruchtfleisch. Mit einem Löffel kratzte der Koch die Kerne heraus und schaute hoch.

Grieser nickte ihm anerkennend zu. Er saß an einem Zweiertisch, der ganz in der Nähe der offenen Küche stand, und nippte an seinem Drink. Kürbiskerne seien gut gegen Prostataerkrankungen, hatte er mal gelesen. Nicht sein Thema. Er war erst Mitte dreißig und da unten lief bisher alles glatt.

Am Nebentisch wurde es laut. Ein Mann mit grauen Schläfen und gepunkteter Krawatte beschwerte sich, dass die ›Essenz von dem Erdapfel mit glasierten Maronen‹ nicht heiß genug sei.

»Von einem Zwei-Sterne-Restaurant kann man das doch wohl erwarten«, ereiferte sich der Krawattenmann, der wohl seiner jungen, blonden Begleiterin imponieren wollte.

Der Blonden schien das Auftreten ihres Gegenübers peinlich zu sein. Als sie Griesers Blick bemerkte, zuckte sie entschuldigend die Schultern. Der Kellner räumte mit einer unterwürfigen Geste die Suppenteller ab.

Die *Artischocke* war eines der besten Restaurants in Berlin und abends auf Wochen im Voraus ausgebucht. Wer es schaffte, hier unangemeldet einen Tisch zu bekommen, hatte es geschafft. Ohnehin las sich die Gästeliste wie das *Who's who* der Berliner Republik.

Auch Grieser verkehrte regelmäßig in dem Feinschmeckertempel, trotz der astronomischen Preise und obwohl er sich nicht viel aus dem Gemüse-Ikebana machte.

Der Koch warf die Kürbisstücke in einen Topf mit Gemüsebrühe, gab frischen Thymian dazu und den Inhalt diverser Fläschchen mit Ölen. Dabei lächelte er geheimnisvoll. Grieser interessierte nicht die Bohne, welche Rezeptur das geschmacksneutrale Kürbisfleisch zu einer wohl schmeckenden Suppe werden ließ. Er kochte nie selbst.

Der Kellner trat an seinen Tisch. »Herr Wollweber wird Sie nun empfangen.«

Grieser schaute demonstrativ auf seine Armbanduhr. Zwanzig Minuten wartete er schon. »Was kostet der Drink?«

»Geht aufs Haus!«

Grieser erhob sich, der Koch nickte ihm zu, als hätten sie als Kinder zusammen Pferde gestohlen. Der Nörgler am Nebentisch trommelte ungeduldig mit den Fingern auf der Tischplatte, die Blonde ergriff seine Hand, nicht aus Zärtlichkeit, sondern aus Scham.

Grieser folgte dem Kellner zu einem Fahrstuhl, der die beiden in Sekundenschnelle über die Dächer der Stadt katapultierte.

Sie stiegen in der 22. Etage aus und gingen einen langen Gang entlang, der an einer Tür mit der Aufschrift *Privat* endete. Der Kellner klopfte kurz an die Holztür, drückte die Klinke herunter und forderte Grieser mit einer Geste auf, einzutreten.

In dem holzvertäfelten Raum stand ein runder Tisch, der für eine Person eingedeckt war. In einer Vitrine an der Wand lagerten Pokale und andere Preise, die die *Artischocke* für ihre hervorragende Küche erhalten hatte. Der Kellner verschwand wieder. Grieser war allein in dem Raum und auf einmal schüttete sein Körper literweise Adrenalin aus. Sein

Herz pochte wie verrückt, eine Gänsehaut kroch ihm über den Rücken, sein Mund wurde trocken.

Er versuchte, sich zu beruhigen, indem er an die Vitrine trat und die Auszeichnungen begutachtete. Es wird schon alles klappen, sagte er sich. Wer nicht wagt, der nicht gewinnt. Was sollte ihm schon passieren?

»Das ist längst noch nicht alles!«, hörte er eine tiefe Stimme hinter sich. Grieser federte herum. Günther Wollweber fuhr auf ihn zu. Der alte Mann saß in einem weißen Rollstuhl, er trug einen weißen Anzug, weiße Socken und weiße Schuhe.

»Wenn es Sie interessiert, kann mein Sohn Ihnen die übrigen Belobigungen ebenfalls zeigen. Sie kennen ihn ja bereits, meinen Sohn Boris!«

Aus der geöffneten Tür zu einem angrenzenden Raum trat Boris Wollweber und nickte Grieser lächelnd zu. Boris war fast im gleichen Alter wie Grieser, allenfalls zwei, drei Jahre älter. Wie sein Vater trug Boris einen kurz geschorenen Bart, der natürlich nicht ergraut war wie bei dem Alten. Die Ähnlichkeit von Vater und Sohn war frappierend, die gleiche hohe Stirn, die spitze Nase, die braunen Augen.

Der Mann im Rollstuhl streckte seinem Besucher die Hand hin. Grieser ergriff sie, Wollwebers Händedruck war kraftlos.

»Schön, dass Sie Zeit für mich haben, Herr Wollweber. Es ist mir eine Ehre!«

»Was darf ich Ihnen anbieten?«

»Danke, nichts. Ich bin etwas in Eile.«

Günther Wollweber musterte ihn. »Die Jugend ist immer in Eile, aber das muss wohl so sein.«

Grieser schwieg.

»Sie haben etwas für uns?«

»Und Sie haben etwas für mich?«

Günther Wollweber warf seinem Sohn einen Blick zu. Boris verschwand kurz im Nebenraum und kehrte mit zwei Kühltaschen zurück. Er stellte sie neben den Tisch.

»Wir würden Ihr Material gern vorher prüfen, dafür haben Sie doch Verständnis?«

»Natürlich. Mir geht es genauso!«

»Medium?«

»Englisch«, sagte Grieser.

Er fingerte einen wattierten DIN-A4-Umschlag aus der Tasche seines Sakkos hervor. Unschlüssig hielt er ihn in der Hand, bis ihn Boris davon befreite.

»Ich werde alles veranlassen.« Boris verließ den Raum.

Günther Wollweber fuhr seinen Rollstuhl an die Panoramascheibe und starrte auf das geschäftige Treiben der Hauptstadt. »Darf ich Sie fragen, warum Sie das tun?«

»Fragen dürfen Sie.« Grieser stellte sich neben Wollweber. Er fühlte sich jetzt gut. Sehr gut, sehr entspannt. Er hatte nicht vor, dem Alten von seinen Träumen und Sehnsüchten zu erzählen, von seinem Verlangen und seiner Leidenschaft.

»Ist es etwas Politisches?«, fragte Wollweber, ohne den Blick vom Fenster zu nehmen.

»Nein, es ist persönlich.«

»Verstehe.«

Was verstehst du schon, dachte Grieser. Nichts verstehst du. Du lebst wie die Made im Speck. Du weißt nicht, wie es ist, wenn man Tage, manchmal Wochen auf die nächste Lieferung wartet. Wenn man immer wieder minderwertige Ware untergejubelt bekommt, für einen Wahnsinnspreis. Aber das wird sich alles ändern. Hier. Heute. Jetzt.

Grieser wies mit dem Kopf auf die beiden Kühltaschen. »Ihr Sohn hat Ihnen gesagt, dass das da nur eine Anzahlung ist?«

Günther Wollweber schaute ihn erstaunt an. »Nein, das hat er nicht!«

»Kann sein, dass ich mich beim letzten Mal unklar ausgedrückt habe. Ich will alle drei Monate die gleiche Menge. Bis an mein Lebensende.«

Grieser genoss den verdutzten Ausdruck im Gesicht des Alten. Aber dessen Mimik änderte sich schnell. Die Adern an Wollwebers faltigem Hals füllten sich mit Blut und das sanfte Lächeln verschwand.

»Mein Material ist es wert!«, fügte Grieser schnell hinzu. »Sie werden sehen.«

Der Alte räusperte sich. »Es ist Privileg und leider auch Laster der Jugend, unverschämt zu sein. Ich verzeihe Ihnen. Ich war in Ihrem Alter nicht anders.«

Es klopfte an der Tür und der Kellner trat ein. Er trug ein Tablett mit einem Teller und darauf einer Cloche. Erst jetzt fiel Grieser auf, dass der Mann einen Schmiss auf der rechten Wange hatte.

Der Kellner sah unschlüssig von Grieser zu Wollweber.

»Sie wollten die Ware probieren«, sagte Wollweber. »Setzen Sie sich!«

Grieser folgte der Aufforderung, entfernte die Serviette vom Platzteller und lehnte sich zurück. Der Kellner trat von rechts an den Tisch heran und stellte den Teller vor den Gast.

Feierlich hob er den Deckel. »Hüftsteak. Dreihundert Gramm. Qualität A.«

Grieser trat Wasser in die Augen. Wann hatte er zuletzt so ein Hüftsteak gesehen? Und wie es duftete! Er war am Ziel. Die Anstrengung, der Verrat hatten sich gelohnt.

Er griff zu Messer und Gabel.

Während Grieser ehrfurchtsvoll die Gabel in das Steak bohrte und das Messer ansetzte, ging Boris zu seinem Vater und flüsterte ihm etwas ins Ohr.

Die Klinge glitt durch das Fleischstück wie durch Butter.

Grieser konnte noch nicht essen, er musste mehrfach schlucken, um die Unmengen von Speichel in seinem Mund magenwärts zu pumpen.

»Sie haben nicht übertrieben«, hörte er Wollweber senior sagen. »Das Material ist erstklassig.«

»Dann sind wir uns ja einig!«

Grieser hob die Gabel und führte das Stück Fleisch zum Mund. Er schloss die Augen, kaute, schluckte.

Marcel Proust fiel ihm in diesem Moment ein, die Beschreibung, wie der Schriftsteller ein Törtchen genoss. Wie er in dem Moment, als es seinen Gaumen berührte, zusammenzuckte und er von einem unerhörten Glücksgefühl durchströmt wurde, das mit einem Schlag die Wechselfälle des Lebens gleichgültig werden ließ, seine Katastrophen ungefährlich, seine Kürze imaginär erschien und das ihn erfüllte mit der köstlichen Essenz der Erinnerung.

Das Gleiche passierte Grieser nun mit einem Stück zarten Rindfleischs. Irdisches Glück konnte nicht vollkommener sein. »Göttlich!«

Er schnitt ein weiteres Stück ab. Genussvoll kauend zog er dann eine der beiden Kühltaschen zu sich heran und öffnete sie. Sie war randvoll mit Rindersteaks gefüllt, vakuumverpackt.

»Wir werden Sie jetzt in Ruhe speisen lassen«, sagte Günther Wollweber. »Mein Sohn wird anschließend mit Ihnen die Details besprechen. Sie werden bekommen, was Sie verdienen. Guten Appetit!«

Boris Wollweber und Grieser tauschten einen einvernehmlichen Blick, dann schob der Sohn den Alten aus dem Raum.

Grieser schnitt tiefer in das Steak. Wie scharf dieses Messer war! Er musste sich unbedingt auch so ein Steakmesser besorgen.

Er begutachtete die Delikatesse und verzog plötzlich das Gesicht. Wollte man ihn verarschen? Glaubte man, er wüsste nicht mehr, was ein englisches Steak war? Er war doch kein Anfänger. Das Filet war medium gebraten.

In diesem Moment öffnete sich die Tür und der Kellner mit der verunstalteten Wange erschien. »Haben der Herr noch einen Wunsch?«

»Kommen Sie mal her!«, sagte Grieser barsch.

Mit einem gleichgültigen Gesichtsausdruck trat der Kellner näher und stellte sich neben ihn.

»Wie heißen Sie?«

»Samtlebe.«

Grieser hob das Steak mit Messer und Gabel an. »Herr Samtlebe. Nennen Sie das englisch?!!!«

Demonstrativ ließ er Gabel und Steakmesser auf den Teller fallen. »Reklamieren Sie das in der Küche und bringen Sie mir ein neues! B-l-u-t-i-g!!«

»Sehr wohl!«

Grieser wunderte sich, dass der Kellner nicht den Teller, sondern nur das Messer aufnahm. Aber er war nur sehr kurz irritiert. Das Messer fuhr an seiner Kehle vorbei, Griesers Blut spritzte auf das Hüftsteak.

»Blutig genug?«, fragte Samtlebe, aber das hörte Grieser schon nicht mehr.

2.

Auf der Leinwand erschien ein Foto von Günther Wollweber. *The man in white.* Sarah Kutah legte die Fernbedienung beiseite und wandte sich an ihre beiden Zuhörer.

»Seit Beginn der Prohibition wird der illegale Fleischmarkt von Günther Wollweber kontrolliert. Er war früher Vorsitzender der Fleischerinnung in Brandenburg und besaß eine gut gehende Wurstfabrik. Er hat es geschafft, ein Imperium aufzubauen. Mit hervorragenden Geschäftskontakten nach Russland, zu denen er früher schon Verbindungen hatte.«

»Ja, ja, die Russen!«, seufzte Hinrichs und steckte sich eine Zigarette an. »Die werden noch an ihrem Fleisch ersticken!«

Sarahs Chef war Kettenraucher und scherte sich einen Dreck darum, dass im Präsidium Rauchverbot herrschte.

Hinrichs war so alt, dass er die Beatles, Boney M. und Paul Breitner noch live in Stadien gesehen hatte, und er sah aus wie die Standardausführung seiner Profession. Er brauchte beim heiteren Beruferaten nur eine Miene aufzusetzen und jeder wusste, dass er Polizist war. Für seine Körpergröße von 172 cm wog er rund dreißig Kilogramm zu viel. Böse Zungen beschrieben ihn als schlecht geklonten Reiner Calmund, was aber ungerecht war, denn wenn Hinrichs einen Anzug trug, saß der perfekt.

Hinrichs hatte die Laufbahn ohne große Probleme und Schwierigkeiten absolviert, sein Lebensentwurf sah keine Außergewöhnlichkeit vor. Er hatte nie vorgehabt, eigene Kerben ins Holz der Weltgeschichte zu schlagen.

Eberwein schob Hinrichs den Aschenbecher zu. »Könnten Sie das Rauchen bitte unterlassen!«

»Das versuche ich seit Jahren, ohne Erfolg. Selbst mein Arzt hat die Hoffnung aufgegeben.«

Das Duell der beiden Männer wurde mit Blicken ausgetragen und hatte keinen eindeutigen Sieger. Hinrichs ignorierte den Aschenbecher, stand auf, ging zum Fenster und öffnete es einen Spalt.

Sarah konnte sich ein Schmunzeln nicht verkneifen. Hinrichs hatte keinerlei Respekt vor Autoritäten.

Dank des Lichts, das durch den offenen Fensterspalt in den abgedunkelten Raums sickerte, bemerkte sie, dass Eberwein sie musterte. Vielleicht hätte sie ein anderes Kostüm anziehen sollen, eines, das ihre Figur besser betonte. Dieser Staatssekretär sah verdammt gut aus, leicht sonnengebräuntes, glatt rasiertes Gesicht, ein wacher Blick und ein jugendliches Lachen, das sie schon bei der Begrüßung umgehauen hatte.

Sarah wusste, auch ohne den Schriftzug auf dem Etikett in seiner Kleidung zu kennen, dass alles maßgeschneidert und vom Feinsten und Teuersten war. Eberwein hatte seinen Schneider und seinen Schuster zu wohlhabenden Leuten gemacht, die jetzt in der Karibik segelten und dort auf seinen Friseur und seine Maniküre trafen. Gemeinsam tranken sie unter blauem Himmel auf das Wohl ihres Kunden.

Der Staatssekretär hatte sich telefonisch angemeldet. Die Kanzlerin wollte in ihrer nächsten Regierungserklärung die Fortschritte preisen, die in der Volksgesundheit erzielt worden waren, und einen Entwurf zur Verschärfung der Prohibition vorlegen. Notorische Fleischdealer sollten nach ihrer Haftentlassung in psychiatrische Anstalten überwiesen werden, die Propagierung von Fleischkonsum in Bild und Schrift sollte mit Gefängnis bestraft werden. Vier Jahre nach Verkündung des Fleischverbots sollte eine schärfere Gangart eingelegt werden.

Die Kanzlerin wollte deshalb mit Fakten über die Fleischmafia gefüttert werden. Das Innenministerium musste zuarbeiten und Eberwein wandte sich folgerichtig an das Dezernat F4, Sonderkommission Fleisch.

Eberwein nickte Sarah zu und sie setzte ihren Vortrag fort. »Die guten Verbindungen nach Russland nutzt Wollweber, wie gesagt, heute noch und schafft über Schleuserbanden vorwiegend Rind- und Schweinefleisch nach Deutschland. Zum Teil portionsweise verpackt, manchmal am Stück. Durch die verbesserten Grenzkontrollen der letzten Wochen hat der Zoll Wollweber erheblichen Schaden zufügen können. Fleisch mit einem Gesamtgewicht von einhundertsiebzig Tonnen ist beschlagnahmt und vernichtet worden. Wir müssen damit rechnen, dass Wollweber Gegenmaßnahmen ergreifen wird. Sein Ruf hat in der Szene erheblich gelitten.«

»Warum können Sie ihn nicht festnageln?«, wollte Eberwein wissen. »Warum läuft der Mann immer noch frei herum?«

»Weil wir nichts Konkretes, nichts Gerichtsverwertbares gegen ihn in der Hand haben, jede Menge Indizien, aber keine Beweise«, sagte Hinrichs, bevor Sarah antworten konnte. »Sobald Wollweber mitbekommt, dass wir gegen ihn ermitteln, schickt er uns einen Haufen Anwälte auf den Hals. Der Mann ist ein Fuchs.«

»Was ist mit V-Leuten?« Eberwein sah Sarah an.

Wieder kam ihr Hinrichs zuvor. »Keine Chance. Jeder V-Mann ist bisher aufgeflogen.«

Sarah war es leid, sich von ihrem Chef die Butter vom Brot nehmen zu lassen, und drückte auf die Fernbedienung.

Ein Foto von Boris Wollweber erschien auf der Leinwand. Er war gerade dabei, seinen Vater aus dem Rollstuhl zu heben. »Das ist Wollwebers Sohn Boris. Dreiunddreißig Jahre alt, gelernter Betriebswirt. Unangreifbar wie sein Vater.«

Hinrichs nahm einen tiefen Zug von seiner Zigarette. »Nicht mal Weibergeschichten.«

Eberwein lehnte sich zurück. »Warum sitzt Günther Wollweber im Rollstuhl?«

»Schlaganfall nach einer Fleischvergiftung«, sagte Sarah schnell. »Wir vermuten, dass Wollweber Opfer eines Anschlags geworden ist.«

Eberwein warf ein Kaugummi ein und offerierte die Packung. Sarah und Hinrichs lehnten dankend ab. »Klingt spannend.«

»Ist spannend«, sagte Sarah. »Seit fast einem Jahr hat Wollweber Konkurrenz bekommen. Der Bergmann drängt mit Billigfleisch auf den Markt.«

»Der Bergmann?«

»Der Spitzname für den Chef einer Organisation, die vom Ruhrgebiet aus operiert. In dem weit verzweigten Stollennetz stillgelegter Zechen – so vermuten wir – hat der Bergmann unterirdische Hühnerfarmen und Fleischfabriken eingerichtet und versorgt von dort aus den Markt.«

Sarah strich über ihr Kostüm und ließ den Projektor ein neues Foto auf die Leinwand werfen. Es zeigte einen Anzugmenschen mit Glatze in mittlerem Alter.

Eberwein runzelte die Stirn. »Nach einem Bergmann sieht der nicht aus.«

»Das ist Carsten Harder, der Eigentümer einer renommierten Anwaltskanzlei, die in Dortmund und Berlin tätig ist. Vom Bergmann weiß man, dass er zwischen vierzig und fünfzig und in Bochum aufgewachsen ist. Das trifft auf Harder zu. Und es gibt Hinweise darauf, dass Harder im Fleischgeschäft ist. Er steht unter Beobachtung. Bisher reicht es aber auch bei Harder nicht für eine Anklage.«

Sarah rief im Schnelldurchgang ein paar Tatortfotos auf. »Seit einigen Wochen terrorisieren sich der Bergmann und Wollweber gegenseitig: Überfälle auf unterirdische Hähnchenbatterien, ein illegaler Dönerkebab wurde gesprengt, Frikadellen-Transporte geplündert. Die Presse hat diese Vorgänge mit meterhohen Schlagzeilen begleitet.«

Sarah war mit ihrem Vortrag am Ende und schaltete das Licht wieder an. Sie reichte Eberwein eine Mappe. »Ich habe das alles schriftlich zusammengefasst.«

Eberwein hielt ihre Hand fest, einen Augenblick zu lang für einen kollegialen Händedruck. »Frau Kommissarin, das haben Sie ganz toll gemacht. Danke, auch im Namen des Innenministers und der Kanzlerin.«

Er schenkte ihr ein Lächeln, das ihre Strumpfhose zum Knistern brachte.

»Es hat mich sehr erfreut, dass ich mit Ihnen nicht nur eine kompetente, sondern auch äußerst attraktive Frau kennen gelernt habe. Ich hoffe, dass dies nicht unsere letzte Begegnung war.«

Sarah wurde rot. Als sie den Blick abwandte, sah sie, wie Hinrichs die Augen verdrehte.

Eberwein verließ mit der Mappe in der Hand den Raum.

»Schmierlappen!«, kommentierte Hinrichs und strich sich über das schüttere Haar.

»Ich finde ihn ganz nett.«

»Das hätten Sie nicht sagen müssen«, grinste Hinrichs. »Sie sind jetzt noch rot wie ein Schulmädchen beim ersten Kuss!«

Sarah betrat ihr Büro, das sie mit Hauptkommissar Petersen teilte. Petersen saß ausnahmsweise nicht vor seinem Monitor, sondern hantierte an der Kaffeemaschine. Er war ein paar Jahre älter als seine Kollegin, trug stets Designerjeans zu sündhaft teuren Sakkos, einen Dreitagebart und eine Brille, die speziell für ihn angefertigt worden war. Ansonsten hatte er ein Durchschnittsgesicht ohne markante Zeichen.

Petersen stand hoch im Kurs bei den Polizeioberen. Aufgrund seiner Recherche hatten sie vor einigen Wochen vier hochkarätige Dealer gefasst, die auf der Lohnliste des Bergmanns standen.

Für Sarahs Geschmack setzte Petersen ein bisschen zu viel auf die Möglichkeiten der neuen Technik. Für die Kommissarin war der Computer ein Hilfsmittel, für Petersen Gott. Er konnte ihr einen dreistündigen Vortrag über die Vorteile von *apple* gegenüber den Maschinen von Bill Gates halten. In der Bibel stand irgendwo, dass man seinen Nächsten lieben solle wie sich selbst. Von der Liebe zu *Macintosh* stand dort nichts.

»Wie ist es gelaufen?«

»Gut!«

»Das freut mich! Auch einen Kaffee?«

Sarah schaute auf die Uhr. »Danke, nein. Ich mache Feierabend. Imogen kommt heute von einer Ausstellung in Madrid zurück.«

»Und da kocht Frauchen ihm was Leckeres.«

»So ist es!«

»Darf man fragen, was es gibt?«

»Zwiebelauflauf mit Zucchini und Auberginen.«

Petersen hackte wieder auf der Tastatur herum. »Weißt du, warum Blondinen mit gespreizten Beinen am Stand liegen?«

Sarah verzog das Gesicht. Petersen war für seine Blondinenwitze berühmt-berüchtigt.

»Nun sag schon!«

»Weil sie auf die Seezunge warten.«

Petersens Gegacker begleitete sie bis zum Aufzug.

Ausnahmsweise konnte ihr Petersen nicht die Laune verderben. Eberwein ging Sarah nicht aus dem Kopf. Schon lange hatte sie bei der Begegnung mit einem Mann kein Herzklopfen mehr gehabt. Das letzte Mal lag fünf Jahre zurück. Sie war damals gerade dreißig geworden und arbeitete als frisch gebackene Oberkommissarin im Dezernat Eigentumsdelikte. In Imogens Galerie war eingebrochen und Gemälde im Wert von einigen tausend Euro waren gestohlen worden. Sie hatte den Fall übernommen. Im Rahmen der Ermittlungen war sie dem damals noch relativ unbekannten Maler sehr nahe gekommen. Ganz nahe in der Kochnische der Galerie. Sie hatten eine halbe Stunde gebraucht, um die Küche wieder aufzuräumen. Vier Monate später war sie zu ihm gezogen.

Als nach vielen Tierseuchen immer deutlicher wurde, welcher Schaden der Volksgesundheit durch den ungehemmten Fleischkonsum entstand, die globalen Umweltschäden durch Massentierhaltung ungeahnte Ausmaße annahmen und ein Verbot der Tierhaltung, der Fleischproduktion und des Fleischverzehrs unumgänglich schien, gehörte Sarah zu denen, die die EU-weite Prohibition uneingeschränkt unterstützten.

Nach Inkrafttreten der Prohibition hatte Sarah sich baldmöglichst in die Soko Fleisch versetzen lassen; sie wollte dazu beitragen, dass die fleischlose Gesellschaft keine Utopie blieb. Den Kampf gegen die Fleischmafia führte sie aus voller Überzeugung. Schon vor dem Verbot, nach BSE, Schweinepest und Vogelgrippe, war sie zu den Vegetariern übergelaufen. Jetzt erfüllte sie allein der Gedanke an frühere Grillfeste und Fondue-Essen mit Ekel.

Ihr Freund Imogen hatte ebenfalls die Zeichen der Zeit erkannt. Er hatte seine Kunst für die Kampagne der Regierung zur Verfügung gestellt und zahlreiche Preise abgeräumt. Mit Stolz hatte er ihr kürzlich berichtet, dass das Kanzleramt für einen fünfstelligen Betrag sein Stillleben *Avocado* erworben hatte.

Sarah überquerte den Parkplatz. Als Hauptkommissarin war ihr für ihren Mittelklassewagen ein Stellplatz zugeteilt worden. Sie nestelte ihren Wagenschlüssel aus ihrer Handtasche und stutzte.

Zwei Uniformierte umkreisten ihren Wagen. Ein Schäferhund sprang an den Kofferraum.

Sarah wurde sauer. Dieses Vieh zerkratzte den Lack. Erst vor wenigen Wochen hatte sie ein paar hundert Euro für die Beseitigung von Lackschäden ausgeben müssen.

Sarah strich eine Strähne ihres schwarzen Haares aus dem Gesicht und pumpte Luft. »Können Sie bitte den Hund zurückpfeifen!«, sagte sie mit aller Strenge.

Der ältere der Uniformierten zog die Leine stramm.

Sie kannte die beiden Polizisten von früheren gemeinsamen Einsätzen. Sie waren von der ›Fleifa‹, dienstinterne Abkürzung für Fleischfahndung.

Der Jüngere hielt ihr seinen Dienstausweis hin. »Ist das Ihr Wagen?«

»Ja.«

»Würden Sie bitte den Kofferraum öffnen.«

»Ich denke gar nicht daran!«

Die beiden Polizisten tauschten einen Blick.

»Wir sind dazu befugt, ihn notfalls gewaltsam zu öffnen«, erklärte der Jüngere und starrte auf ihren Busen. Entweder war er manisch geil oder er traute sich nicht, ihr ins Gesicht zu sehen.

»Ich weiß, wozu Sie befugt sind. Ich habe an der Erstellung der Richtlinien für den Einsatz der Fleifa mitgearbeitet.« Sarah wurde laut. »Was glauben Sie, in meinem Kofferraum zu finden? Hähnchenschenkel?«

Der Ältere versuchte es auf die sanfte Tour. »Frau Kutah, machen Sie uns die Arbeit nicht schwerer, als sie ohnehin schon ist. Siegfried irrt sich manchmal.« Er strich dem hechelnden Schäferhund über den Rücken. » Ein Blick nur und Sie sind uns los. Bitte!«

Sarah seufzte und steckte den Schlüssel in das Schloss des Kofferraums.

Der Ältere warf seinem Kollegen einen Blick zu. So muss man es machen!

Sarah öffnete den Kofferraum und machte eine einladende Geste. Die beiden Beamten beugten sich über den Kofferraum. Sarah blickte zum Präsidium. An seinem offenen Fenster stand ihr Chef Hinrichs. Er paffte und winkte ihr zu.

»Können Sie uns das bitte mal erklären?« In der Stimme des jüngeren Polizisten schwang Schadenfreude mit.

Sarah schaute in den Kofferraum. Unter einer Decke lag eine Kiste. Und die war randvoll gefüllt mit Hähnchenschenkeln.

3.

Bastian sehnte das Ende der Schicht herbei. *Back to the roots.* Für ein paar Tage sollten er und sein Kollege Rippelmeyer, so wie auch alle anderen aus der Direktion ›Verbrechen am Menschen‹ Außen- und Routinedienst machen. Eine Scheißidee ihres Chefs. »Damit Sie mal wieder den Blick für die Realität bekommen«, war die Begründung.

Nun lungerten sie beide in einem Dienstwagen an einer Autobahnraststätte herum. Bastian Bennecke, dreiundvierzig, Hauptkommissar, ledig, braunes Haar, braune Augen, Hobbykoch und Jogger. Neben ihm saß Stefan Rippelmeyer, zweiunddreißig, Oberkommissar in Lauerstellung, schwarzes Haar, graue Augen, Exmitglied einer veganischen Burschenschaft und Basketballer.

Bastian schaute auf die Uhr. Noch eine Stunde, bis er wieder an seinen Computer konnte.

Wenn kein höheres Gebot kam, hatte er heute für die Hälfte seines monatlichen Nettogehalts *Schlemmen hinter Klostermauern* in der 1. Auflage von 1978 bei einem Internet-Versteigerer erstanden. Bennecke liebte Kochbücher. Nicht die neumodischen, vegetarischen, sondern die ›verbotenen Bücher‹ aus der Zeit vor der Prohibition mit Rezepten für Rehrücken und Taubenbrüstchen. Bennecke hatte die Zeit sehr bewusst erlebt, als es noch Currywurstbuden, Dönerstände und den *Wienerwald* gab. Als er Beamter auf Lebenszeit wurde, hatte er selbstverständlich den Revers unterschrieben, der ihn zeitlebens zum Vegetarier machen sollte. Nicht aus Opportunismus, sondern aus Überzeugung. Damals. Nach den vielen Toten, die die Vogelgrippe und andere Epidemien gefordert hatten. Aber die Erinnerung an qualvolle Tode verblasste schnell und die an glückliche Stunden am Grill wurde immer stärker.

Vor zwei Jahren hatte er nicht widerstehen können, als bei einer Hausdurchsuchung ein Hirschrücken übersehen wurde. Seither war er wieder auf Fleisch. Hin und wieder deckte er sich auf dem Schwarzmarkt mit Wild und Rind ein, aber mehr als einmal im Monat konnte er sich die Schlemmerei nicht gönnen. Für die Zubereitung benötigte er stets den ganzen Samstagnachmittag, die schönsten Stunden in seiner ansonsten erlebnislosen Freizeit. Die Nahrungsaufnahme am Abend war ein einsamer, fast trauriger Akt. Bastian hatte niemanden in seinem Freundeskreis, mit dem er sein Laster teilen konnte.

Sein Partner Rippelmeyer war ein Gemüse-Fanatiker. Der angehende Oberkommissar würde nicht zögern, sich vor Bennecke als Kugelfang zu werfen, aber ebenso wenig, ihn zu verpfeifen, wenn er von seinem Fleischkonsum wüsste. Das hatte Bastian gespürt, als er vor drei Wochen bei einer Durchsuchung eine Frikadelle hatte verschwinden lassen. Seitdem beobachtete ihn Rippelmeyer auffällig und Bastian war clean geblieben.

»Den nehmen wir.« Rippelmeyer riss Bastian aus seinen Gedanken und schnappte sich die Kelle vom Rücksitz.

Bastian fuhr los und setzte den Dienstwagen vor einen Kleinlaster, zwang ihn zum Halten. Die beiden Polizisten stiegen gemächlich aus und gingen auf den Wagen zu.

Hinter dem Steuer saß ein südländisch aussehender Mann mit einem Schnurrbart und starrte sie überrascht aus seinen dunklen Augen an.

Rippelmeyer klopfte mit dem gekrümmten Zeigefinger

gegen die Scheibe, bis der Mann das Fenster öffnete. »Routinekontrolle. Führerschein und Fahrzeugschein bitte!«

Während der Fahrer im Handschuhfach kramte, ging Bastian um den Kleinlaster herum. Die Plane war nur locker befestigt. Bastian schaute in das Innere des Wagens, konnte aber nur gestapelte Kisten erkennen.

»Was haben Sie geladen?«, wollte er wissen, als er sich neben seinen Kollegen stellte, der die Papiere in Empfang nahm.

»Tomaten. Gurken. Salat«, sagte der Fahrer mit leicht türkischem Akzent. »Mein Onkel hat einen Supermarkt in Kreuzberg.«

Bastian wollte es dabei bewenden lassen, aber Rippelmeyer ließ den Streber raushängen. »Guck doch mal nach, ich check die Papiere!«

Bastian seufzte. Er ließ den Fahrer aussteigen und die Plane zur Seite klappen. Rippelmeyer setzte sich in ihren Dienstwagen und machte sich am Funk zu schaffen.

Bastian warf nur einen gelangweilten Blick auf die Tomatenkisten, aber der Fahrer starrte ihn an, als warte er auf sein Todesurteil.

Im gleichen Augenblick roch Bastian ›es‹. Seine Nase konnte sich nicht täuschen, dieser Geruch war einzigartig. Wer einmal in seinem Leben eine Hausschlachtung mitgemacht hatte, würde ihn nie vergessen. Es roch nach frischer Wurst.

Bastian hob eine Tomatenkiste an. Da lagen sie: frische Leberwürste in Naturdarm.

Er versuchte, sich nicht anmerken zu lassen, dass ihm das Wasser im Mund zusammenlief. Der Fahrer vergrub sein Gesicht in seinen Händen.

»Interessante Tomaten. Fleischtomaten?!« Bastian grinste über sein Wortspiel.

»Es tut mir leid«, jammerte der Fahrer. »Ich habe nur einem Freund meines Onkels einen Gefallen getan.«

»Sie verstoßen gegen § 431 des Strafgesetzbuches. Wer mit Fleisch oder fleischhaltigen Produkten handelt oder sie in Umlauf bringt, wird mit Gefängnis bis zu vier Jahren bestraft!«

»Das ist das erste Mal«, flennte der Mann. »Ich habe Frau und drei Kinder. Machen Sie mich nicht unglücklich. Ich werde es nie wieder tun.«

In diesem Moment knurrte aus ersichtlichem Grund Bastians Magen. Es war ihm peinlich. Dem Türken offenbar nicht, er ahnte seine Chance. »Können wir das nicht irgendwie anders regeln?«

Bastian warf einen Blick auf Rippelmeyer. Der saß noch immer im Wagen und sprach per Funk mit der Zentrale. Als Bastian sich wieder dem Fahrer zuwandte, hatte der bereits eine Leberwurst in ein Stück Zeitung gedreht. Er hielt sie ihm hin.

»Bitte!« Die Augen des Fahrers füllten sich mit Wasser.

Der Duft der Leberwurst kitzelte in Benneckes Nase. In seinem Kopf wurde noch das Für und Wider abgewogen, doch seine Hand schaffte bereits Tatsachen. Die Wurst verschwand in der Jackentasche.

Im gleichen Moment tauchten hinter den Kisten auf dem Laster zwei Männer auf. Sie hielten Pistolen in ihren Händen.

»Üsgelik, Interne Ermittlung«, sagte der Fahrer und präsentierte seinen Dienstausweis. Er wirkte überhaupt nicht mehr jämmerlich, griff unter die Kiste und holte Handschellen hervor. »Hauptkommissar Bennecke. Ich verhafte Sie wegen Bestechlichkeit im Dienst.«

Als die Handschellen um seine Handgelenke klickten, fiel Bastians Blick auf Rippelmeyer. Der stand neben dem Dienstwagen und schüttelte den Kopf. In seinen Augen war kein Mitleid zu lesen, nur Verachtung.

4.

Sarah weinte. Aus Scham. Aus Enttäuschung. Aus Wut. Wie eine Schwerverbrecherin war sie von den beiden Beamten abgeführt worden. Die anschließende Hausdurchsuchung in Imogens und ihrer Wohnung hatte zwar nicht zu weiteren Funden geführt, aber sie war vom Dienst suspendiert worden und hatte Waffe und Dienstausweis abgeben müssen.

Imogen reichte ihr ein neues Papiertaschentuch. »Willst du einen Cognac?«

Sarah schüttelte den Kopf.

»Ich nehm einen. Auf den Schrecken.«

Imogen stand von der Couch auf und ging durch das geräumige Wohnzimmer zu einer Anrichte, auf der diverse Flaschen mit hochprozentigem Inhalt in Reih und Glied standen. An den Wänden hingen einige seiner eigenen Bilder, unverkäufliche Lieblingswerke.

Sarah blickte ihm nach. Imogen war braun gebrannt, offenbar hatte er die Woche in Madrid nicht nur in Ausstellungshallen zugebracht. Er trug eine weiße Leinenhose, die an den Hüften etwas spannte. Schon vor einigen Monaten hatte Sarah festgestellt, dass ihr Freund zugelegt hatte. Vielleicht sollten sie es wieder mal mit Trennkost versuchen.

»Irgendeine Idee, wer dir da was anhängen will?«, fragte Imogen und schüttete sich einen *Carlos I* ein, den er aus Spanien mitgebracht hatte.

»Ich habe keine Ahnung!«

»Ein aktueller Fall?«

Sarah schüttelte den Kopf und warf das durchweichte Papiertaschentuch in den Abfalleimer. »Ich bin seit zwei Jahren im Innendienst, ich habe mit laufenden Ermittlungen nichts mehr zu tun. Niemand hat einen Vorteil, wenn man mich aus dem Verkehr zieht.«

»Was ist mit deinem Kollegen, diesem ...« Imogen fiel der Name nicht ein.

»Petersen? Der ist zwar scharf auf meine Planstelle, aber er ist kein Schwein.«

Imogen kippte seinen Drink. »Es wird sich alles aufklären. Am Ende gewinnen doch immer die Guten!«

»Dies ist aber kein beschissener Hollywoodfilm, sondern mein Leben. Ich habe nichts anderes gelernt als Polizistin.«

Er ergriff ihre Hand und zog sie vom Sofa. Er umarmte sie und drückte sie fest an sich. »So schlimm wird es nicht werden. Du hast ja mich.«

Sarah genoss die Umarmung und schloss die Augen. Vielleicht hatte Imogen Recht. Alles würde sich aufklären. Man würde die Intrige durchschauen, den oder die Verantwortlichen finden und sich bei ihr entschuldigen. In ein paar Wochen würden sie über die Angelegenheit lachen.

Imogen lockerte seinen Griff. »Was dagegen, wenn ich nochmal kurz zur Galerie fahre?«

»Jetzt noch?« Sie löste sich aus seiner Umarmung.

»Petra hat mich schon in Madrid angerufen. Die Steuerprüfer haben sich angekündigt.«

Petra war Imogens Galerieleiterin. Seit er zu den gefragten Malern der Hauptstadt gehörte, konnte er sich nicht mehr um die Galerie kümmern und hatte Sarahs beste Freundin Petra für den Job engagiert. Petra hatte Kunstgeschichte studiert und war nach der Schließung eines der staatlichen Museen arbeitslos geworden.

»Warum hat das nicht bis morgen Zeit?«

Imogen nahm seine Jacke, die auf dem noch geschlossenen Koffer lag. »Was du heute kannst besorgen, das verschiebe nicht auf morgen!« Er küsste sie auf die Wange. »Ich bin in zwei Stunden wieder zurück. Spätestens. Ich bringe uns Pizza mit.«

Im Flur drehte sich Imogen noch einmal um. »Ich bin ja jetzt der Ernährer!«

Er grinste und schloss die Tür hinter sich.

Sarah hörte seine eiligen Schritte im Treppenhaus. Imogen glaubt also nicht daran, dass alles ein glückliches Ende nimmt, schoss es ihr durch den Kopf. Sie öffnete eine neue Packung Papiertaschentücher.

Bastian fluchte und ließ seinen Frust an der Tastatur aus. Irgendein Arschloch hatte sein Gebot um einhundert Euro überboten und über die Zeit gerettet. *Schlemmen hinter Klostermauern* war verloren. Und das nur, weil die Typen von der Internen ihn bis weit nach Mitternacht im Präsidium festgehalten und verhört hatten. Dann waren sie mit ihm zu seiner Bude gefahren und hatten sie auf den Kopf gestellt.

Natürlich hatten sie weder Kalbsnierchen noch Lendensteaks gefunden, aber ihre Blicke angesichts eines kompletten Jahrgangs von *essen & trinken* aus dem Jahre 2004 und seiner Rezeptsammlung *Alles über die Zubereitung von Wild* hatten Bände gesprochen.

Bastian hatte bei der Vernehmung gar nicht erst versucht, seine Schuld zu leugnen. Auf die Fragen nach seinen Essgewohnheiten und Vergehen in der Vergangenheit hatte er die Aussage verweigert. Seine Suspendierung war unausweichlich.

Er konnte es seinen Kollegen nicht krumm nehmen, dass sie ihn in die Mangel genommen hatten. Sie machten nur ihren Job. Er fühlte sich auch nicht ungerecht behandelt. Irgendwann hatte herauskommen müssen, dass er ein Fleischfresser war. Natürlich war er sauer auf den Verräter Rippelmeyer, der ihn offenbar verpfiffen und mit den Internen gemeinsame Sache gemacht hatte. Aber Bastian war ja bewusst gewesen, dass die Loyalität seines Kollegen enge Grenzen hatte.

Bastian gab in die Suchmaschine des Versteigerers das Stichwort ›Rezepte‹ ein und durchforstete das Verzeichnis der lieferbaren Titel. Nur vegetarische Scheiße. Er schaltete den Computer aus.

Es war drei Uhr in der Früh. Bastian hatte noch keine Lust ins Bett zu gehen. Wozu auch? Er hatte frei.

Er stand auf, holte sich aus dem Kühlschrank eine Dose Bier und ging zum Bücherregal, in dem auch die DVDs standen. Sein Zeigefinger glitt an den Titeln entlang, bis er gefunden hatte, wonach er suchte. *Mitschnitt Polizeifest 2006.*

Er legte die DVD ein und öffnete die Bierdose. Der Vorspann erschien auf dem Fernsehbildschirm. *Das große Fressen* mit Michel Piccoli und Marcello Mastroianni. Bastian spulte zu seiner Lieblingsszene vor. Ein riesiger Schweinebraten wurde mit bloßen Händen auseinander gerissen und verspeist.

5.

Der Morgen graute. Der Himmel über Berlin war wolkenlos. Es würde ein heißer Tag werden.

In einem Industriegebiet am Rande der Stadt wurden die Tore einer Fabrikhalle geöffnet und ein schwarzer Mercedes fuhr hinein. Ein Schild besagte, dass hier die Firma *chemical industrial productions* ein Lager hatte. Der Wachmann, der das Tor wieder verriegelte, trug eine großkalibrige Pistole unter seiner Fantasieuniform.

Boris Wollweber stieg vom Fahrersitz des Daimlers und hievte den weißen Rollstuhl aus dem Kofferraum. Routiniert half er seinem Vater vom Beifahrersitz.

Ein Mittvierziger in einem weißen Kittel eilte herbei und begrüßte die Ankömmlinge mit sorgenvoller Miene. »Ich bitte tausendmal um Entschuldigung für die Störung um diese Zeit, aber das sollten Sie sich ansehen!«

Er führte die beiden zu einem Lastwagen, der in der Mitte der Halle parkte. Auf der Ladefläche lagen zwei Männer. Sie waren tot.

»Was ist passiert?«, fragte Boris.

»Der Lastwagen sollte gestern Abend eintreffen. Mit Schweinehälften. Am frühen Nachmittag überquerte er die polnische Grenze. Alles lief soweit nach Plan. Als er um zehn noch nicht hier war, begannen wir, uns Sorgen zu machen. Ich habe ein paar Cops angerufen, die auf unserer Gehaltsliste stehen. Die wussten von nichts. Erst um zwei haben wir einen Anruf erhalten. Der Lastwagen war auf einem Parkplatz südlich von Berlin gesehen worden. Ein paar Leute von uns sind hin und haben den Wagen hergebracht.«

»Die Ladung?«, fragte Boris.

»Weg.«

Günther Wollweber positionierte seinen Rollstuhl neben der Ladefläche und musterte die Gesichter der beiden Toten. Junge Männer in der Blüte ihres Lebens. Offenbar waren sie erwürgt worden. Spuren der Strangulation waren deutlich am Hals zu erkennen. Die Augen waren geöffnet und blickten ins Leere. Die Leichenstarre hatte bereits eingesetzt.

»Wir haben fest mit der Lieferung gerechnet«, sagte der Mann im weißen Kittel. »Wir kriegen Probleme mit unseren Abnehmern. Das ist schon das zweite Mal in dieser Woche.«

»Nun verbreiten Sie mal keine Panik«, sagte Boris. »Wir finden eine Lösung.«

Günther Wollweber hob die Hand und winkte die beiden Männer zu sich. »Was hat der Mann in seinem Mund?« Er deutete auf den toten Lkw-Fahrer.

Boris und der Kittelmann nahmen die Leiche in Augenschein. Boris ließ sich ein Paar Haushaltshandschuhe bringen und öffnete gewaltsam den Mund des Toten. Sekunden später präsentierte er den Fund seinem Vater.

Ein Stück Kohle.

»Der Bergmann!«, entfuhr es dem Kittelträger.

»Jetzt ist er zu weit gegangen!« Boris' Gesicht färbte sich puterrot. »Das bedeutet Krieg!«

6.

Sarah räumte ihren Schreibtisch und packte ihre persönlichen Sachen in einen Karton. Drei Tage waren seit ihrer Suspendierung vergangen. Sie war die meiste Zeit in der Wohnung geblieben, Telefon und Handy in Reichweite. Aber das Telefon hatte erst gestern geklingelt. Hinrichs war dran gewesen und sehr verlegen. Es würde keine neuen Erkenntnisse geben. Die KTU hatte ihren Wagen untersucht und lediglich ihre Fingerabdrücke sicherstellen können. Außerdem war ein Dealer vorübergehend festgenommen worden, der gestanden hatte, einer Frau eine Kiste Hähnchenschenkel verkauft zu haben. Seine Beschreibung der Käuferin traf leider auf sie zu.

Als sie vor einer halben Stunde das Präsidium betreten hatte, begann der Spießrutenlauf.

»Sieh mal, unser Huhn steht auf Hähnchen!«, hatte jemand in ihrem Rücken gespottet. In den Blicken der Kollegen, die ihr in den Dienstbesprechungen stets beigepflichtet hatten, wenn sie einen energischen Einsatz gegen die Fleischmafia forderte, lag Schadenfreude.

Petersen hatte es heute vorgezogen, seine monatlichen Schießübungen zu absolvieren, das ersparte ihr und ihm ein unangenehmes Zusammentreffen.

Die Tür ging auf und der Kollege Böckel kam herein. Der Dicke mit der Nickelbrille war Sarahs Intimfeind in zahllosen Dienstbesprechungen. Sie hasste den Zynismus und Sarkasmus, mit dem er seine und ihre Arbeit kommentierte. Böckel erweckte stets den Eindruck, als könne ihn auch ein Tsunami nicht aus der Ruhe bringen.

Außerdem roch er nach Schweiß.

»Sarah«, sagte er mit belegter Stimme. »Es tut mir so leid.«

»Und was für ein Spruch kommt jetzt?«

»Kein Spruch«, entgegnete er. »Ich stehe auf deiner Seite! Ich kriege das Schwein, das dich reingelegt hat. Wir haben uns zwar noch nie leiden können, aber ich glaube an deine Unschuld.«

Sarah sah ihm in die Augen. Böckel schien es ernst zu meinen. »Von dir hätte ich Solidarität am wenigsten erwartet.«

»Ich bin an dem Dealer dran, der dich belastet. Inoffiziell. Ich halte dich auf dem Laufenden.«

»Danke!«

Ehe sie sich versah, nahm Böckel sie in die Arme und drückte sie an sich. Er roch nach Schweiß, aber die Umarmung tat ihr gut.

Die Tür zu Hinrichs Büro stand offen. Als sie vorbeigehen wollte, hörte sie Hinrichs' Ruf. Er kam zur Tür und winkte sie herein. Er bot ihr den Stuhl vor seinem Schreibtisch an und entzündete sich eine Zigarette.

Er sagte nichts, sie sagte nichts.

Hinrichs brauchte vier lange Züge, bis er sich räusperte. »Ich verstehe nicht, warum Sie nicht ein Geständnis abgelegt haben.«

»Es gibt nichts zu gestehen!«

»Wir hätten einen Deal mit Staatsanwalt und Richter machen können. Geldstrafe, Beförderungssperre. Aber Sie hätten in der Abteilung bleiben können.«

»Ich habe mir nichts zu Schulden kommen lassen!«

»Jeder hat doch mal eine schwache Stunde.«

»Ich nicht. Jedenfalls nicht, wenn es um Fleisch geht!«

Hinrichs stand auf und öffnete das Fenster. »Sie waren mein bestes Pferd im Stall!«

»Hätten Sie auf mich gewettet?«

»Ich habe mich für Sie stark gemacht. Gegen viele Widerstände. Sie sind wegen Ihrer …«, er suchte nach dem richtigen Wort, »… Überzeugung nicht überall beliebt.«

»Dafür habe ich jetzt die Quittung bekommen.«

Hinrichs wurde laut: »Ach, jetzt lassen Sie diese Märtyrerhaltung. Mädchen, Sie sind Mitte dreißig! Sie haben das Leben noch vor sich. Rückschläge muss jeder einstecken.«

Sarah zuckte nur mit den Schultern.

»Ich mache Ihnen ein Angebot, das Sie nicht ablehnen sollten.« Hinrichs drückte seine Zigarette aus. »Ich habe mit Kriminalrat Liebisch gesprochen. Seine Abteilung ist stark unterbesetzt. Er würde Sie vorübergehend nehmen …«

»Ich soll Streife laufen?!«, entfuhr es Sarah.

»Einsatz an der Front. Eine Bewährung. Eine zweite Chance. Wenn Sie da eine Zeit lang durchhalten und sich nichts zuschulden lassen kommen, kann ich Sie wieder anfordern.«

Sarah stand auf. »Spießrutenlauf bei der Fleifa?! Können Sie sich vorstellen, was die über mich denken …«

»Zu denen gehören eine Menge Leute, die auch schon mal auffällig geworden sind. Keiner wird Sie verurteilen«, unterbrach Hinrichs. »Wenn es Ihnen Ernst ist mit dem Kampf gegen die Fleischmafia, dann sollten Sie den Job machen.«

»Lieber stelle ich mich im Supermarkt an die Kasse.« Sie schnappte ihren Karton und ging zur Tür.

»Nur für den Fall, dass Sie es sich anders überlegen. Der Termin bei Liebisch ist morgen um neun.«

»Aber ohne mich«, sagte Sarah und verließ den Raum, ohne sich noch einmal umzudrehen.

7.

Bastian saß in einem stickigen, fensterlosen Raum und beobachtete zwei Fliegen beim Vögeln. Sie hatten es eilig. Vielleicht waren es Eintagsfliegen.

Bastian war sich darüber im Klaren, dass er kein Superbulle war, dessen Suspendierung in den Stammlokalen der Nepper, Schlepper, Bauernfänger zu Freudenfeiern und Freibier Anlass geben würde. Niemand war je auf die Idee gekommen, seinen Kampf gegen das Verbrechen in einer Doku-Soap festzuhalten. Dabei hatte er eine ansehnliche Aufklärungsrate, seine Protokolle wiesen erheblich weniger Rechtschreibfehler auf als die vieler Kollegen und seine Krankentage hielten sich im Rahmen.

Er hatte nicht gezögert, Liebischs Einladung anzunehmen. Er war geradezu dankbar, dass man ihm eine zweite Chance einräumte. Okay, es war eine Degradierung und er würde sie auf der monatlichen Gehaltsabrechnung spüren; aber welchen Job fand er noch in seinem Alter? Und ganz so schlecht war die Arbeit bei der Fleifa auch nicht. Immer dicht dran am Geschehen, da fiel unter Umständen ab und zu eine Scheibe Wurst ab.

Die Tür öffnete sich und eine schwarzhaarige Frau schaute in den Raum. Mitte dreißig, schlank, hübsches Gesicht, wache Augen. Sie schien nicht gefunden zu haben, wonach sie suchte, und schaute erneut auf die Ziffer an der Tür. Ihre Stirn legte sich in Falten.

»Wenn Sie einen Termin bei Liebisch haben, dann sind Sie hier richtig.« Bastian verscheuchte eine Fliege von seinem Handrücken.

Die Erklärung schien die Frau umzustimmen, sie trat ein und nahm Platz.

»Ich kenne Sie«, sagte Bastian. »Sie sind die Kollegin Kutah von der Soko Fleisch.«

Sarah nickte. Sie hatte den Mann auch schon mal gesehen. Einer von denen, die ihr nachstarrten, wenn sie sich in der Kantine begegneten. Bennecke hieß er, wenn sie sich richtig erinnerte. Der Kollege musterte sie unverhohlen. Vielleicht hätte sie doch nicht das figurbetonte Kostüm anziehen sollen.

Sarah unterdrückte einen Rülpser. Sie hatte einen Kater. Nach dem Gespräch mit Hinrichs hatte sie sich zusammen mit Petra sinnlos betrunken und ihren Abschied vom Polizeidienst gefeiert. Dann hatte sie die ganze Nacht neben einem schnarchenden Imogen gelegen und mit zunehmenden Kopfschmerzen und einem schlechten Gewissen gekämpft. Morgens um sechs war die Entscheidung gefallen. Wer immer sie fertig machen wollte, sie würde ihm den Gefallen nicht tun und den Polizeidienst quittieren. Die Bösen durften nicht gewinnen!

Sie war aufgestanden und hatte eine Stunde im Bad verbracht, um die Spuren des vielen Alkohols und des wenigen Schlafs, die sich in ihr Gesicht gefräst hatten, zu beseitigen.

Jetzt war sie hier, um ihre zweite Chance zu nutzen.

Liebisch kam herein. Der Kriminalrat sah aus, als wäre er einem Werbeplakat für die Polizei entsprungen: hoch gewachsen, sportlich, ein ernster, aber keineswegs unfreundlicher Blick, ein leicht geöffneter Mund, dem man gegebenenfalls ein sympathisches Lächeln entlocken konnte. Sein vitales Aussehen täuschte darüber hinweg, dass er auf die sechzig zuging. Liebisch hätte sich auch gut als Verkäufer von Rheumadecken, Hausratversicherungen, Granatwerfern und Viagra gemacht. Die Totalansicht versprach 150 Prozent Vertrauen, 100 Prozent Zuverlässigkeit, 47 Prozent Langlebigkeit.

Er reichte erst Sarah, dann Bastian die Hand und warf ihre Personalakten auf den Tisch. »Reden wir nicht lange um den heißen Brei herum, Sie beide haben Scheiße gebaut. Normalerweise müsste man Ihnen einen Tritt in den Arsch geben, aber selbst dafür haben wir zu wenig Leute.« Er setzte sich auf die Kante des wackeligen Holztisches. »Sie sind hier, weil Ihre Chefs aus unerfindlichen Gründen einen Narren an Ihnen gefressen haben und die Straftat, wegen der gegen Sie ermittelt wird, Ihre erste Verfehlung war.«

»Wie wäre es, wenn Sie – zumindest in meinem Fall – die Unschuldsvermutung gelten lassen würden«, fiel ihm Sarah ins Wort.

»Ach, halten Sie den Mund!«, knurrte Liebisch. »Mich interessiert Ihr Fall nicht, dafür sind andere zuständig.«

Sarah schluckte ob der brüsken Zurechtweisung.

»Mich interessiert nur: Sind Sie bereit, sich für die Fleifa den Arsch aufzureißen? Überstunden zu machen, ohne sofort zum Personalrat zu rennen? Meine Anweisungen widerspruchslos auszuführen und miteinander durch dick und dünn zu gehen?« Er schaute zu Sarah und dann zu Bastian.

»Wir beide werden ein Team?«, fragte Bastian.

»Sind Sie schwerhörig?«, blökte Liebisch. »Habe ich das nicht gesagt?«

»Ich bin dabei«, sagte Bastian.

Die beiden Männer schauten zu Sarah. Die nickte.

Bastian und Sarah musterten sich. Von Zuneigung auf den ersten Blick konnte nicht die Rede sein.

8.

Seit zwölf Stunden hatte Gerd Froese nichts gegessen und nichts getrunken. Doch er spürte weder Hunger noch Durst, nur Angst. Todesangst. Wollwebers Leute hatten ihn auf dem Schwarzmarkt abgegriffen, die Augen verbunden, seine Hände gefesselt und ihn abtransportiert.

Er hatte gewusst, dass er in fremden Revieren wilderte, aber er war zu faul gewesen, seine Frikadellen in Steglitz an den Mann zu bringen, und hatte stattdessen in Charlottenburg sein Glück versucht. Charlottenburg war Wollweber-Land.

Und nun saß er seit Stunden in einem dunklen Container und wartete. Das einzige Geräusch, das er hörte, war das Stampfen eines starken Motors.

Plötzlich wurde die Containertür geöffnet, grelles Licht fiel herein. Froese blinzelte.

Zwei Männer ergriffen ihn und zerrten ihn hinaus in die Halle. Froeses Augen gewöhnten sich an das Neonlicht und jetzt sah er auch die Maschine, deren Stampfen ihn in den letzten Stunden begleitet hatte. Die Maschine gab schmatzende Geräusche von sich. Zwei Männer in weißen Kitteln schaufelten Fleischreste in den gierigen Schlund des Häckslers. Messer und Pressen zerschnitten und zermalmten das Fleisch zu einem Brei, der auf einem Förderband zur Weiterverarbeitung in die Nebenhalle transportiert wurde. Froese stand vor einer riesigen Anlage zur Wurstherstellung.

Er schluckte. Die beiden Wachmänner nahmen ihm die Handschellen ab.

»Wir wollen doch keine Reklamationen wegen der Metallrückstände«, sagte einer der beiden und grinste.

Froeses Knie wurden weich, er sackte zu Boden. Die Männer stellten ihn wieder auf die Beine.

»Das könnt ihr doch nicht machen«, krächzte Froese.

Die beiden Männer zerrten ihn zu der Maschine. Der Schacht, in den das Fleisch geschaufelt wurde, war groß genug, um einen Menschen aufnehmen zu können. Froese schloss mit seinem Leben ab. Er würde als Mortadella enden. Was für ein Tod!

»Sie heißen Froese, nicht wahr?«, hörte er plötzlich eine tiefe Stimme.

Froese drehte sich um. Neben der Maschine saß ein weiß gekleideter alter Mann in einem weißen Rollstuhl. Der jüngere Mann hinter dem Rollstuhl hatte eine auffallende Ähnlichkeit mit dem Alten.

Froese wusste, wer die beiden waren.

Günther Wollweber gab seinen Männern ein Zeichen. Sie brachten Froese zu ihm. »Sie arbeiten für den Bergmann?«

Froese nickte. Was gab es da zu leugnen?

»Sie können gehen.«

Froese nickte, rührte sich aber nicht. Die Bedeutung dieser Worte hatte ihn noch nicht erreicht.

»Sie gehen zurück zu Ihren Leuten, mit einer Botschaft für den Bergmann.«

Froeses Herz schickte Blut in scheinbar abgestorbene Gliedmaßen. Er würde nicht sterben, er würde leben!

»Ich will ihn sprechen. Ort und Zeit überlasse ich ihm. Nur er und ich. Haben Sie das verstanden?« Der alte Mann musterte sein Gegenüber unbewegt.

»Ja.«

»Man wird Ihnen jetzt wieder die Augen verbinden und Sie von hier wegschaffen. Sie persönlich überbringen mir die Nachricht des Bergmanns! Kommen Sie ins Restaurant *Artischocke*.«

Damit war für Günther Wollweber die Unterredung beendet, er setzte die Räder seines Stuhls in Bewegung. Die beiden Männer schnappten sich Froese und führten ihn weg.

»Halt!«, rief Boris Wollweber und für einen Augenblick dachte Froese, dass das alles nur ein grausames Spiel sei.

»Der Treffpunkt muss rollstuhlgerecht sein!«

Froese nickte.

Wollweber rollte zum Mercedes. Boris öffnete die Beifahrertür.

»Ich halte deine Entscheidung für falsch!«

»Das hast du bereits gesagt, ich bleibe dabei.«

»Der Bergmann wird es als Schwäche auslegen.«

»Wir sind geschwächt. Es ist Zeit, den Krieg zu beenden. Der Markt ist groß genug für beide Organisationen.«

Boris hob seinen Vater auf den Beifahrersitz.

Günther Wollweber musterte seinen Sohn. »Denk an das Material, das uns Grieser gebracht hat. Das eröffnet uns neue Möglichkeiten. Aber das erfordert auch alle Kraft. Die dürfen wir nicht in einem Krieg mit dem Bergmann verschleißen. Wir ziehen mit ihm an einem Strang. Es geht um unsere gemeinsame Zukunft.«

9.

Bastian war genervt. Seit zwei Tagen lief er mit Sarah Streife und er hatte das Gefühl, einen Racheengel neben sich zu haben. Von ihrer Seite gab es nämlich nur ein Thema, und das waren Hähnchenschenkel, die ihr angeblich jemand untergeschoben hatte.

Nach dem Gespräch bei Liebisch hatte Bastian zunächst geglaubt, eine Gesinnungsgenossin getroffen zu haben, und hätte beinahe ein Rezept beigesteuert, aber die Kollegin outete sich schnell als fanatische Vegetarierin. Schade. Denn sie roch gut, hatte ein nettes Lächeln und eine ungeheuer sexy Figur. Er konnte sich mit Sarah mehr vorstellen, als Streife zu laufen, aber es lagen Weltanschauungen zwischen ihnen. Das turnte ungeheuer ab. Er selbst hielt sich bedeckt, was sein Dienstvergehen anging. Alles nur ein Missverständnis.

Für ihn war es selbstverständlich, dass sich Kollegen duzten, die zusammen Dienst schoben. Aber Sarah war von Anfang an konsequent auf Distanz und beim Sie geblieben, sodass er sich nicht traute, ihr das Du anzubieten. Wahrscheinlich ging sie davon aus, dass ihr gemeinsamer Job nur eine kurze Episode in ihrem Leben bleiben würde.

Bastian schielte auf die Armbanduhr. In zwei Stunden würde er sich mit einem alten Schulfreund treffen, um einen Film anzuschauen. Der Kinobesuch würde unter konspirativen Bedingungen stattfinden. Erst eine halbe Stunde vor Beginn der Vorstellung wurde dem interessierten Kinogänger per SMS mitgeteilt, wo die Leinwand aufgebaut war. Meistens fanden die Filmvorführungen in einer stillgelegten Fabrik, in irgendwelchen Kellern oder alten Bauernhöfen am Stadtrand statt. So hatte die Polizei kaum eine Chance, rechtzeitig zu reagieren. Heute wurde *Bella Martha* in einer ungekürzten Fassung gezeigt. Die normalen Kinos und das Fernsehen zeigten Filme aus der Fleischepoche nur noch stark zensiert. Alle Szenen, in denen die Schauspieler Fleisch aßen, wurden herausgeschnitten.

»Ist das hier nicht ein bekannter Treffpunkt der Szene?«, fragte Sarah. »Steht zumindest in den Berichten.«

»Am Kanal«, wusste Bastian. Aus eigener Erfahrung. »Aber das ist nicht mehr unser Revier!«

»Jetzt werden Sie mal nicht bürokratisch, Kollege Bennecke. Wir sind doch ganz in der Nähe.«

»Ich will pünktlich Feierabend machen.«

»Sie wird schon warten!«

Bastian verzog das Gesicht. »Ich haben Ihnen doch gesagt, es gibt keine Sie.«

»Wir werfen nur einen Blick auf das Geschehen.«

Sarah ging weiter und Bastian blieb nichts anderes übrig, als ihr zu folgen.

Hinter der Brücke über den Landwehrkanal gab es eine Grünanlage mit Parkbänken. Bastian erinnerte sich an die Sommer, als es hier nach Schweinerippchen und würziger Wurst duftete. Gegrillt wurde hier im Sommer noch immer, aber nun roch es nach Paprika, Kartoffeln und Tomaten.

Die Grünanlage war ein idealer Umschlagplatz für Fleischdealer. Polizeiwagen mussten an der Straße halten, Einsatzkräfte konnten von Weitem gesehen werden. Das verschaffte den Dealern Zeit genug, abzuhauen oder sich von ihrer Ware zu trennen und sich als harmlose Spaziergänger zu tarnen.

Bastian erkannte Willi, der auf einer Parkbank saß. Vor ihm stand ein Koffer. Bastian wusste, was in dem Koffer war. Denn Willi war sein Dealer.

Willi war ein paar Jahre jünger als Bastian, er trug lange blonde Haare in einem Zopf und hatte ein schmales Gesicht mit eingefallenen Wangen. Er trug einen Brilli im Ohr und einen schwebenden Adler auf seinem Oberarm.

Bastian wurde heiß und kalt, als Willi ihn bemerkte und ihm zunickte. Willi musste annehmen, dass Bastian nur zuverlässige Leute mit zu diesem Platz brachte. Sie würden beide auffliegen, Willi und er. Was tun?

Sarah bemerkte Bastians Nervosität. »Ist was?«

»Nee, wieso?«

»Sie wirken so angespannt.«

»Kann sein, dass uns jemand folgt!«

Sarah blieb stehen und drehte sich langsam um. Die Gelegenheit für Bastian, Willi mit einer Handbewegung zu verstehen zu geben, dass er sich dünnemachen sollte.

»Da ist niemand!«

Willi stand auf, nahm seinen Koffer und ging zügig davon. Allerdings hatte er offenbar in der Eile übersehen, dass der Deckel nicht richtig verschlossen war. Er klappte auf und der Inhalt des Koffers verteilte sich auf dem Gehweg: Mettwürstchen, eingeschweißter Aufschnitt, Rinderrouladen, Frikadellen, Chickenwings.

Die Blicke von Sarah und Willi trafen sich. Willi ließ den Koffer fallen. Sarah rannte los. Willi rannte los. Bastian rannte los.

Sarah war keine trainierte Läuferin, Bastian hatte sie bald überholt. Willi hastete runter zum Ufer und lief den gepflasterten Weg am Kanal entlang. Passanten stoben auseinander.

Sie warf einen Blick zurück. Dort, wo der Koffer lag, hatte sich eine Menschentraube gebildet. Sarah war sich sicher, dass von den Beweismitteln nichts übrig bleiben würde.

Der gepflasterte Weg endete vor einem Tunnel und führte zurück in die Grünanlagen. Bastian folgte Willi in den Tunnel. Es wurde dunkel. Nur eine Notbeleuchtung brannte.

Als sie den Eingang erreichte, war Sarah außer Atem. Vor ihr tat sich die Schwärze wie eine Mauer auf. »Bennecke?«, rief sie und hörte keine Antwort.

Sie entschied, vor dem Tunnel zu warten. Ihr Kollege war Manns genug, mit dem Kerl allein fertig zu werden.

Sarah ging in die Hocke und wartete darauf, dass sich ihre Atmung beruhigte. Ihr Blick fiel auf einen Baumstamm, der im Wasser trieb. Als ihr Blick nicht mehr flackerte, bemerkte sie, dass der Baumstamm Arme und Beine hatte.

Bastian hörte Willis Schritte und seinen hechelnden Atem. Er blieb an ihm dran und bekam seinen Ärmel zu fassen.

»Was soll der Scheiß?«, röchelte Willi.

Schwer atmend standen sich die beiden Männer gegenüber. Willi wischte sich den Schweiß von der Stirn. »Seit wann läufst du Streife?«

»Man hat mich erwischt, ich fange wieder von vorne an.«

»Du sollst deinen Stoff nicht von anderen Leuten kaufen, das habe ich dir oft genug gesagt.«

Bastian winkte ab. »Ich erkläre es dir ein anderes Mal.«

»Was ist mit der Tussi?«

»Die ist hart drauf. Die hätte dich eingebuchtet.«

Willi legte Bastian freundschaftlich die Hand auf die Schulter. »Danke, dass du mich gewarnt hast.«

»Tut mir leid wegen deiner Ware.«

»Geschäftsrisiko.«

»Hau endlich ab!«

Bastian trat ins Tageslicht. Sarah stand am Ufer und starrte auf das Wasser.

»Er ist mir entwischt.«

Sarah reagierte nicht.

»Kollegin Kutah?«

Sie trat zur Seite und gab den Blick frei. Am Ufer war eine männliche Leiche gestrandet.

Sie brauchten zehn Minuten, bis sie den leblosen Körper an Land gezogen hatten. Er war aufgedunsen und stank erbärmlich.

Die Kollegen vom Kriminaldauerdienst, die sie telefonisch informiert hatten, hatten darauf bestanden, dass sie den Toten sicherten.

Der Hals des Mannes war von Ohr zu Ohr aufgeschnitten, Speise- und Luftröhre lagen frei. Sie drehten die vollständig bekleidete Leiche auf den Bauch, damit sie den grauenvollen Anblick nicht länger ertragen mussten.

Bastian bemerkte an einer der Gesäßtaschen die Umrisse eines Portmonees. Er zerrte dem Toten die Geldbörse aus der Hose.

»Überlassen Sie das der Spurensicherung. Wir haben unseren Job gemacht!«, meinte Sarah.

»Nicht neugierig?«

In der Börse befanden sich ein paar Geldscheine, Kreditkarten, Quittungen, eine Visitenkarte.

»Artischocke – die Nummer eins in Berlin.«

»Nicht untertrieben!«

»Sie kennen das Restaurant?«

»Berühmt für seine Kürbiscremesuppe.«

Auf der Karte gab es eine handschriftliche Notiz: *Dienstag, 14 Uhr. Ww.* Bastian zeigte sie Sarah, sie zuckte mit den Achseln. Er steckte die Visitenkarte zurück und fand in einem anderen Fach einen Personalausweis.

»Unsere Leiche heißt Peter Grieser.«

»Ist nicht wahr!«, entfuhr es Sarah und sie trat neben Bastian. Sie nahm ihm den Personalausweis aus der Hand und starrte auf das Foto. »Den kenne ich. Wir haben zusammen studiert.«

Sarah erinnerte sich gut an ihren Kommilitonen. Sie hatten die gleichen Fächer belegt, hin und wieder zusammen in der Bibliothek gesessen und auch die gleichen Unifeten besucht. Grieser hatte auf sie einen aufgeblasenen Eindruck gemacht, deshalb hatte sich der persönliche Kontakt in Grenzen gehalten. Aber es musste mehr als heiße Luft gewesen sein, was Grieser antrieb, denn er war die Karriereleiter zügig emporgestiegen. Das Letzte, was sie von ihm gehört hatte, war das Gerücht, er sei im Innenministerium für die Sicherheit der Kanzlerin zuständig. Herr über eine Armee von Bodyguards.

Sarah erzählte Bastian, was sie von Grieser wusste.

Zwei Kollegen vom Kriminaldauerdienst näherten sich und nickten ihnen wortlos zu, bevor sie die Leiche in Augenschein nahmen.

»Die Spusi ist schon unterwegs«, sagte endlich einer der beiden. Bastian reichte ihm Portmonee und Personalausweis des Toten.

Der Mann musterte ihn. »Wissen Sie, dass Sie Ähnlichkeit mit Hauptkommissar Bennecke von der Mordkommission haben?«

»Ach!«

»Fauler Sack. Aber den haben sie jetzt am Arsch gekriegt.«

Bastian sparte sich einen Kommentar.

10.

Bastian schob eine DVD in das Laufwerk seines Computers. Er hatte eine karge Mahlzeit in Form eines Salats mit Sojasprossen und zwei Dosen Bier eingenommen und wollte sich an ein paar Fotos von seiner letzten Reise erfreuen. Zwei Wochen Moskau. Sein Kollege Rippelmeyer glaubte ihn damals in Österreich, beim Wandern. Bastian hatte sogar dafür gesorgt, dass von dort eine Grußpostkarte abgeschickt wurde. Denn wer als Polizist in Russland Urlaub machte, war sofort für die Internen Ermittler verdächtig. Russland – das Paradies der Fleischfresser. Wer hätte früher gedacht, dass Russland einmal das beliebteste Urlaubsziel der Deutschen werden würde?

Russland war das nächste Land an der Grenze zur EU, das sich der Prohibition nicht angeschlossen hatte, und gehörte damit zu einem knappen Dutzend Staaten weltweit, in denen der Fleischverzehr nicht unter Strafe fiel.

Während seines Urlaubs war Bastian einmal im Ballett gewesen und einmal hatte er an einer Stadtrundfahrt teilgenommen, die mit der Besichtigung einer Schlachterei endete. Ansonsten hatte er sich zwei Wochen lang den Bauch voll geschlagen: Wurstplatte am Morgen, Hühnersuppe am Mittag und Bœuf Stroganoff am Abend.

Seine Kollegen hatten sich anschließend gewundert, dass man von einem Wanderurlaub mit vier Kilo Übergewicht zurückkommen konnte.

Es klingelte. Bastian schaute auf die Uhr. Es war nach einundzwanzig Uhr.

Er stellte seinen PC auf Stand-by-Betrieb, schlurfte zur Tür und öffnete. Auf der Matte stand Willi und grinste.

Bastian warf einen Blick in den menschenleeren Flur und zog den Besucher in seine Bude. »Bist du bekloppt, hierher zu kommen!«

Willi grinste noch immer, griff in seine Jackeninnentasche und zog eine eingeschweißte Fleischwurst hervor. »Firma dankt.«

»Und führe mich nicht in Versuchung!«

»Ich denke, du bist eingefleischter Vegetarier.«

»Setz dich.«

Willi warf sich aufs Sofa, während Bastian zum Kühlschrank ging und zwei Dosen Bier holte.

Bastian kannte Willi seit Beginn der Prohibition. Eine gemeinsame Freundin hatte sie miteinander bekannt gemacht. Willi stammte aus Schwerin und hatte als Besamer in einem Mastbetrieb gearbeitet. Nach Inkrafttreten des Fleischverbots hatte er seine Kontakte genutzt und zunächst eine kleine illegale Viehwirtschaft auf einem stillgelegten Bauernhof betrieben. Als die Regierung begann, Überwachungssatelliten mit Spezialsensoren einzusetzen, war ihm die Sache zu heiß geworden. Seitdem arbeitete er als ›freier Unternehmer‹

für diverse Großdealer. Seine Ware war stets allerbeste Sahne, Qualität A, und hatte deshalb ihren Preis.

Bastian reichte Willi eine Dose.

»Was dagegen, wenn ich mal koste?«, fragte Bastian mit Blick auf die Fleischwurst, die er auf dem Kühlschrank abgelegt hatte. »Ich habe heute Abend nur so eine Sojascheiße gegessen.«

»Fühl dich wie zu Hause!«

Die beiden stießen mit ihren Bierdosen an und tranken wortlos.

Bastian befreite die Wurst von der Plastikfolie. Er säbelte sich ein Endstück ab und genoss den Bissen. »Auch was?«

»Ich werde dir doch nichts wegfressen! Ich kriege morgen eine Lieferung Spanferkel. Ich könnte dir was zurücklegen.«

»Was soll der Spaß kosten?«

»Das Kilo vierhundert.«

»Vergiss es.«

»Weil du es bist, dreihundertfünfzig. Ein Supergeschäft. Das beste, seit die Weißen den Indianern Manhattan für vierundzwanzig Dollar abgekauft haben.«

»Ich bin runtergestuft worden. Ich komme nur noch so gerade über die Runden.«

»Ich hab's gehört.« Willi nahm einen tiefen Schluck. »Dein Partner hat dich gelinkt.«

»Woher weißt du das?«

»Willi weiß viel!«

Es klingelte erneut an der Tür. Bastian und Willi warfen sich einen alarmierten Blick zu.

»Schwer was los bei dir.«

»Sei ruhig!«

Es klingelte erneut.

»Herr Bennecke!«, hörte man eine weibliche Stimme. »Ich weiß, dass Sie da sind. Ich bin es, Sarah Kutah!«

Fluchend schnappte sich Bastian Fleischwurst und Folie und verstaute sie in der Schublade seines Schreibtischs. Willi starrte ihn fragend an. Bastian wies mit dem Zeigefinger auf das Schlafzimmer. Willi trollte sich.

»Ich komme!«

Bastian schnüffelte an seinen Achseln, hauchte vor die offene Hand und öffnete die Tür.

Sarah starrte ihn mit ernster Miene an. »Tut mir leid, wenn ich störe. Aber wir müssen reden!«

Bastian ließ sie eintreten.

Sarah sah sich um. Typische Junggesellenbude. Sofa, Schrankwand, Sitzecke, Fernseher. Kochnische. Sie erkannte sofort, dass das Meiste aus der Hand eines schwedischen Innenarchitekten mit vier Buchstaben stammte. Außerdem besaß ihr Kollege eine beachtliche CD- und DVD-Sammlung, viele Bücher. Und durchaus geschmackvolle Kunstdrucke an den Wänden. »Nett. Und wo schlafen Sie?«

»Nebenan. Ist aber nicht aufgeräumt.«

Doch Sarah stand schon vor der Schlafzimmertür und öffnete sie. Das Bett war tadellos gemacht, der Schlafanzug lag gefaltet auf dem Kopfkissen.

»Nicht aufgeräumt nennen Sie das? Sie müssen mal mein Schlafzimmer sehen!«

»Gerne«, sagte er und biss sich auf die Lippe.

Sarah ignorierte die Antwort. »Haben Sie die Nachrichten gesehen?«

»Nein, warum?«

Sie wanderte durch das Wohnzimmer, stoppte schließlich vor dem Schreibtischstuhl und setzte sich. »Sie haben Griesers Tod gemeldet. Selbstmord. Todeszeitpunkt: Dienstagnachmittag.«

Bastian nahm Willis Bierdose vom Tisch und genehmigte sich einen Schluck. »Selbstmord?«

»Haben Sie schon mal davon gehört, dass sich jemand selbst die Kehle aufschlitzt?«

»Japaner können das.«

»Grieser war aber kein Japaner.«

»Vielleicht stammte seine Halsverletzung von einer Strangulation. Vielleicht hat er sich aufgehängt ...«

»Und fällt anschließend in den Kanal?«

Bastian öffnete den Kühlschrank.

»Etwas zu trinken?«

Sarah schüttelte den Kopf. »Ich habe meine Examensarbeit über Erkennungsmerkmale bei vorgetäuschtem Suizid geschrieben. Ich weiß, wovon ich rede.«

»Und wovon reden Sie?«

»Von einer amtlichen Lüge!«

»Die werden ihre Gründe haben.«

»Die Sie nicht wissen wollen?«

»Nicht unbedingt.«

»Sie meinen, wir sollen die Sache auf sich beruhen lassen?«

»Wir haben unseren Job getan.«

»Auch einem Vegetarier sollte nicht alles wurscht sein!«, erwiderte sie vorwurfsvoll.

Bastian verzog das Gesicht und schwieg.

Sarah ließ nicht locker. »Wir könnten ein paar Recherchen anstellen. Zum Beispiel darüber, was Grieser am Dienstag in der *Artischocke* gemacht hat. Um vierzehn Uhr. Kurz vor seinem Tod.«

»Herrgott! Was soll das bringen?«

»Die Wahrheit.«

»Was ist schon wahr?«

Sie sah ihn mit kalten Augen an. »Wahr ist, dass Sie ein fauler Sack sind. Ich zitiere nur.« Sie stand auf und schnüffelte. Dann drehte sie sich zum Schreibtisch um. »Was riecht denn hier so komisch?«

Bastian schluckte. »Wachs. Ich habe gestern den Schreibtisch eingewachst.«

Die Antwort schien ihr zu genügen. Sarah lief zur Tür. »Gute Nacht.« Damit verließ sie die Wohnung.

Als die Tür ins Schloss gefallen war, trat Willi aus dem Schlafzimmer. Er klopfte sich imaginäre Staubflocken von der Jacke. »Oben hui und unten pfui. Wann hast du zuletzt unter dem Bett gewischt?« Er nahm Bastian die Bierdose aus der Hand und trank sie leer. »Was ist mit der *Artischocke*?«

»Das geht dich nichts an.«

»Mich geht alles an, was mit meinem Geschäft zu tun hat. Weißt du nicht, dass Wollweber neuerdings in der *Artischocke* residiert?«

Bastian starrte Willi überrascht an. Das hatte er wirklich nicht gewusst. Er sah die Visitenkarte vor seinem geistigen Auge: *Dienstag, 14 Uhr. Ww.*

Ww gleich Wollweber?

11.

Gerd Froese nahm am Tisch gegenüber der offenen Küche Platz. Der Koch warf ihm einen kurzen Blick zu und pulte Kerne aus einem Kürbis. Obwohl Froese ein frisches Hemd, geputzte Schuhe und ein sauberes Sakko trug, fühlte er sich angesichts des Outfits der Gäste um sich herum etwas deplatziert. Das hier war Bundesliga. Was hatte ein Mann wie er, der allenfalls in der Kreisklasse spielte, hier zu suchen? Eine Nachricht zu überbringen! Eine Nachricht vom Bergmann für Herrn Wollweber.

Zuerst hatten seine Leute ihm den Arsch aufgerissen, weil er sich hatte schnappen lassen. Dann hatten sie ihm kein Wort geglaubt. Er wolle sich nur wichtig machen. Erst als er nach vielen Stunden Jammern und Klagen immer noch bei seiner Version geblieben war, hatte man ihn zu einem Mann mit Glatze gebracht, dem er die ganze Geschichte in allen Einzelheiten erneut erzählen musste. Dann durfte er gehen.

Vor zwei Stunden hatten sie ihn aus dem Bett geholt und erneut zu dem Glatzkopf geführt. Jetzt war Froese hier, stolz, ein Vermittler zwischen den Fronten zu sein.

Der Kellner kam heran und offerierte ihm die Speisekarte. Der Kerl hatte einen Schmiss auf der Wange. Bevor Froese seinen lange und sorgsam vorbereiteten Spruch aufsagen konnte, war der Kellner wieder verschwunden.

Froese blätterte in der Karte und fand seine Vermutung bestätigt. Für den Preis eines viergängigen Menüs musste er einen halben Monat arbeiten, allein die angepriesene Spezialität des Hauses, die Kürbiscremesuppe, kostete sechsunddreißig Euro. Im Geiste durchforstete er den Barbestand seiner Geldbörse und kam zu dem Schluss, dass seine Mittel nicht mal eine Bruschetta für sechzehn Euro erlaubten. Er ärgerte sich, dass er den Glatzkopf nicht um Spesen angehauen hatte.

Plötzlich schreckte Froese zusammen. Längst stand der Kellner wieder neben ihm stand und schaute ihn fragend an.

»Ich möchte nur ein Bier«, sagte Froese. »Ich habe leider schon gegessen.«

»Dies ist ein Speiserestaurant und keine Kneipe«, erwiderte der Kellner völlig emotionslos und nahm Froese die Karte aus den Händen.

»Mein Name ist Froese und ich habe eine Nachricht für Herrn Wollweber.« Froese war zufrieden, den Satz ohne Stottern herausgebracht zu haben.

»Einen Herrn Wollweber gibt es hier nicht.«

Jetzt war Froese mit seinem Latein am Ende. Einen zweiten Satz hatte er nicht einstudiert. Er musste improvisieren.

»Man hat mich hergeschickt, um was auszurichten. Herr Wollweber kennt mich und wartet auf die Nachricht.«

Der Kellner musterte Froese wie einen Kakerlak und schien abzuwägen, ob er ihn zertreten oder ertränken sollte.

»Ich will keinen Ärger, aber es ist so, wie ich sage. Sie müssen mir schon glauben!«

Der Kellner ließ sich Zeit mit einer Entscheidung.

»Vom Fass?«

Froese brauchte eine Weile, bis er den Sinn der Frage verstand. Er nickte. Der Kellner verschwand und Froese atmete tief durch. Nach fünf Minuten kehrte der Kellner zurück, brachte ihm ein frisch gezapftes Bier und die Nachricht, dass er sich bitte gedulden möge.

12.

Zwischen Sarah und Bastian herrschte schlechte Stimmung. Sie hatten stundenlang in der Nähe einer Imbissbude gestanden, von der es gerüchteweise hieß, dass dort nicht nur Sojafrikadellen und Grillgemüse verkauft werden würde, aber keinen Hinweis darauf gefunden, dass an dem Gerücht etwas dran war.

Bastian hatte nach dem Frustessen der letzten Nacht Sodbrennen. Sein Körper war die Aufnahme tierischer Fette und Eiweiße in Form einer vierzig Zentimeter langen Fleischwurst nicht mehr gewohnt.

Natürlich ging ihm der tote Grieser durch den Kopf. Dass ein wichtiger Beamter, der für den Schutz der Kanzlerin zuständig war, kurz vor seinem Tod in Wollwebers Residenz einen Termin gehabt hatte, möglicherweise mit Wollweber selbst, hatte seine kriminalistische Neugierde geweckt.

Sarah schlich neben ihm her. Sie hatten seit einer Stunde

nicht mehr miteinander gesprochen. Jeder hing seinen Gedanken nach.

Bastian schaute umständlich auf seine Armbanduhr. »Gleich eins. Wir sollten was essen.«

»Meinetwegen.«

»Was halten Sie von dieser Kaschemme?« Er wies mit dem Kopf auf das von Weitem sichtbare Schild eines Restaurants.

Sarah schaute erst auf das Schild, dann auf Bastian. »Das ist nicht Ihr Ernst! Wissen Sie, was das kostet?«

»Ich lad Sie ein!«

»Das werden Sie bereuen.«

»Es gibt nichts zu bereuen, wenn man eine schöne Frau zum Essen einlädt.«

Gegen ihren Willen musste Sarah schmunzeln.

Sie musterte ihren Kollegen, als sie die Speisekarte in den Händen hielten. Bastian ließ sich nicht anmerken, ob er das Aussprechen seiner Einladung nun doch bedauerte.

»Ich nehme vorweg die Kürbiscremesuppe, dann die Blinis mit Schnittlauchsahne, das Gemüsecurry mit Sprossen und Tofu, das Wildreisrisotto, aber nicht mit Tomaten, sondern mit Auberginen und als Nachtisch Lebkuchenparfait mit Sanddornsauce.«

Bastians Mienenspiel war filmreif. Sarah legte ihre Hand auf Bastians Arm. »Das war ein Scherz!«

Sein Gesicht füllte sich wieder mit Blut. Er hoffte, dass Sarah ihre Hand noch eine Weile auf seinem Arm liegen lassen würde. Den Wunsch erfüllte sie ihm nicht.

»Waren Sie schon mal hier?«

»Ich gehe hier ein und aus, dieser Schlemmertempel ist mein zweites Zuhause. Ich muss hier nicht bezahlen. Unsere Buchhaltung weist mein Gehalt direkt auf das Konto des Besitzers.«

»Also eine Premiere«, schlussfolgerte Sarah.

Das war nicht richtig. Eine erfolgreiche Managerin hatte Bastian einmal in die *Artischocke* eingeladen. Während der goldenen Zeiten, als es noch Lammstelzen im Wirsingmantel auf der Karte und DM in den Brieftaschen gegeben hatte. Er hatte mit der Frau ins Bett gewollt, sie, dass er seine Ermittlungen gegen sie einstellte. Sie bekamen beide nicht, was sie wollten.

»Ich war ein paarmal mit Imogen hier. Die Gäste sind ein bisschen chichi, aber das Essen ist wirklich super.«

»Imogen, das ist Ihr Freund, der Maler?«

»Ja.«

Bastian lehnte sich zurück. »Ich hatte ein bisschen mehr Glanz in Ihren Augen erwartet.«

»Ein anderes Mal.«

Der Kellner trat an den Tisch und sie gaben ihre Wünsche bekannt.

Sarah bestellte eine Gemüseplatte mit Tofuklößchen, Bastian eine Currysuppe mit Kichererbsen. Dazu eine Karaffe Riesling und Mineralwasser.

Als der Kellner davongewieselt war, sah sich Bastian ungeniert um. »Hier also hat sich Grieser wahrscheinlich kurz vor seinem Tod aufgehalten.«

»Sind wir deshalb hier?«, fragte Sarah. »Ich denke, der Fall ist für Sie erledigt!«

»Sie müssen mich falsch verstanden haben.«

Sie faltete die Serviette auseinander. »Was ist denn eigentlich Ihr Lieblingsgericht?«

Bastian antwortete nicht, sondern starrte zur Tür. Soeben betrat Boris Wollweber das Restaurant und tauschte mit dem Kellner einen Blick.

Sarah schaute ihren Kollegen auffordernd an. »Soll ich raten? Sie stehen auf asiatische Küche. Schön scharf.«

Bastian konnte seinen Blick nicht von Boris Wollweber und seinem Gesprächspartner lassen. Der Kellner deutete mit dem Kopf auf einen Mann Ende zwanzig, der an einem Nebentisch mit dem Rücken zur Tür saß.

»Ist was mit Ihnen?« Sarah war irritiert. Sie machte Anstalten, sich umzudrehen.

»Drehen Sie sich bitte nicht um. Boris Wollweber ist gerade hereingekommen.«

»Vielleicht isst er zur Abwechslung auch mal vegetarisch.«

»Wissen Sie nicht, dass die *Artischocke* den Wollwebers gehört?«

An Sarahs Gesichtsausdruck war abzulesen, dass dies eine Neuigkeit für sie darstellte. Bastian genoss seinen Wissensvorsprung.

Unauffällig folgte sein Blick Boris Wollweber und dem Kellner, die an dem Gast vorbeigingen, über den sie offensichtlich gerade noch geredet hatten. Der Mann wollte aufspringen, aber der Kellner drückte ihn zurück auf den Stuhl. Boris Wollweber verschwand hinter einem hölzernen Raumteiler, der die Sicht auf die Garderobe und die Toiletten verstellte.

Es dauerte eine lange Minute, bis der Kellner den Mann am Nebentisch von der Kette ließ. Der Mann zupfte nervös an seiner Jacke herum und verschwand ebenfalls hinter dem Raumteiler.

Der Kellner schaute sich um, Sarah und Bastian senkten ihre Blicke. Als der Narbige zum Nebentisch gerufen wurde, stand Sarah auf.

»Ich muss mal für kleine Mädchen!«

Hinter dem Raumteiler folgte sie dem Schild, das den Weg zu den Toilettenräumen wies. Die Reise endete vor drei Türen, eine führte zur Herren-, eine zur Damentoilette, eine in Privaträume.

Sarah sah sichernd zurück und lauschte an der Tür zur Herrentoilette.

Dort herrschte Stille. Sie hielt es für unwahrscheinlich, dass die beiden Männer in der Damentoilette verschwunden waren, und legte ihr Ohr daher an die Tür mit der Aufschrift: *privat*.

Hinter der Tür stand sich Froese die Beine in den Bauch. Boris Wollweber nahm ihn nicht zur Kenntnis, sondern telefonierte mit seinem Handy in einer für Froese unverständlichen Sprache. Froese nahm an, dass es Russisch war. Er hatte mal mit einer russischen Prostituierten gevögelt. Die Frau hatte zwar nicht viel mit ihm gesprochen, aber kräftig geflucht, als er ihr einen Zwanziger für die geleistete Zugabe verweigern wollte.

Der kleine Raum diente als Lager für das Restaurant. Froese entdeckte Tischdecken, Kerzen, Blumenvasen und Ersatzbirnen in den Regalen.

Er griff in einen Karton mit Messerbänkchen und nahm das Teil in Augenschein. Er hatte keine Ahnung, wofür man es benutzte. Kurz spürte er das Verlangen, es in seine Tasche zu stecken, um Erkundigungen einziehen zu können, aber ein Blick von Wollweber reichte als Ermahnung.

Boris beendete endlich sein Telefonat, steckte das Handy in seine Jackentasche und zog ein silbernes Etui hervor.

Schweigend musterte er den strammstehenden Froese.

»Wie war nochmal Ihr Name?«

»Froese!«

»Und? Wie gehen die Geschäfte?«

Froese kratzte sich am Haaransatz. Er suchte in seinem Fundus nach einer originellen Antwort, aber der Wirtschaftsteil der FAZ gehörte nicht zu seiner bevorzugten Lektüre.

»Die einen sagen so, die anderen so.«

Boris Wollweber fingerte eine Zigarette aus dem Etui und steckte sie an. »Rauchen Sie?«, fragte er Froese, der darauf brannte, seine Nachricht an den Mann zu bringen.

Froese nickte und schob die Hand vor.

Unbeeindruckt klappte Boris Wollweber das Etui zu und ließ es wieder in der Tasche seines Jacketts verschwinden. »Schlechte Angewohnheit«, sagte er und beendete damit den Smalltalk. »Was haben Sie mir auszurichten?«

»Siebzehn Uhr. Zoo, bei den Affenkäfigen!«

»Ist das alles?«

»Bodyguards bleiben am Eingang, keine Waffen.«

13.

Eine Hand legte sich auf Sarahs Schulter. Sie erschrak zu Tode und hätte aufgeschrien, wenn Bastian ihr nicht gleichzeitig seine andere Hand auf den Mund gepresst hätte. Er schaute sie fragend an, sie nickte und deutete auf das Zimmer, vor dem sie standen.

Bastian drückte sein Ohr an die Tür, hörte aber nichts. Doch er spürte, wie sich die Klinke bewegte. Zur Damentoilette war es zu weit, Bastian zerrte Sarah in die Herrentoilette und schloss die Tür.

Die beiden schauten sich um. Es gab drei Kabinen, Urinale, zwei Waschbecken und ein vergittertes Fenster.

Vom Flur vernahmen sie die Stimme von Boris Wollweber. »Nehmen Sie doch bitte wieder Platz und bestellen Sie, wonach Ihnen ist. Sie sind mein Gast!«

Schritte entfernten sich, andere kamen näher. Sie erkannten die Stimme des Kellners.

»Das Paar von Tisch 4 ist verschwunden.«

Sarah warf Bastian einen vorwurfsvollen Blick zu.

»Sie waren lange weg. Ich habe mir Sorgen gemacht«, flüsterte Bastian.

»Zechpreller können das nicht sein«, fuhr der Kellner fort. »Sie haben noch nicht gegessen, nur einen Drink gehabt. Sie sind beide nach hier hinten verschwunden.«

Sie hörten, dass nebenan eine Klinke betätigt wurde. Bastian öffnete die Tür einen Spalt.

Boris Wollweber stand rauchend auf dem Flur, während der Kellner offenbar die Damentoilette checkte. Leise schloss Bastian die Tür wieder.

»Wir können jetzt nicht raus.«

»Was nun?«

Die Klinke bewegte sich.

Bastian zog Sarah zu sich heran. Sie bekam keine Gelegenheit, Einwände zu formulieren, denn Bastians Lippen verschlossen ihren Mund. In den Augenwinkeln sah sie das überraschte Gesicht des Kellners, der nach der Schrecksekunde wortlos wieder verschwand.

Weil Bastian keine Anstalten machte, die Kussattacke freiwillig zu beenden, entzog sich Sarah ihm durch einen Schritt zur Seite.

Bastian grinste. »Hat geklappt!«

Sarah fuhr sich mit dem Handrücken über die feuchten Lippen. »Was hat geklappt?«

»Unser kleines Täuschungsmanöver.«

»Und wenn ich ein Kollege gewesen wäre?«

»Das war Notwehr. Völlig geschlechtsneutral und rein dienstlich.«

»Ach?! Ich wusste gar nicht, dass Sie im Dienst so leidenschaftlich sein können.«

»Frauen, die ich küsse, duze ich normalerweise.«

»Duzt du viele Frauen?«

»Die letzte vor zwei Jahren.«

Sarah ordnete ihr Haar und öffnete die Tür. Wollweber und der Kellner waren nicht mehr zu sehen.

Sie erinnerte sich an eine Notiz, die sie in einer Zeitung gelesen hatte. Ein Mann hatte die Stadt San Diego auf 5,4 Millionen Dollar verklagt, weil er während eines Konzerts in der Stadthalle gesehen hatte, wie eine Frau ein Herrenklo benutzt hatte. Dieses erschütternde Erlebnis habe bei ihm ein emotionales Trauma ausgelöst.

»Können wir?«

Bastian schüttelte den Kopf. »Warum nicht?«

Bastian trat von einem Fuß auf den anderen.

»Verstehe.« Sarah nickte, drehte sich um und prallte gegen einen älteren Herrn, der gerade den Raum betreten wollte.

»Entschuldigung«, sagte Sarah. »Ich habe mich in der Tür geirrt.«

Auf dem Weg zu ihrem Platz kam sie bei Froese vorbei, der gerade bei dem Kellner eine umfangreiche Bestellung aufgab. Den neugierigen Blick des Narbigen konterte sie mit einem verschmitzten Lächeln.

Kurz darauf kehrte auch Bastian zurück und setzte sich. »Irgendwelche Reaktionen?«

Sarah schüttelte den Kopf.

Bastian goss ihr und sich aus der Karaffe Wein ein.

»Ich würde zu gerne wissen, wer sich im Zoo trifft.« Sarah nippte an ihrem Glas.

»Mir reichte die Aktion eben auf dem Klo«, sagte Bastian. »Zwei Adrenalinschübe am Tag verkraftet mein alternder Körper nicht.«

Sarah stellte das Weinglas ab. »Du willst die Sache auf sich beruhen lassen?«

Das Essen wurde serviert. Bastian suchte den Blick des Kellners und zwinkerte ihm verschwörerisch zu.

Doch der wünschte nur: »Guten Appetit.«

Bastian probierte die Suppe. »Nicht schlecht. Möchtest du mal ...?«

Sarah schüttelte den Kopf. Bastian war klar, dass er ihr eine Antwort schuldete.

»Sarah, du hast irgendetwas von siebzehn Uhr Zoo gehört. Heute, morgen, übermorgen? Willst du eine Dauerkarte kaufen?«

»Wir könnten es heute auf einen Versuch ankommen lassen.«

Bastian war genervt. »Ich habe keine Lust, aufgrund einer Spekulation meine Freizeit im Zoo zu verbringen. Die Elefanten sind lethargisch, die Kamele stinken und einen Affen sehe ich jeden Morgen im Spiegel.«

»Ha, ha«, sagte Sarah und spießte lustlos eine Bohne auf.

Schweigend aßen sie zu Ende. Bastian zahlte und Sarah bedankte sich pflichtgemäß.

Als sie zusammen die *Artischocke* verließen, warf Bastian einen Blick zurück. Wollwebers Gesprächspartner saß noch immer an seinem Tisch.

Froese war kurz davor zu platzen. Er hatte sich bei seiner Bestellung an der Höhe der Preise orientiert und sich gewundert, dass ein Nudelgericht mit geriebenen Pilzen über einhundert Euro kosten konnte. Diese Pilze, Trüffel hießen sie wohl, hatten keine Ähnlichkeit mit den Dosenchampignons, die er sonst schon mal aß. Mit der Flasche Rotwein, die er geleert hatte, musste eine vierstellige Summe zusammengekommen sein. Aber Einladung ist Einladung. Nun nippte er an einem Sechzig-Euro-Cognac und stocherte mit einem Gäbelchen in einem Orangenparfait mit Mohnsauce.

Froese war von tiefer Zufriedenheit erfüllt. Er hatte seine Bewährungsprobe bestanden, bald würde die Zeit vorbei sein, in der er Hackbällchen und Mettwürstchen an windigen Straßenecken feilbot. Bald würde er in einer höheren Liga spielen.

Mit einer lässigen Geste winkte er den Narbenkellner an seinen Tisch. »Was haben Sie denn so an Zigarren da?«

»Ich bringe Ihnen den Humidor!«

»Nee, eine kubanische wäre mir lieber«, sagte Froese.

»Wollen Sie gleich rauchen oder mich erst begleiten?« Der Narbige beugte sich vertraulich zu dem Gast hinunter. »Herr Wollweber hat noch ein kleines Dankeschön für Sie. Eine Überraschung.«

»Das ist ja hier wie auf einem Kindergeburtstag«, grinste Froese und erhob sich.

»Dann wollen wir die Geschenke auch auspacken.«

Der Kellner geleitete Froese zum Aufzug.

»Wir fahren nach ganz oben.« Samtlebe schaute sich kurz zu den anderen Gästen um. Aber niemand interessierte sich für Froeses Fahrt ins Glück.

14.

Sarah bezahlte die Eintrittskarte.

»Viel Spaß bei den Löwen«, sagte die Frau an der Zoo-Kasse und grinste anzüglich.

Sarah wandte sich ab und grübelte über den Sinn dieser Bemerkung.

Es war 16.30 Uhr, sie hatte noch Zeit und schlug nach kurzem Zögern tatsächlich den Weg zum Löwengehege ein.

Vor einer Stunde hatte sie sich von ihrem Kollegen getrennt, die Stimmung zwischen ihnen war auf das morgendliche Niveau zurückgefallen. Sarah hatte Bennecke im Unklaren darüber gelassen, ob sie in den Zoo fahren würde oder nicht.

Sie passierte die Gehege mit dem Haus- und Schlachtvieh früherer Jahre. Eine Schulklasse stand vor einem Käfig, in dem sich ein Hausschwein an einem Stein kratzte. Fünf Ferkel versuchten, an die Zitzen zu gelangen.

Ein Lehrer in Cordhose und Strickjacke, der bald das Pensionsalter erreicht haben würde, versuchte, seinen Schülern verständlich zu machen, dass die Menschen diese Tiere vor ihnen früher gegessen hatten. Fünfzig Millionen Schweine pro Jahr waren während der Fleischära dem deutschen Speiseplan zum Opfer gefallen.

Einige der Kids verzogen angeekelt das Gesicht. Sarah schätzte, dass keines der Kinder älter als acht oder neun Jahre war. Da sich das Inkrafttreten der Prohibition zum vierten Mal jährte, war dies die erste Generation, die weitgehend eine ausschließlich vegetarische Ernährung und Erziehung genoss. Gesunde, glückliche Kinder, dachte die Kommissarin und empfand tiefe Zufriedenheit.

Vor dem Löwengehege hatte sich eine große Menschenmenge eingefunden. Offenbar kannten sich viele Besucher, denn Händeschütteln und gegenseitiges Schulterklopfen waren keine Seltenheit.

Ein Wärter erschien und hängte ein Schild auf. *Nächste Fütterung: 17 Uhr!*

Beifall brandete auf.

Im hinteren Teil des Geheges fuhr ein Lieferwagen vor. Zwei Männer öffneten die Schiebetür und hievten zwei verschlossene Kisten heraus. Sarah fiel auf, dass die beiden Männer bewaffnet waren.

»Hierher! Hierher!«, riefen einige Scherzbolde.

Sarah hob die Augenbrauen. Was war denn das für eine Show? Plötzlich dämmerte es ihr. Die Löwenfütterung war offenbar ein Treffpunkt für Spanner, die den Fleischfraß der königlichen Tiere wie ein Ritual feierten.

»Ich habe Sie noch nie hier gesehen«, sagte eine Frau neben ihr, die sehr elegant gekleidet war. »Zum ersten Mal dabei?«

Sarah nickte. Ihre Nachbarin ließ die Kisten nicht aus den Augen. Sie wirkte eigentlich ganz sympathisch.

»Sehen Sie die Pistolen der Wärter?«, fuhr die Frau fort. »Sie tragen sie, seit vor vier Wochen der Transporter auf dem Weg zum Löwengehege überfallen worden ist.«

»Tatsächlich?« Sarah hatte davon nichts gehört. Zu welchen perversen Aktionen die Fleischfresser fähig waren! Stahlen den Löwen das Futter, um ihre primitiven Gelüste zu befriedigen.

Die elegante Dame bediente sich aus einer Tüte mit Chips.

Sarah schnüffelte. »Riechen gut.«

»Ganz besondere Chips.«

Die Frau sah sich sichernd nach allen Seiten um, dann näherte sich ihr Mund Sarahs Ohr. »Geröstete Schweinehaut!«, hauchte sie und hielt Sarah die Tüte hin.

Sarah schluckte. »Nein, danke, ich bin Muslimin.«

»Das tut mir leid«, sagte die Frau. »Eine Rarität. Ich habe Beziehungen zur Asservatenkammer der Polizei.«

Sarah wusste zunächst nicht, was größer war, der Ekel oder die Neugier. Die Neugier siegte. »Asservatenkammer?«

»Da werden die beschlagnahmten Sachen aufbewahrt.«

»Interessant!« Die Kommissarin war der festen Überzeugung gewesen, dass in der Asservatenkammer nur die zuverlässigsten Beamten eingesetzt wurden. Wie konnte sie die Frau dazu bringen, ihre Quelle preiszugeben?

Sarah kam nicht dazu, sich eine Gesprächsstrategie auszudenken, denn ihr Blick fiel auf einen Mann im Rollstuhl, der sich für eine afrikanische Buschziege zu interessieren schien.

Es war ein schwarzer Rollstuhl, der Mann trug eine dunkle Hose und ein schwarzes Sakko. *The man in white* hatte die Farben gewechselt.

Als sich Sarah wieder umdrehte, war die elegante Frau verschwunden und damit auch jegliche direkte Möglichkeit für weitere Recherchen.

Die Menschenmenge wurde unruhig. Es gab ein »Ahhh« aus hundert Mündern, als ein Pfleger ein Stück Fleisch in den Löwenkäfig warf. Gierig stürzten sich zwei der Tiere darauf. Sarah wandte sich ab. Hinter ihr stand ein alter Mann. Er schien nicht zu bemerken, dass ihm ein dünner Faden Speichel aus dem Mundwinkel rann. Angeekelt schaffte Sarah Distanz zwischen sich und den abscheulichen, geschmacklosen und perversen Rufen der Spanner vor dem Löwengehege.

Günther Wollweber schaute auf seine Armbanduhr. Es war fünf Minuten nach fünf. Er hasste Unpünktlichkeit. Außerdem war es eine Unverschämtheit, ihn warten zu lassen. Noch war er die Nummer eins. Wollte ihn dieser Emporkömmling demütigen?

War es vielleicht falsch, den Vorstoß für Verhandlungen zu machen? Hätte er auf seinen Sohn hören sollen?

Eine weiche Männerstimme riss ihn aus seinen Gedanken. »Heißer Tag heute, nicht wahr?«

Neben Wollweber trat ein Mann um die fünfzig. Glatze, volles Gesicht, braune Augen, die hinter einer getönten Brille versteckt waren. Der Mann trug einen eleganten Anzug.

Wollweber nickte und musterte den Anwalt. »Ich hatte Sie mir anders vorgestellt.«

»Ich habe meine Grubenlampe im Wagen gelassen.«

»Woher weiß ich, dass ich mit dem Richtigen rede?«

»Ich könnte Ihnen das Lied *Der Steiger kommt* vorsingen.«

Das fand Wollweber nicht witzig.

Harder zuckte mit den Achseln. »Wollen Sie nun mit mir reden oder nicht?«

Vom Löwengehege drangen ein »Ahhh« und »Ohhh« zu ihnen herüber.

Carsten Harder blickte sich um. Für die Affen interessierten sich im Moment nur wenige Besucher. Ein Vater mit seiner Tochter, ein älterer Mann, der Nüsse in einen Käfig mit Schimpansen warf, eine attraktive schwarzhaarige Frau, Mitte dreißig, die das Schild am Paviankäfig studierte.

Günther Wollweber dirigierte den Rollstuhl neben eine Parkbank und zog die Bremsen an. Er forderte Harder mit einer Handbewegung auf, sich auf die Bank zu setzen.

»Danke, dass Sie meiner Einladung gefolgt sind!«

»Keine Ursache. Um was geht es?«

Günther Wollweber wartete, bis Harder es sich bequem gemacht hatte.

»Wenn wir uns gegenseitig das Leben schwer machen, nutzt das nur den anderen. Es wäre doch gut, wenn wir unsere Kräfte bündeln und zusammenarbeiten würden. «

Der Anwalt lehnte sich zurück. »Bei allem Respekt, Herr Wollweber. Ich kontrolliere mittlerweile sechzig Prozent des Marktes in Berlin. In Nordrhein-Westfalen und Baden-Württemberg habe ich Sie ganz verdrängt, im Saarland und in Rheinland-Pfalz verlieren Sie dramatisch an Einfluss ...«

Wollweber stoppte den Redefluss des Anwalts mit einer Handbewegung. »Ich kenne die Zahlen.«

»Dann wissen Sie, dass ein neues Zeitalter angebrochen ist. Ihres ist vorbei. Sie wollen Waffenstillstand? Sie haben nichts anzubieten, was mir nutzen könnte. So oder so werde ich Sie vom Markt verdrängen. Warum sollte ich mich mit Ihnen verständigen?«

Wollweber richtete sich im Rollstuhl auf. »Sie wissen, welche Gesetze die Regierung nächste Woche im Bundestag einbringen will. Die Zeiten werden härter. Nicht nur für mich, auch für Sie.«

Der Anwalt nickte. »Ich würde diese Regierung lieber heute als morgen aus dem Amt jagen!«

»Sie besitzen dazu nicht die Mittel und Möglichkeiten. Aber ich!« Der Alte zog eine kleine Videokamera aus seiner Jackentasche, drückte die Starttaste und reichte das Gerät an den Anwalt weiter.

Wortlos nahm der das Teil entgegen und blickte auf den kleinen Monitor.

Nach zwei Minuten ließ Harder die Kamera sinken. Das, was er gesehen hatte, hatte ihm genügt. Er gab Wollweber den Apparat zurück und erhob sich. »Ich bin beeindruckt. Wir sollten ein zweites Treffen vereinbaren.«

Der alte Mann am Schimpansenkäfig hatte seinen Vorrat an Nüssen verfüttert und war weitergegangen. Sarah stand allein vor den Pavianen und schwenkte den Fotoapparat in Richtung des Anwalts. Als sie auf den Auslöser drücken wollte, schaute er direkt in das Objektiv. Sie konnte sein Misstrauen förmlich spüren.

Harder machte einen Schritt in ihre Richtung.

Im gleichen Augenblick wurde sie am Ärmel ergriffen und herumgeschleudert. Sie landete in den Armen eines Mannes, der sie an sich zog und auf die Lippen küsste. Sie wollte aufschreien, aber im selben Moment sah sie in Benneckes Augen.

Er schmeckt nach Pfefferminz und küsst wahrlich nicht schlecht, dachte Sarah und wartete noch eine Sekunde, bevor sie sich von ihm löste.

»Schatz, wo warst du denn? Ich habe dich überall gesucht«, dröhnte Bastian.

Harder schien seine Absicht geändert zu haben. Aus den Augenwinkeln verfolgte Sarah, wie er sich hinter Wollwebers Rollstuhl postierte und den Alten Richtung Ausgang schob.

»Ist das der einzige Trick, den du draufhast?«

»Ich kenne schon noch ein paar andere, aber die machen weniger Spaß.«

»Warum bist du doch gekommen?«

Das Pavianpaar im Käfig kopulierte. Es war Bastian peinlich, dass sie es ausgerechnet jetzt taten.

Harder drehte sich noch einmal um. Sarah nahm Bastians Hand und wies mit dem Kopf in die entgegengesetzte Richtung. Händchen haltend zogen die beiden ab.

»Du weißt, wer die beiden waren?«

»Günther Wollweber und Anwalt Harder, möglicherweise der sagenumwobene Bergmann.«

»Die Konkurrenten scheinen sich zu verbünden.«

»Du hattest den richtigen Riecher!«

»Einsicht kommt vor der Besserung. Die Luft ist übrigens rein«, stellte Sarah fest. »Du kannst meine Hand wieder loslassen.«

»Schade«, sagte Bastian. Und das meinte er auch so.

15.

Im Garten seines Einfamilienhauses rückte Kriminalrat Liebisch mit der chemischen Keule den Läusen an seinen Tomatenstauden zu Leibe.

»Letztes Jahr habe ich achtzehn Kilogramm geerntet, allerbeste Qualität. Die Haut fest, knallrot und das Fruchtfleisch sehr aromatisch, etwas süßlich. Wie die Tomaten von den Kanaren, die es manchmal auch hier zu kaufen gibt.«

Zärtlich streichelte er eines der Prachtexemplare. Sarah und Bennecke schauten sich an. Der als Choleriker bekannte Kriminalrat hatte offenbar auch eine andere Seite.

Der sanftmütige Ausdruck in seinem Gesicht verschwand

allerdings schnell wieder. »Sie wollen wissen, was ich von der ganzen Sache halte? Nichts.«

Ein zorniger Blick traf Bastian und Sarah.

»Verflucht nochmal, wer hat Ihnen den Auftrag gegeben, rumzuschnüffeln? Ihr Job ist es, Streife zu laufen und Dealer aufzumischen!« Liebisch redete sich langsam, aber sicher in Rage. »Was glauben Sie, wer Sie sind? James Bond? Sie sind zwei kleine, korrupte Beamte, denen ich eine zweite Chance gegeben habe. Sie sind noch keine drei Tage in meiner Abteilung und bauen schon so eine Scheiße!«

Sie setzte zu einer Erwiderung an, aber Liebisch stoppte den Versuch mit einer Handbewegung. »Wo ist der Film?«

Sarah kramte in ihrer Handtasche und reichte ihrem Chef das Röllchen.

Der steckte es in die Tasche seines blauen Overalls. »Jetzt hören Sie mir mal genau zu. Ihr Einsatz hat nicht stattgefunden. Sie haben nichts gesehen und gehört. Es wird keinen Bericht darüber geben. Sie werden mit keinem Menschen darüber sprechen. Haben Sie mich verstanden?«

Bastian nickte, Sarah ließ sich Zeit mit einer Reaktion.

Liebisch fixierte sie.

»Ich werde mit dem Leiter des Staatsschutzes reden und ihm sagen, dass zufällig zwei meiner Leute im Zoo diese Zusammenkunft beobachtet und mir Meldung gemacht haben. Ich werde Ihre Namen da raushalten, wenn es möglich ist. Und das war es dann. Klar?«

Endlich nickte auch Sarah.

»Sie werden ab sofort den Job machen, für den Sie bezahlt werden. Keine Alleingänge mehr!« Der Kriminalrat klaubte ein paar Schnecken vom Salat.

Sarah und Bastian sahen ihm weiterhin wortlos zu.

»Ist noch was?«

Wie reuige Sünder schlichen die beiden davon.

Kopfschüttelnd sammelte Liebisch die Schnecken ein und warf sie in einen Topf mit Wasser. Schließlich richtete er sich ächzend auf und sah dem abfahrenden Wagen nach. Er seufzte.

Vielleicht war es falsch, die beiden in seine Abteilung geholt zu haben. Er hatte einfach ein viel zu gutes Herz. Er würde auf sie aufpassen müssen, sie konnten seine Truppe in Verruf bringen. Und das war das Letzte, was er sich für die kurze Zeit bis zu seiner Pensionierung wünschte.

Der Kriminalrat zog ein Handy aus dem Overall und wählte eine Nummer, die er auswendig konnte. »Liebisch hier. Ich glaube, wir haben ein Problem.«

Das Problem saß in Bastians Lieblingskneipe und spülte den Frust mit Gin Tonic hinunter. Auf dem Weg zur Bar hatten Bastian und Sarah gestritten, ob es richtig gewesen war, ihren Chef einzuschalten. Sarah hatte von Anfang an Bedenken gehabt, aber Bastian war die Rückendeckung durch ihren neuen Chef wichtig gewesen. Wenn er gewusst hätte, dass sie einen Tritt in den Arsch bekommen würden, hätte er besser geschwiegen. Das Kapitel war nach dem dritten Gin Tonic durch.

»Warum bist du eigentlich Polizist geworden?«, fragte Sarah.

Bastian tischte ihr die hundertmal erzählte Legende von den spannenden Aufgaben, der Freude am Umgang mit Menschen, vom faszinierenden Blick in das Innenleben von Opfern und Tätern auf.

Warum sollte er ihr erzählen, dass die Beschäftigung mit den Problemen anderer Leute ihm so gut in den Kram passte, weil er sich dann nicht mit seinen eigenen Schwächen und Problemen rumschlagen musste?

Sarah hing ihren eigenen Sorgen nach und ihr Nachfragen

war nicht besonders engagiert. So plapperte er weiter und mit jedem Gin wurde seine Zunge schwerer.

»Und warum bist du solo?«

Mit einem Mal war Bastian hellwach. Jetzt durfte er nichts Falsches sagen. »Du kennst doch unseren Job!«

»Scheißantwort.«

»Okay, ich will ja nicht sagen, dass immer und nur der Job schuld ist, wenn eine Beziehung in die Brüche geht, aber es hat schon was mit dem Stress und den unmöglichen Arbeitszeiten zu tun.«

»Tausende Polizisten sind glücklich verheiratet.«

»Vielleicht liegt es dann daran, dass ich Einzelkind bin. Unfähig zur Kommunikation.«

»Ach, komm!«

»Was willst du denn hören?«

»Was war mit deiner letzten Beziehung?«

»Das ist zwei Jahre her. Sie hieß Hanna und war Lyrikerin. Kennst du das Gedicht über die irische Frühlingskartoffel? Hat letztes Jahr den Lyrikpreis gewonnen.«

»Kenn ich. Das ist von deiner Verflossenen?«

»Ja. Aber ein Bulle und eine Lyrikerin, das konnte nicht gut gehen. Wir haben in verschiedenen Welten gelebt.«

»Was ist mit One-Night-Stands?«

»Das wird mir langsam zu intim. Ich frag ja auch nicht, ob dein Imogen gut im Bett ist und du schreist, wenn du kommst.«

»Sorry.«

Sarah trank ihr Glas aus. »Das geht mich wirklich nichts an. Ich rede dummes Zeug. Ich bin einfach nur gefrustet.«

»Noch einen Gin?«

»Danke, ich hab genug.« Sie zog einen Zehn-Euro-Schein aus ihrem Portmonee und legte ihn neben das Glas. »Wir sehen uns morgen!«

»Gute Nacht, Schatz!«

Sarah schenkte ihrem Kollegen ein gequältes Lächeln und verließ die Kneipe.

Bastian starrte auf ihren Hintern und dachte an Hanna, die ihn morgens mit Gedichten geweckt hatte, die sie in schlaflosen Nächten gereimt hatte.

›Verschiedene Welten‹ war eine nette Umschreibung für den Umstand, dass ihn die Rohköstlerin Hanna wegen seines Fleischkonsums verlassen hatte. Sie hatte ihn bei der Zubereitung einer Lammkeule im Käsemantel überrascht und sofort ihre Sachen gepackt. Als sie den Preis gewann, hatte er sie besucht und einen Strauß Blumen mitgebracht. Sie hatte ihn lächelnd entgegengenommen, gesagt, dass die Blumen Wasser brauchten, und sie ins Klo geworfen.

16.

Sarah war nervös. Sie rieb die Finger aneinander und bemerkte, dass sie schweißnasse Hände hatte. Sie zog ein weißes Taschentuch aus ihrer Umhängetasche und trocknete sich den Schweiß ab. Heute Morgen hatte sie eine halbe Stunde im Bad zugebracht und eine weitere halbe Stunde vor dem Kleiderschrank. Zuerst hatte sie ein figurbetontes Kostüm ausgewählt, sich dann aber darin overdressed gefühlt. Ihre Entscheidung war auf eine Jeans und eine weiße Bluse gefallen, über der sie eine elegante Jacke trug. Sie hatte sich dezent geschminkt und nach dem Frühstück fünf Minuten die Zähne geputzt.

Es war ihr ganz recht gewesen, dass Imogen im Bett geblieben war, um seinen Rausch auszuschlafen. Er war erst spät zurückgekommen, offenbar von einem Geschäftsessen. Sarah war sich darüber klar geworden, dass ihre Beziehung mit Imogen an einen Tiefpunkt angelangt war. Sie war weit davon entfernt, allein Imogen die Schuld für die erkalteten Gefühle zu geben, aber seine wachsende Überheblichkeit, seine zunehmende Arroganz und Selbstgefälligkeit gingen ihr gehörig auf den Wecker. Sie konnte es nicht ertragen, wenn Imogen auf der heimischen Couch über die »blutarme Kanzlerin und ihre vegetarische Mission« herzog, in der Öffentlichkeit jedoch ihre Fahnen schwenkte.

Eine holzvertäfelte Tür öffnete sich. Die Sekretärin erschien und schenkte Sarah ein professionelles Lächeln. »Herr Eberwein hat jetzt Zeit für Sie!«

Die Frau ließ die Tür offen stehen und Sarah spürte ihren abschätzenden Blick, als sie an ihr vorbei das Büro betrat.

Das Erste, was sie wahrnahm, war ein Bild von Imogen, das über dem wuchtigen Schreibtisch hing. *Tofu im Kronleuchter* hatte sie das abstrakte Ölgemälde scherzhaft genannt, als Imogen es ihr präsentiert hatte. Und unverkäuflich, hatte sie im Stillen gedacht. Sie war überrascht, wie gut es mit der minimalistisch-edlen Büroeinrichtung des Staatssekretärs harmonierte. Eberwein erwartete sie, vor dem Schreibtisch stehend, und lächelte sie an, dass ihr heiß und kalt wurde.

»Sie glauben gar nicht, wie mir Ihr Besuch den Tag versüßt«, flötete er und es klang ehrlich. Sie streckte ihm die Hand entgegen, aber Eberwein nahm sie nicht zur Kenntnis, sondern küsste sie auf die Wangen, als seien sie gute Freunde.

Sarah betete, dass sie nicht rot wurde. Eberwein deutete auf eine Gruppe von Sesseln, die in der Ecke des äußerst geräumigen Büros stand. »Setzen Sie sich bitte.«

Ohne ihre Antwort abzuwarten, nahm er Kurs auf die angezeigten Möbel. »Ich habe Frau Semper gebeten, uns einen Tee zu machen. Oder möchten Sie lieber Kaffee?«

»Tee ist gut«, sagte Sarah und spürte, dass ihre Stimme belegt war.

»Ich habe Ihren Blick auf das Bild bemerkt.«
»Ich kenne den Maler.«
»Ich auch. Netter Typ. Kaufen Sie auch Bilder?«
»Nicht in dieser Preisklasse.«
»Kann ich mir normalerweise auch nicht leisten. Dieses hier hat der Steuerzahler bezahlt!«

Die Zeit, bis die Sekretärin den Tee brachte, verbrachten sie mit Smalltalk. Sarah erfuhr, dass Eberwein mit Vornamen Bruno hieß, in Hamburg Jura studiert und im Stab des dortigen Innenministers gearbeitet hatte. Dort war er seinem Parteifreund, dem heutigen Innenminister, aufgefallen, der ihm nach den gewonnenen Wahlen den Job als Staatssekretär angeboten hatte. Die Wahlen waren Schicksalswahlen gewesen, denn die größte Oppositionspartei hatte sich klar gegen die von der Regierung anvisierte Fleischprohibition ausgesprochen. Aber das durch Vogelgrippe und Gammelfleischskandale tief verunsicherte Volk hatte mit großer Mehrheit der Regierung den Rücken gestärkt. Vier Monate nach Regierungsantritt waren die Herstellung, der Vertrieb und der Verzehr von Fleisch schrittweise verboten und dann unter Strafe gestellt worden. Zeitgleich waren die skandinavischen Länder, Großbritannien und die Benelux-Länder ebenso verfahren. Nach und nach hatten sich auch die übrigen Staaten der EU dem Fleischverzicht angeschlossen. Polen hatte allerdings erst vom Vatikan ermahnt werden müssen und als letztes Land hatte sich Frankreich zur Prohibition bekannt. Damit war Europa bis zur russischen Grenze fleischfrei geworden.

»Und selbst?«, erkundigte sich Eberwein.
»In Lübeck aufgewachsen, in Berlin Kriminalistik studiert, zuerst im Dezernat Eigentumsdelikte gearbeitet, später in der Soko Fleisch. Mein Leben ist nicht annähernd so spannend wie Ihres.«

Sarah wollte seine Zeit nicht über Gebühr in Anspruch nehmen und keinesfalls den Eindruck erwecken, sie sei eine Plaudertasche.

»In der letzten Woche war Ihr Leben ziemlich spannend.« Eberwein sah sie wissend an. »Ich bin informiert. Das wird sich doch hoffentlich alles aufklären?«

»Ich hoffe.«

»Wenn ich Ihnen in der Angelegenheit dienlich sein kann, sagen Sie es frei heraus.«

»Nein.« Sarah schüttelte nachdrücklich den Kopf. »Deshalb bin ich nicht hier.«

Zunächst stockend, dann aber sehr konzentriert, berichtete sie von der Bergung des toten Griesers, von der Verlautbarung, er habe sich das Leben genommen, ihren Beobachtungen in der *Artischocke* und im Zoo. Sie erwähnte ihr Gespräch mit Liebisch, nicht aber, dass der Kriminalrat sie zum Stillschweigen verdonnert hatte.

Eberwein hatte sie nicht ein einziges Mal unterbrochen und mit wachsender Aufmerksamkeit zugehört.

Als sie ihren Vortrag beendet hatte, massierte er sich mit den Zeigefingern die Stirn. Sarah fiel auf, dass er keinen Ehering am Finger trug.

Der Staatssekretär stand wortlos auf, ging zum Schreibtisch und kehrte mit einer Mappe in der Hand zurück. »Sie haben natürlich Recht. Grieser ist ermordet worden, man hat ihm die Kehle durchgeschnitten. Fundort ist nicht Tatort. Hier ist der Obduktionsbefund.«

Er klappte die Mappe auf und schob sie vor Sarah, die nur einen kurzen Blick darauf warf.

»Wenn wir die Öffentlichkeit informieren, dass der Mann, der für die Sicherheit der Kanzlerin zuständig war, brutal abgeschlachtet worden ist, wird es Unruhe geben. Die können wir unter keinen Umständen gebrauchen. Ihre Kollegen arbeiten rund um die Uhr an diesem Fall.« Er wies auf einen Absatz im Obduktionsbericht. »Es sind eine Menge Unstimmigkeiten und Merkwürdigkeiten aufgetreten, die uns sehr beunruhigen. Zum Beispiel, dass man in Griesers Magen Reste eines Rinderfilets gefunden hat.«

Sarah war baff.

»Wir haben seine Anrufe zurückverfolgen können. Grieser stand offenbar in Kontakt mit Wollweber.« Eberwein sah seine Besucherin mit aller Strenge an. »Das ist hier off record.«

Sarah nickte.

»Wir müssen vom Schlimmsten ausgehen. Die Sicherheitsmaßnahmen für die Kanzlerin sind verändert und verschärft worden.«

»Sie vermuten einen Anschlag?«

»Keine Ahnung, aber wir müssen mit allem rechnen.« Eberwein blickte auf die Uhr. »Tut mir leid, ich habe jetzt einen Termin.«

Sarah erhob sich. »Entschuldigung. Ich wollte Sie nicht aufhalten.«

»Sie brauchen sich nicht zu entschuldigen. Ich bin Ihnen sehr dankbar, dass Sie mir von der Zusammenkunft von Wollweber und Harder erzählt haben. Das hilft uns bei unseren strategischen Überlegungen.« Er musterte sie wohlwollend. »Noch einmal. Wenn ich Ihnen in Ihrer persönlichen Angelegenheit …«

Sie unterbrach ihn. »Das ist wirklich nicht nötig.«

Eberwein begleitete sie zur Tür. »Ich hoffe, wir sehen uns bald wieder.«

Der Staatssekretär streckte die Arme aus und Sarah ließ die Umarmung gerne geschehen. Die Sekretärin kam herein, um ihn an den Termin zu erinnern, als er ihr einen Kuss auf die Wangen hauchte. Sarah bemerkte, dass die Sekretärin nicht erfreut war über das, was sie sah.

17.

Der Raum, in dem Grieser seinen letzten Bissen gemacht hatte, war unverändert. Allerdings lagen heute drei Gedecke auf dem runden Tisch.

»Ich hoffe, Sie mögen Wild. Es gibt geschnetzelte Rehkeule in Preiselbeersauce.«

Günther Wollweber wies Harder den Platz mit Blick über die Hauptstadt zu. Boris rückte den überflüssigen Stuhl beiseite und dirigierte den Rollstuhl seines Vaters an den Tisch. Er selbst nahm links von ihm Platz.

»Ich esse eigentlich alles.« Der Anwalt knöpfte seine Anzugjacke auf, bevor er sich setzte. Michelinringe am Bauch belegten seine Aussage, dass er einem guten Essen nicht abgeneigt war. »Außer Innereien.«

»Schade.« Günther Wollweber faltete die Servierte auseinander. »Ich hätte Ihnen gerne ein Geschenk gemacht. Wir produzieren eine fantastisch gute Leberwurst.«

»Leberwurst fällt bei mir nicht unter Innereien«, grinste Harder.

Der Kellner servierte das Essen.

Sie plauderten über das immer wahrscheinlicher werdende Ausscheiden des FC Bayern München aus der Bundesliga, nachdem man die ganze Mannschaft nach einem Auswärtsspiel gegen Lokomotive Moskau beim Spanferkelessen fotografiert hatte. Über die immer heißeren Sommer und den Anstieg der Ölpreise. Dabei tranken sie einen vorzüglichen französischen Bordeaux.

Nachdem der Kellner die leeren Teller abgeräumt und Harder die Küche über den grünen Klee gelobt hatte, räusperte sich Boris Wollweber. »Haben Sie sich entschieden?«

Der alte Wollweber legte seine Hand auf den Arm seines Sohnes. »Ungeduld ist eine Schwäche der Jugend. Wir hätten bis zum Kaffee warten sollen.«

»Nein, das ist schon okay.« Harder nippte an seinem Weinglas. »Ich glaube, es ist sinnvoll, wenn wir unsere Streitigkeiten begraben.«

Der alte Wollweber lehnte sich im Rollstuhl zurück. »Das freut mich!«

Der Anwalt griff in die Innentasche seiner Jacke und zog ein zusammengefaltetes Papier heraus. »Dies sind die Bedingungen, unter denen ich zu einem Waffenstillstand bereit bin.«

Er schob das Schreiben Günther Wollweber zu.

»Bedingungen?«, entrüstete sich Boris. »Sie stellen Bedingungen? Das kann doch nicht wahr sein!« Er sprang vom Tisch auf und der Inhalt seines Weinglases ergoss sich über die weiße Tischdecke.

Günther Wollweber warf seinem Sohn einen strengen Blick zu. Aber der wollte sich nicht beruhigen.

»Sie sind größenwahnsinnig. Sie haben uns überhaupt nichts zu diktieren. Wenn wir wollten, könnten wir …«

Der Alte hob die Hand. »Ich möchte, dass du gehst. Sofort!«

Sein Tonfall duldete keinen Widerspruch. Boris vernichtete den Anwalt mit einem Blick und verließ wortlos den Raum.

»Ich bitte das Verhalten meines Sohnes zu entschuldigen.«

»Ich kann ihn verstehen. Kein Problem.«

Wollweber nahm das Schreiben und setzte seine Lesebrille auf. Er ließ sich Zeit beim Studium des Papiers und überlegte einen Moment.

Harder goss den restlichen Inhalt der Flasche in sein Weinglas.

»Geben Sie mir Ihren Kugelschreiber«, sagte Wollweber schließlich. »Ich akzeptiere.«

Harder reichte ihm einen Füllfederhalter und eine Kopie des Textes. Wollweber setzte seine Unterschrift auf das Papier, anschließend zeichnete auch Harder das Schriftstück ab.

»Noch heute geht eine Kopie des Films an die Kanzlerin«, sagte Wollweber und griff zu seinem Glas. »Wir geben dem Kabinett vier Tage Zeit, um den Gesetzesentwurf zurückzuziehen und die verschärften Zollkontrollen einzustellen, ansonsten werden wir das Material veröffentlichen. Das wäre dann das Ende dieser Regierung.«

»Jede andere ist besser als diese.« Harder prostete Wollweber zu. »Cheers!«

»Auf uns!«

Die Gläser klirrten.

18.

Sarah und Bastian saßen im Aufenthaltsraum der Wache des Reviers, in dem sie ihren Streifendienst versahen. Hier waren sie ungestört, selbst die hartgesottensten unter den Kollegen der Wache hielten sich nur gezwungenermaßen hier auf, denn jede Wartehalle eines S-Bahnhofs wirkte einladender. Die Platte des primitiven Plastiktisches war übersät mit Brandflecken, in einem vergessenen Glas gammelten Essiggurken vor sich hin, eine Topfpflanze hatte den Kampf ums Überleben bereits vor geraumer Zeit aufgegeben. Auch die wackligen Stühle und das fleckige Sofa ließen das Ambiente des Raums nicht angenehmer erscheinen. Es stank nach kalten Kippen und gegorenem Obst. Sarah ertappte sich, dass sie für einen Moment neidvoll an das Büro von Eberwein dachte.

»Du bist doch total durchgeknallt!«, war Bastians erster Kommentar, nachdem ihm Sarah von ihrem Gespräch mit Eberwein berichtet hatte. »Liebisch röstet uns auf seinem Gartengrill, wenn er davon erfährt.«

»Von wem soll er es erfahren? Oder willst du petzen?«

Bastian bedachte sie mit einem missbilligenden Blick.

Sarah warf ein Stück Zucker in ihren Kaffee, der so dünn war, dass sie bis zuletzt zugucken konnte, wie sich die Kristalle auflösten.

»Immerhin haben wir jetzt die Bestätigung, dass Grieser umgebracht worden ist. Und wir wissen, dass sich Wollweber und der Bergmann, sprich Harder, offenbar verbündet haben.«

»Ja und?« Bastian entsorgte seinen leeren Pappbecher im Papierkorb.

»Mensch, Bastian. Du warst bei der Mordkommission, ich bei der Soko Fleisch. Wir sind Spezialisten, wir haben Verbindungen. Der Zufall hat uns Griesers Leiche vor die Füße gelegt. Niemand kann uns hindern, an der Sache dranzubleiben.«

»Das ist nicht unsere Aufgabe.«

»Willst du bis zur Pensionierung diesen beschissenen Streifendienst machen? Wenn wir einen guten Job erledigen, dann können wir bald wieder auf unseren alten Posten sein.«

»Was könnten wir tun, was andere nicht schon längst getan haben?«

Sarah zuckte mit den Schultern. »An Boris Wollweber dranbleiben. Der scheint mir am ehesten eine Schwachstelle zu sein. Wir wissen ja, wo er ein und aus geht. Wir könnten versuchen, über diesen Typen, der neulich in der *Artischocke* mit Wollweber gesprochen hat und offensichtlich einer von den Leuten des Bergmanns ist, einen Schritt weiterzukommen. Wir haben alle Möglichkeiten der Welt, wir müssen nur wollen.«

Ein uniformierter Polizist mit Segelohren und Schnurrbart kam herein, einen Plastikbecher fest im Griff. Er wollte sich setzen, blieb aber stehen, als er Bastian erkannte.

»Also ist es doch wahr«, sagte er und konnte sich ein Grinsen nicht verkneifen. »Ich war im Urlaub und habe erst heute die frohe Nachricht erhalten. Hatte ich es nicht gesagt, man trifft sich immer zweimal.«

Bastian warf dem Mann einen verächtlichen Blick zu. »Ich dachte, man hätte Sie rausgeschmissen!«

Der Polizist zuckte mit den Achseln. »Personalknappheit. Da nehmen sie bei der Fleifa ja sogar Kameradenschweine wie dich!«

Mit einer Schnelligkeit, die Sarah ihm nicht zugetraut hätte, sprang Bastian auf, nagelte den Mann an einen Spind und versetzte ihm einen kurzen, harten Hieb vor die Brust. Der Polizist schnappte nach Luft. Bastian wich zurück. Der Mann stank aus dem Hals, als hätte er einen Aschenbecher ausgeleckt. Wenn man seinen Atem in Flaschen abfüllte, konnte man ihn als chemische Waffe benutzen.

Sarah zog Bastian von dem Mann weg. Der Inhalt des Plastikbechers hatte unübersehbar Spuren auf der Uniformjacke hinterlassen.

Der Polizist schaute sich die Sauerei an. »Du bezahlst die Reinigung, Bennecke.«

»Wenn Sie mich noch einmal duzen, zahle ich auch die Rechnung für den Zahnarzt!«

Der Polizist wankte zur Tür, er litt immer noch unter Atemnot. »Pass auf, wenn du das nächste Mal in die Gemeinschaftsdusche kommst«, sagte er zum Abschied. »Könnte sein, dass du auf der Seife ausrutschst.«

»Und?«, fragte Sarah, als sie wieder allein waren.

»Lange Geschichte. Ich erzähle sie dir beizeiten.«

Bastian starrte in seinen Kaffeebecher und Sarah hielt es für ratsam, ihn nicht dabei zu stören.

Bastians Gehirn leistete Schwerstarbeit. Vielleicht hatte seine Kollegin Recht. Vielleicht war es besser, diese Wache so schnell wie möglich zu verlassen und wieder einer Arbeit nachzugehen, die Spaß machte. Nicht dass er vor dem Segelohrenmann Angst hatte, mit Maulhelden wie ihm würde er immer fertig werden. Aber was war das für eine demütigende Beschäftigung, Imbisse zu checken, ob nicht doch im Tofu-Sandwich Spuren tierischer Fette zu finden waren.

Das Verbot der Tierhaltung und des Fleischkonsums war vielleicht eine gut gemeinte, hygienisch und ökologisch sinnvolle Maßnahme gewesen, aber wie so viele Gesetze und Verordnungen war sie von Fanatikern pervertiert worden.

Als ob man gute und schlechte Menschen dadurch unterscheiden konnte, ob sie beim Anblick eines Koteletts Speichel absonderten oder kotzen mussten. Vielleicht war es besser, den Job zu schmeißen, auf die Pensionsansprüche zu verzichten und Taxi zu fahren.

»Ich störe dich nur ungern beim Nachdenken«, sagte Sarah nun doch, »aber ich hätte gerne eine Entscheidung, ob ich auf dich zählen kann.«

»Führ deinen Krieg allein!«

»Also nein.«

»Ich wünsche dir Glück, und das meine ich ganz ehrlich. Pass auf dich auf!« Bastian stand auf.

»Wo willst du hin?«

»Ich muss an die frische Luft. Wir sehen uns morgen, wenn du für den Job, für den du bezahlt wirst, dann noch Zeit hast.«

Bastian ließ sich über den Ku'damm treiben, ziellos, schlecht gelaunt, durstig. Hier hatte sich in den letzten Jahren nichts verändert, die Flaniermeile war noch immer das Einkaufsziel der Reichen und Schönen, für die die Friedrichstraße im früheren Osten weiter weg war als Warschau. Er bog ein in eine der Nebenstraßen mit stuckverzierten Fassaden und imposanten Hauseingängen.

Als er an der *Filmkunst 66* vorbeikam, entschied er sich spontan für einen Kinobesuch. In der Nachmittagsvorstellung gab es eine französische Komödie mit Untertiteln. Seit sich die deutschen Filmproduzenten auf einen Ehrenkodex geeinigt und sogar Anspielungen auf Fleischverzehr aus den Drehbüchern gestrichen hatten, sah sich Bastian nur noch ausländische Filme an, in denen es immerhin noch ironische Dialoge über die Prohibition gab.

Er kaufte sich eine Eintrittskarte, eine Dose Bier und eine Tüte Studentenfutter. Anschließend organisierte er sich einen Plastikstuhl und setzte sich vor die Tür. Bis zum Beginn der Vorstellung war noch Zeit.

Aus einer Vinothek trat eine elegant gekleidete Frau. Sie war groß gewachsen, superschlank, mit langen blonden Haaren. Sie lächelte ihm zu, zog ein Handy aus ihrer Tasche und nahm ein Gespräch an.

Bastian fing ein paar Wortfetzen auf. »Ich habe einen Grauburgunder, Bopparder Hamm Feuerlay von Florian Weingart bekommen. Der passt hervorragend zum Perlhuhn ...«

Bastian versuchte, sich vorzustellen, wie dieses Luxuswesen in einem dunklen Häusereingang bei einem Straßendealer ein Perlhuhn erstand. Es gelang ihm nicht. Sie kannte garantiert einen Dealer, der auf Bestellung den Kühlschrank mit Hasenrücken und Entenbrüsten füllte.

Auch während der Alkoholprohibition damals in den USA hatten die Reichen ihre Al Capones, Lucianos, Genoveses, Costellos und Lanskys, die sie mit Stoff versorgten.

Als die Frau an ihm vorbeiging, wurde ihm klar, dass ihr

Lächeln nicht ihm galt. Ihre straff gespannte Gesichtshaut ließ kein anderes Mienenspiel zu. Die Frau hatte die fünfzig weit überschritten. Sie stieg in einen Porsche, der auf einem Behindertenparkplatz stand, ließ den Motor aufheulen und düste davon.

Von einem Moment auf den anderen stieg Wut in Bastian hoch. Wut auf die Ungerechtigkeit in dieser Welt.

Vor fast zwanzig Jahren war er angetreten, dagegen etwas zu unternehmen. Hatte Sarah Recht? War er wirklich ein fauler Sack geworden, einer dieser Beamten, die nur noch Dienst nach Vorschrift machten und die Tage bis zur Pensionierung zählten?

Was sprach dagegen, ein Risiko einzugehen und auf eigene Faust zu ermitteln? Er hatte keine Familie, um die er sich sorgen musste. Er hatte nichts zu verlieren als die Bequemlichkeit.

Er zog das Handy hervor und wählte eine Nummer, die er auswendig kannte. Willi hatte tatsächlich Zeit, ihn zu treffen. Bastian sagte, dass er im Kino sei. Willi versprach, sich zu beeilen.

Der Film gefiel Bastian nicht. Es war eine dieser Liebesgeschichten mit Hindernissen, bei der schon nach zehn Minuten klar war, dass sich das ungleiche Paar schließlich finden würde. Offenbar gab es im Original ein paar freche Sätze über die Prohibition und darüber, wie man sie umgehen konnte, denn einige Kinobesucher lachten. Im Gegensatz zu Bastian schienen die Amüsierten der französischen Sprache mächtig zu sein, denn der Untertitel gab keinen Anlass für einen Lacher. Bastian wurde erneut wütend. Sie nehmen einem alles! Sie wollen die totale Gehirnwäsche!

Jemand setzte sich neben ihn. Es war Willi.

»Wie ist der Film?«

»Scheiße. Sie fälschen sogar die Übersetzung!«

»Was erwartest du? Mein Junge hat neue Schulbücher bekommen. Sie tun jetzt so, als habe sich die Menschheit immer nur vegetarisch ernährt. Da ist ein Bild von einem Neandertaler drin. Der nagt nicht am Mammutknochen, sondern an einer Möhre!«

»Ich wusste gar nicht, dass du einen Sohn hast?«

»Michael, er wird jetzt acht.«

»Was denkt er, was du arbeitest?«

»Import, Export.«

Hinter ihnen platzte jemandem der Kragen. »Könnt ihr nicht mal die Schnauze halten!«

Bastian hob die Hände. »Entschuldigung. Wir sind schon weg!«

Bastian und Willi gingen in die nächste Kneipe und orderten Bier. Das Lokal hatte entweder seine Glanzzeiten hinter sich oder vergilbte Poster, verschlissene Sitzpolster und Spinnweben in den Ecken repräsentierten einen neuen Trend in der Kneipenszene. Die Aschenbecher auf den einfachen Holztischen waren offenbar das letzte Mal entleert worden, als die Amerikaner den Mond eroberten, Eric Burdon besang lautstark *The house of the rising sun* und auch der Wirt sah aus, als habe er das Verfallsdatum überschritten.

»Vielleicht sollten wir besser das Lokal wechseln«, meinte Bastian, als er an seinem Bierglas einen verwischten Lippenstiftabdruck entdeckte.

»Ich habe nicht den ganzen Abend Zeit.« Willi wischte den Rand des Bierglases mit einem Taschentuch ab. »Was ist passiert, dass du dich mit mir in aller Öffentlichkeit triffst. Hat man dich endgültig rausgeschmissen?«

»Noch nicht, aber ich arbeite daran.«

»Also, was willst du?«

»Du kennst doch den Bergmann?«

»Wer will das wissen? Der Polizist Bennecke?«

»Dein Freund Bastian.«

Willi löste seinen Zopf und steckte ihn neu zusammen. »Niemand weiß, wer er in Wirklichkeit ist. Darüber gibt es nur Spekulationen.«

»Aber du arbeitest für ihn?«

»Nicht nur. Manchmal kauf ich auch von Wollwebers Truppe. Je nachdem, was im Angebot ist. Ich bin da eine ziemliche Ausnahme. Die meisten Zwischenhändler haben ihre festen Zulieferer. Ich habe einen guten Ruf und mache hohen Umsatz. Deshalb werde ich akzeptiert, von beiden Seiten.«

»Ich brauche einen Kontakt zum Bergmann.«

Willi lachte laut auf. »Den wollen viele. Vergiss es!«

»Wie kriegst du deine Lieferung vom Bergmann?«

»Willst du das wirklich wissen?«

»Hätte ich sonst gefragt?«, sagte Bastian gereizt.

Willi schüttelte den Kopf.

Bastian schob sich nahe an seinen Kumpel heran. »Ich habe dir mehr als einmal den Arsch gerettet. Darf ich dich daran erinnern, dass ich es war, der dich vor der Razzia im Hafen gewarnt hat. Sechzehn Leute haben sie damals hochgenommen, die sitzen alle noch im Knast.«

Willi legte seine Hand auf Bastians Schulter. »Darf ich dich daran erinnern, dass ich mich mit einem Truthahn bedankt habe.«

»Mensch, Willi.« Bastian brachte einen traurigen Gesichtsausdruck zu Stande. »Ich würde dich nicht fragen, wenn es nicht wichtig wäre.«

»Ich weiß beim besten Willen nicht, wie man an den Bergmann rankommen kann«, sagte Willi, aber es klang nicht sehr überzeugend.

»Du hast aber eine Idee«, meinte Bastian, »das sehe ich dir an!«

Willi seufzte. »Du bringst mich in Teufels Küche.«

»Da gibt's die besten Fleischgerichte.«

Willi ließ sich Zeit für seinen nächsten Satz. »Ich kriege meine Ware über einen Zwischenhändler, richtiger Name tut nichts zur Sache, ich kenne ihn unter dem Namen Olaf. Der war vor ein paar Tagen ziemlich zu, alkoholmäßig. Wir sind ins Quatschen gekommen …«

»Mach es nicht so spannend.«

»Olaf bekommt auf seinem Handy eine verschlüsselte SMS und weiß dann genau, wo die Übergabe der Ware stattfindet. Morgen bekomme ich neuen Stoff, also wird er heute Abend bei Einbruch der Dunkelheit losfahren, um die Lieferung abzuholen.«

»Und du weißt auch, von wo aus er losfährt?«

Willi nickte. »Ich habe was gut bei dir!«

19.

Die Vernissage war gut besucht. Vor der Galerie in der Knesebeckstraße parkten Nobelkarossen. Blasse Krawattenträger und ihre geschminkten Begleiterinnen labten sich am Prosecco und bestaunten die neusten Werke »des innovativen und berühmtesten Expressionisten Berlins«.

Vor zehn Minuten hatte ein Kunstprofessor, den Imogen vom Studium kannte, eine Laudatio gehalten, in der es von Superlativen nur so gewimmelt hatte.

Sarah war das peinlich gewesen, aber Imogen schien die Rede gefallen zu haben. Er war um zehn Zentimeter gewachsen und erläuterte gerade zwei Bankern sein Monumentalgemälde *Todeskampf der Karotte*.

Sicherlich würde es nach der Ausstellung im Eingang der Bank hängen. Sarah hatte Petra gefragt, ob sie ihr beim Ausschank des Proseccos helfen könne, aber Petra meinte, als Lebensgefährtin des größten Malers seit Picasso sei das unter Sarahs Würde.

So hielt sie sich am Sektglas fest und versuchte vergeblich, Freunde zu entdecken. Offenbar hatte es Imogen nicht für nötig gehalten, Leute einzuladen, deren Jahresgehalt nicht mindestens sechsstellig war.

Am Eingang gab es einen kleinen Tumult, Leute tuschelten und Imogen ließ die Banker Banker sein. Sarah stellte sich auf die Zehenspitzen, um einen Blick auf den hohen Besuch zu erspähen. Aber erst als das Ehepaar vor ihr zur Seite trat, um das Gemälde *Tomatenmassaker* zu begutachten, konnte sie die neuen Gäste erkennen.

Eberwein stolzierte herein. An seiner Seite eine bildhübsche, blutjunge Blondine.

Sarahs Herz bekam einen kleinen Stich. Sie stand nur da und glotzte. Es kam ihr vor, als würde eine Ewigkeit vergehen. In der Ferne hörte sie Imogens Stimme, die von »großer Ehre« sprach.

Sarahs Blick klebte auf der atemberaubenden Schönheit neben Eberwein. Bei dieser Frau stimmte alles. Größe, Länge der Beine, Figur, Busen, Gesichtsform, sogar die Augen. Wahrscheinlich war sie auch noch intelligent und charmant. Sie konnte nicht von dieser Welt sein.

Gegen diese Frau hatte sie keine Chance.

Verdammt! Jetzt schaute Eberwein in ihre Richtung. Sarah drehte sich um und blickte in Bastians Gesicht.

»Habe ich es doch gewusst, dass du hier bist!«

Sarah war zu keiner Antwort fähig.

»Ich war schon bei dir zu Hause. Und dann fiel mir ein, dass ich heute Morgen in der Zeitung etwas über die Ausstellungseröffnung gelesen hatte.«

Inzwischen hatte Imogen den Staatssekretär und seinen

Engel in Beschlag genommen und erläuterte den beiden seine Bilder. Noch einmal fiel Sarahs Blick auf die Frau neben Eberwein. Sie trug ein hautenges blaues Kleid mit einem Ausschnitt bis zur Pofalte. Kein Leberfleck und kein Grieskorn verunstalteten ihren Rücken, die Haut war makellos.

»Hallo. Jemand da?«, fragte Bastian und klopfte an ihren Hinterkopf.

Sarah starrte Bastian an. »Was ist denn?«

»Ich weiß, wie wir Kontakt zum Bergmann bekommen können.«

»Und das sagst du mir jetzt? Das hat doch bis morgen Zeit.«

»Hat es nicht. Wir müssen sofort los, sonst ist die Gelegenheit verpasst.« Er ergriff ihren Ärmel und zog sie Richtung Ausgang.

»Ich muss mich erst umziehen!«

»Wieso?«, fragte Bastian und musterte sie wohlwollend. »Du siehst doch klasse aus!«

In der Tür drehte sich Sarah noch einmal um. Die Schönheit plauderte mit Petra, die herzhaft lachte. Sie ist auch noch amüsant, stöhnte Sarah.

Bastian öffnete die Beifahrertür seines Wagens. Sarah blieb stehen und staunte.

»Ich wusste gar nicht, dass es solche Autos noch gibt.«

»Ein Erbstück. Die Kiste hat einem Onkel gehört. Fährt aber noch ganz gut.«

Bastian legte seine Hand stolz auf das Dach des altersschwachen Citroën, zog sie aber sofort zurück und wischte sich die Hand an seiner Jeans ab.

Ein Scherzbold hatte eine Botschaft auf dem verstaubten Rückfenster hinterlassen. *Testwagen. Bitte nicht waschen.*

Die Franzosenschaukel hatte die besten Jahre hinter sich, brachte es aber an regenfreien und windarmen Tagen immer noch auf einhundertzwanzig Stundenkilometer. Im Windkanal hätte die Kiste sicherlich den zweiten Platz gemacht, direkt hinter einer Schrankwand.

Bastian öffnete galant die Beifahrertür und ließ Sarah einsteigen. Die Batterie hatte Gnade mit ihm, der Wagen sprang sofort an.

Auf dem Weg zum Kurt-Schumacher-Platz informierte Bastian Sarah über alles, was ihm Willi verraten hatte. Allerdings verschwieg er den Namen seines Informanten, er sprach lediglich von einem »Bekannten«, der ihm noch einen Gefallen schuldig war.

Sarah hatte schweigend zugehört. Es fiel ihr schwer, Bastians Ausführungen zu folgen. Immer wieder dachte sie an den blonden Engel an Eberweins Seite.

Sie brauchten am Kurt-Schumacher-Platz nur wenige Minuten zu warten, bis ein Lkw mit der Aufschrift *Deutsches Gemüse – frisch auf den Tisch* aus einer der Seitenstraßen kam und Kurs auf den Ring nahm. Bastian wahrte einen Sicherheitsabstand und folgte dem Transporter.

Der Lkw fuhr auf die Autobahn Richtung Hamburg, blinkte allerdings schon an der ersten Abfahrt.

»Hennigsdorf. Marwitz. Die Strecke kenn ich. Hanna, besagte Lyrikerin, kauft in Marwitz ihr Geschirr bei *Hedwig Bollhagen*, das ist so eine kleine Manufaktur.«

»Ich finde das ziemlich dilettantisch, was wir hier treiben. Wir hätten drei oder vier Fahrzeuge für die Observation gebraucht oder dem Lkw einen Sender verpassen sollen.«

»Dafür war keine Zeit. Es ist ein Versuch. Wenn er in die Hose geht, Pech gehabt.«

Der Wagen vor ihnen bog von der Hauptstraße ab, der Verkehr wurde dünner und bald gab es nur noch den Lkw und sie. Bastian ließ dem Transporter so viel Vorsprung, dass sie nur noch so eben die Rücklichter erkennen konnten.

»Das war es dann«, meinte Sarah. »Der Fahrer wird nicht blöd sein und hin und wieder in den Rückspiegel schauen.«

Als sei das ein Kommando, schaltete Bastian die Scheinwerfer aus.

Sarah schrie auf. »Bist du wahnsinnig!«

»Ich kann ganz gut im Dunkeln sehen. Solange wir die Rücklichter vor uns haben, geht die Straße immer geradeaus. Außerdem fahren wir nur fünfzig.«

Sarah ergriff mit beiden Händen den Sicherheitsgurt und presste sich in den Sitz. »Die Nummer hier ist doch ein Witz!«

»Was ist los mit dir?«

Bastian blinzelte in die Dunkelheit, das Steuer fest im Griff. »Du bist so gereizt.«

Sarah zuckte mit den Schultern. »Wer ist der Kollege, mit dem du auf dem Revier aneinander geraten bist?«

»Ein Kinderficker.«

»Was?«

»Wir sind vor einigen Jahren bei den Ermittlungen in einem Mordfall auf einen Pädophilenring gestoßen, der abscheuliche Bilder ins Internet gestellt hat. So sind wir dem Kollegen auf die Spur gekommen. Als wir ihn festnahmen, hat er behauptet, er habe dienstlich recherchiert. Aber niemand konnte sich an einen dementsprechenden Auftrag erinnern.«

»Und der schiebt weiterhin Dienst?«

»Wir doch auch.«

Sarah empörte sich. »Das ist doch ganz was anderes.«

»Für manche Leute nicht.«

Der Lkw stoppte, Bastian hielt ebenfalls an. Entweder hatte sich der Fahrer verfahren oder er wollte sehen, ob ihm jemand gefolgt war. Nach langen fünf Minuten bog der Lkw in einen Feldweg ab. Bastian spähte in die Einfahrt des Feldwegs.

»Warum fährst du nicht weiter?«

»Wir dürfen ihnen nicht zu dicht auf die Pelle rücken. Die Übergabe interessiert uns ja nicht. Ich schlage vor, dass wir hier warten. Vielleicht haben wir Glück und beide Lkws kommen hier wieder raus.«

»Vielleicht gibt es noch andere Zufahrten und Wege.«

»Das Risiko müssen wir eingehen. Einverstanden?«

Sarah entspannte sich. »Das ist deine Aktion.«

Bastian parkte den Wagen so, dass man ihn vom Feldweg aus nicht sehen konnte, und schaltete den Motor aus. Da seine Kollegin offenbar schlecht gelaunt war und nicht besonders gesprächig, brachte er den Sitz in eine bequeme Haltung und schloss die Augen.

Im Traum saß er mit Sarah an einem festlich gedeckten Tisch in einem Restaurant, das Ähnlichkeiten mit der *Artischocke* hatte. Kerzenschein, Schmusesongs aus den Boxen, halb volle Champagnergläser. Er streichelte ihre Hand, sie lächelte verliebt zurück. Dann griff sie in ihre Handtasche, zog ein Kästchen hervor und schob es ihm zu.

»Für mich?«

»Ja, Schatz«, hauchte Sarah.

Bastians Finger spielten mit dem Kästchen. Er traute sich nicht, es zu öffnen.

»Das hat meinem Vater gehört. Ich möchte, dass du es ab jetzt trägst.«

Bastian kamen Tränen der Rührung. Behutsam öffnete er das Kästchen. Von dem roten Samt, mit dem das Kästchen ausgeschlagen war, lachte ihm ein gut gepflegtes Gebiss entgegen.

Benommen öffnete Bastian die Augen und orientierte sich. Sarah saß neben ihm und starrte in die Dunkelheit. Er schaute auf die Uhr. Er hatte eine halbe Stunde geschlafen.

»Und? Was Schönes geträumt?«

»Wie man's nimmt!« Bastian rieb sich die Augen.

Sarah stieß ihn an. Scheinwerfer näherten sich vom Feldweg her der Straße. Bastian griff hinter seinen Sitz und zog ein Nachtsichtgerät hervor.

Sarah beobachtete die Bewegung mit Erstaunen. »Ach, so viel Zeit, im Präsidium vorbeizufahren, hattest du also doch.«

»Ja«, sagte er, öffnete das Handschuhfach und deutete auf ihre Dienstwaffen. »Für alle Fälle.«

Er stieg aus und legte sich ins hohe Gras gegenüber dem Feldweg. Ein Lkw kam näher und bog auf die Landstraße. Bastian hatte genug gesehen und stieg in den Wagen.

»Das war der, dem wir gefolgt sind. An den nächsten hängen wir uns dran.«

»Wenn einer kommt.«

Sarah hatte die Worte noch nicht ganz ausgesprochen, als sie die Scheinwerfer sahen. Bastian wartete, bis der Lkw einen ausreichenden Abstand hatte, dann startete er den Motor und folgte.

Der Abstand wurde immer größer. Bastian hatte Schwierigkeiten, die Rücklichter zu erkennen. Der Fahrer vor ihnen hatte es offenbar eilig.

»Gib mir mal das Nachtsichtgerät«, sagte Bastian. Er nahm es, hob es vor die Augen und gab Gas.

»O Gott, ich werde das nicht überleben«, stöhnte Sarah.

Plötzlich gab es einen dumpfen Stoß. Sarah schrie auf. Der Wagen kam kurz in Schleudern, dann hatte Bastian die Lage wieder unter Kontrolle.

»Was war das?«

Bastian zuckte mit den Schultern. »Vielleicht ein Reh.«

»Das arme Tier. Wollen wir nicht nachsehen?«

»Das ist jetzt nicht dein Ernst, nicht wahr?«

Unter anderen Umständen wäre Bastian sofort in die Eisen gestiegen und hätte das Tier in seinen Kofferraum geladen. Längst hatte er nicht alle Rezepte seiner Sammlung von Wildgerichten ausprobiert. Die Wildpopulation hatte sich in den letzten Jahren enorm vergrößert, denn es gab immer weniger Jäger. Seit dem Inkrafttreten der Prohibition hatten die entsprechenden Verbände dramatisch an Mitgliedern verloren. Offenbar machte es den Doktoren und Rechtsanwälten im grünen Dress keinen Spaß mehr, einfach nur auf das Wild zu ballern, wenn es hinterher nicht auch im eigenen Kochtopf landete, sondern den staatlichen Zoos oder der Müllverbrennungsanlage zugeführt werden musste. Dafür war die Zahl der Wilderer gestiegen. Bei der brandenburgischen Polizei gab es ein Dezernat, das sich ausschließlich mit Wilddieben beschäftigte.

Nach zwanzig Minuten endete die Reise. Der Lkw fuhr auf eine Fabrik zu, in der Düngemittel hergestellt wurde. Zumindest stand dies auf dem Schild neben dem Eingang zu dem Firmengelände.

Bastian parkte den Citroën und schnallte sich das Holster um. Fragend sah er Sarah an.

Die wies auf ihr hautenges Kleid und ihre hochhackigen Schuhe. »Wie stellst du dir das vor? Soll ich mich so da ranpirschen?«

»Du kannst mir Deckung geben. Für alle Fälle.«

Sarah schüttelte den Kopf. »Wir sollten das Glück nicht herausfordern. Wir wissen nun, dass sich hier ein Lager des Bergmanns befindet. Wir können morgen wiederkommen und die Bande mit einem SEK hochnehmen.«

»Ich will die Fabrik nicht stürmen. Ich will nur mal gucken, was da so läuft.«

Sarah machte keine Anstalten, den Wagen zu verlassen.

»Okay, dann bleib hier.«

Bastian schnappte sich das Nachtsichtgerät und stieg aus, Sarah sah ihm missmutig nach, bis er in der Dunkelheit verschwunden war.

20.

Ein Trafohäuschen gab Bastian Deckung, als er über den Werkzaun kletterte. Auf der anderen Seite ging Bastian in die Hocke. Plötzlich hörte er ein lautes Schnaufen. Er erwartete, dass sich im nächsten Moment ein Wachhund mit scharfen, weißen Zähnen auf ihn stürzen würde. Besorgt spähte er in die Dunkelheit. Da fiel sein Blick auf ein stacheliges Knäuel: Ein paar Meter entfernt von ihm trieb es ein Igelpaar. Fasziniert verharrte Bastian in der unbequemen Stellung, um die Liebenden nicht zu stören. Immer wieder machte sich das Weibchen los, boxte ihren Lover in die Seite, lief ein bisschen und ließ sich erneut besteigen.

Endlich konnte Bastian seinen Blick von dem Igelkarussell lösen. Er zog sich diskret zurück, lief in geduckter Haltung näher an das Fabrikgebäude heran und ließ sich ins Gras fallen. Mit dem Nachtsichtgerät suchte er das Gelände ab. Neben der Fabrikhalle stand ein Flachbau, der offenbar ein Büro beherbergte.

Die Zufahrtsstraße zur Fabrik lag einsam, aber nicht verlassen im Mondschein. Zwei Männer trugen Kartons und Kisten aus dem Gebäude und luden sie auf den Lkw. Ein athletischer Mann, den Bastian auf Mitte vierzig schätzte, überwachte die Aktion und trieb die anderen zur Eile an.

Bastian konnte sich keinen Reim auf die operative Hektik machen, die die Männer an den Tag legten.

Wieder vernahm er ein unerwartetes Geräusch. Er rollte

auf die Seite und richtete reflexartig seine Pistole auf die Gestalt, die sich ihm auf allen vieren näherte. Sarah.

Bastian verdrehte die Augen: Um ein Haar hätte er seine Kollegin abgeknallt.

»Wie sieht's aus?«

»Nach Aufbruch.«

Er reichte ihr das Nachtsichtgerät. Der Ladefläche des Lkw wurde gerade geschlossen, die Männer, auch der Athlet, kletterten in die Fahrerkabine. Als die Geräusche des abfahrenden Wagens verklungen waren, erhob sich Bastian.

Sarah zerrte an seinem Bein. »Sie werden bestimmt Wachen zurücklassen.«

»Hier ist niemand mehr. Ich habe sie gezählt, sie sind alle weg.«

Bastian lief auf den Hof. Sarah schüttelte den Kopf und zog ihre Waffe, um ihm im Notfall Feuerschutz geben zu können.

Ungehindert erreichte der Kollege die Halle und blickte hinein: ein paar Paletten, ein Gabelstapler und der Geruch nach Fleisch. Bastian schlich weiter in den angrenzenden Flachbau. Die Schreibtische waren geräumt, ein Tresor stand offen und war leer.

Er ging zurück auf den Hof und winkte Sarah zu sich.

Die fühlte sich immer noch nicht wohl in ihrer Haut. Ihre Pistole schnüffelte in jede Ecke. Aber außer ihnen tummelten sich nur ein paar Ratten auf dem Gelände, die die Fabrikhalle inspizierten und traurig wirkten.

Gemeinsam durchsuchten sie das Großraumbüro, in dem ein knappes Dutzend Menschen Arbeitsplätze gefunden hatten. Aber die Angestellten hatten nichts hinterlassen, sogar die Papierkörbe waren leer. Sarah und Bastian ließen sich Zeit mit der Durchsuchung und mussten schließlich feststellen, dass hier nichts mehr zu holen war, außer Fingerabdrücken.

Bastian ließ sich auf einen Stuhl nieder und legte die Füße auf den Schreibtisch. »Ein Satz mit x, war wohl nix!«

»Ich habe Durst«, sagte Sarah. Sie trat zu einer Kochnische mit Herd, Spüle und Kühlschrank. Natürlich war der Kühlschrank leer. Sie drehte den Wasserhahn auf und nahm ein paar Schluck.

Als sie den Wasserhahn zudrehte, stutzte sie. Da war ein Geräusch unter der Spüle. Eigentlich hatte sie keinen Bock auf die Begegnung mit einer hungrigen Ratte, aber die Neugierde war stärker. Sie öffnete die Tür des Spülschrankes und erstarrte.

Das Geräusch war das Ticken einer Uhr. Sie zeigte sechs Minuten vor zwölf an und ging damit mindestens eine Stunde vor. Das wirklich Interessante waren die Drähte, die von der Uhr abgingen und in einem großen Paket endeten.

Sarahs Körpersprache veranlasste Bastian, sich hochzurappeln und sich neben sie zu stellen.

»Ach, du Scheiße! Raus hier!!«

Fast synchron nahmen sie die Beine in die Hand und rannten um ihr Leben. Als sie den Hof erreichten, wurde die Nacht zum Tag. Scheinwerfer flammten auf und blendeten die Flüchtlinge.

»Hier spricht die Polizei! Werfen Sie Ihre Waffen weg und legen Sie sich flach auf den Boden!«, knarrte eine Stimme durch ein Megafon.

Bastian und Sarah ließen zwar die Waffen fallen, hatten aber nicht die Absicht, kostbare Zeit durch gymnastische Übungen zu verlieren. Fassungslos sahen sie zu, wie sich zwei SEK-Trupps gefechtsmäßig der Fabrik näherten.

»Kommissar Bennecke, Kommissarin Kutah!«, rief Bastian panisch. »Da drinnen geht gleich ein Sprengsatz hoch. Ziehen Sie die Männer zurück!«

Kriminalrat Liebisch riss dem Mann neben ihm die Flüstertüte aus der Hand. Er hatte seine beiden Problemkinder längst erkannt.

»Entwarnung!«, brüllte er ins Megafon. »Das sind Kollegen!«

Seine Worte zeigten Wirkung: Die SEKler zielten nicht mehr auf Bastian und Sarah und schickten sich an, das Bürogebäude zu stürmen.

»Liebisch, sind Sie das?«, brüllte Bastian. »Räumen Sie! Die Bude geht gleich hoch.«

Gleichzeitig klaubte er seine Waffe vom Boden und gab Fersengeld. Sarah tat es ihm nach.

Der Kriminalrat begrüßte Bastian mit einem Pokerface. »Ich hoffe, Sie haben eine gute Erklärung, was Sie hier zu suchen haben.«

»Begreifen Sie denn nicht? Die Männer sind in drei Minuten tot.«

Liebisch sah zu Sarah und ihr Blick war überzeugender als Bastians Worte. Er zog das Headphone zu seinem Mund.

»Abbrechen! Sofort! Sprengsatz.«

Das SEK trat den Rückzug an. Keine zwei Minuten später flogen ihnen die Steine um die Ohren. Die Druckwelle war gewaltig, die Helligkeit schmerzte in den Augen. Eine zweite Explosion folgte der ersten und die Fabrikhalle brach in sich zusammen. Befehle wurden gebellt, Feuerwehr und Krankenwagen alarmiert.

Bastian saß sprachlos im Gras, Sarah hatte sich an ihn gelehnt, beide starrten auf die Flammen. Der Tod war eine abstrakte Angelegenheit, wenn man darüber sprach oder Leute in Fernsehfilmen sterben sah. Jetzt hatte sich der Tod bis auf sechs Minuten an sie herangepirscht, feige und hinterhältig. Bastian wurde flau im Magen, seine Innereien spielten verrückt, seine Gehirnzellen tanzten eine Polonaise.

Da seine Beine sich weigerten, ihren Job zu tun, konnte er sich nur wegdrehen. Er erbrach sich.

Sarah zog ihn von seinem Mageninhalt fort und bettete ihn auf die Seite. Mit der Linken hielt sie seine Hand, mit der anderen strich sie über sein Gesicht. Sie sagte nichts, lächelte ihn nur aufmunternd an. Bastian wurde warm ums Herz.

21.

Es war weit nach Mitternacht, als sie das Präsidium erreichten. Unterwegs hatten Sarah und Bastian Liebisch berichtet, was vorgefallen war. Er hatte sie nicht unterbrochen, sondern kommentarlos zugehört. Nun wies er seinen Assistenten an, die beiden in sein Büro zu bringen.

Unter den SEKlern hatte es einen Schwerverletzten gegeben, vier weitere waren mit leichten Verbrennungen in ein Krankenhaus gebracht worden. Das erfuhren Sarah und Bastian von dem ansonsten schweigsamen Assistenten.

Die beiden hatten sich nichts mehr zu sagen, alle Messen waren gelesen. Sie waren müde, wollten nur noch ins Bett. Jeder in sein eigenes.

Liebisch ließ sie eine halbe Stunde schmoren, dann trat er durch die Tür und komplimentierte seinen Adjutanten hinaus. Jetzt sah man ihm an, dass er sich der Pensionsgrenze näherte. Er wirkte ausgelaugt, zerschlagen, desillusioniert. Unter den Augen und unter den Fingernägeln machten sich schwarze Ringe breit.

»Wer hat Ihnen den Auftrag gegeben, die Fabrik in die Luft zu sprengen?«

»Bitte?« Sarah und Bastian tauschten einen verblüfften Blick.

»Wie viel haben Sie dafür bekommen? Eine Gefriertruhe voller Rindersteaks oder nehmen Sie auch Bargeld?«

Sarah stemmte die Hände in die Hüften. »Das ist doch nicht Ihr Ernst! Wir sind beinahe selbst draufgegangen und Sie beschuldigen uns der Täterschaft?«

»Was haben Sie sonst da zu suchen gehabt? Von mir hatten Sie den Auftrag nicht, sich nachts im Zielobjekt aufzuhalten.«

»Der Auftrag kam von mir!«

Die drei drehten sich zur Tür. Unbemerkt waren Staatssekretär Eberwein und der stellvertretende Polizeipräsident Schröder in den Raum getreten.

Eberwein hatte immer noch den Anzug an, den er auf der Vernissage getragen hatte. Er ging auf Liebisch zu und streckte ihm die Hand hin.

»Ich bin Staatssekretär Eberwein, Innenministerium. Schön, dass wir uns mal kennen lernen, Herr Kriminalrat. Ich habe viel Gutes über Sie gehört.«

Liebisch war zu verblüfft, um seine Hand wegzuziehen.

Eberwein schüttelte sie ausgiebig. »Die beiden haben auf meine Anordnung gehandelt. Sie wissen, dass das Innenministerium nach § 26, Absatz 14 Polizeibeamte für außergewöhnliche Ermittlungen rekrutieren kann, auch ohne Wissen und Zustimmung der Dezernatsleiter.«

Bastian warf Sarah einen fragenden Blick zu, die zuckte mit den Achseln.

Eberwein machte eine Geste in Richtung des stellvertretenden Polizeipräsidenten, der aussah, als hätte man ihn erst vor fünf Minuten aus dem Bett geholt.

»Die Polizeileitung hatte im Übrigen nichts dagegen, nicht wahr, Herr Schröder?«

Schröder war nicht viel älter als Eberwein und hatte seinen Job wegen des richtigen Parteibuchs bekommen. Er galt als

Streber, karrierebewusst und aalglatt. Er würde sich eher die Hand abhacken, als einem Staatssekretär zu widersprechen. Er befand, dass ein Nicken ausreichte. Bastian war sich sicher, dass Schröder später Liebisch gegenüber behaupten würde, ihm seien die Hände gebunden gewesen.

Eberwein nahm unaufgefordert Platz. »Sie haben doch sicherlich nichts dagegen, wenn ich dem Gespräch beiwohne.«

Gönnerhaft wies er Schröder einen Stuhl zu, doch der winkte ab. »Ich muss mich um die Pressemitteilung kümmern. Nicht dass da was schief läuft.«

Schröder hatte es eilig, die beiden Platzhirsche zu verlassen.

Eberwein wandte sich an Bastian und Sarah. »Ich bin heilfroh, dass Ihnen nichts passiert ist. Dann schießen Sie mal los. Wie sind Sie denn in diese Chose geraten?« Er wandte sich kurz an Liebisch. »Okay für Sie?«

Der Kriminalrat hatte begriffen, dass dies hier nicht länger seine Party war. Er ließ sich auf seinem Schreibtischstuhl nieder, zeigte seine offenen Handflächen und ergab sich dem Schicksal.

Zuerst müde und stockend, dann doch immer lebhafter, berichtete Bastian von dem Gespräch mit seinem Informanten Willi – er beließ es bei dem Vornamen – und den folgenden Ereignissen. Sarah ergänzte seine Erzählung um ein paar Details.

Eberwein hörte aufmerksam zu und dachte eine Weile nach, als Bastian seinen Vortrag beendet hatte.

»Das sieht doch ganz so aus, als ob die Bergmann-Leute vor dem Einsatz gewarnt worden seien.« Abrupt wandte er sich Liebisch zu, der seinen Gedanken nachhing. »Nur Sie und einige Ihrer Männer waren an der Planung der Aktion beteiligt. Das SEK wurde erst eine Stunde vorher über Zweck und Ort des Einsatzes informiert. Die Räumung des

Geländes muss Stunden gedauert haben. Wer ist der Maulwurf unter Ihren Leuten?«

Liebisch traf der Vorwurf unerwartet und mit der Wucht eines Vorschlaghammers. »Unter meinen Leuten?«, stammelte er. »Ausgeschlossen!«

Eberwein senkte seine Stimme, was seine folgenden Sätze noch bedrohlicher wirken ließ. »Ich würde Ihnen empfehlen, eine Untersuchung einzuleiten. Es wäre gut, wenn Sie mich auf dem Laufenden halten würden.« Er stand auf und legte die rechte Hand ans Ohr. »Hören Sie?«

Es war nichts zu hören außer dem Sound einer Großstadt.

»Hören Sie das Lachen? Das Lachen des Bergmanns. Er lacht über Sie, er lacht über uns.« Eberwein ging ans Fenster und starrte in die Dunkelheit. »Und ich kann es nicht leiden, wenn man über mich lacht.«

Die Sitzung war zu Ende. Bei der Verabschiedung übersah der Staatssekretär geflissentlich Liebischs Hand.

Eberwein lotste Sarah Richtung Ausgang. »Ich bringe Sie nach Hause.«

Er ließ ihre Einwände nicht gelten und die beiden stiegen in einen gepanzerten Mercedes. Sarah nannte dem Chauffeur ihre Adresse und wandte sich an Eberwein, der neben ihr auf der Rückbank Platz genommen hatte.

»Danke für die kleine Lüge. Liebisch hätte uns bestimmt gefeuert.«

»Ich habe mich nur revanchiert. Im Übrigen hätte ich heute Morgen nicht zu hoffen gewagt, dass wir uns heute drei Mal treffen«, sagte der Staatssekretär, während sie den Tempelhofer Damm entlangfuhren. »Ich hatte schon geglaubt, Sie wollten mir aus dem Weg gehen, als Sie die Galerie so schnell verließen.«

»Dienst geht vor Schnaps!«

»Ich hätte Ihnen gerne meine Cousine vorgestellt. Meike. Sie studiert Kunstgeschichte in Göttingen und besucht mich derzeit.«

Sarah spürte, wie ihr Herz mit frischer Kraft Blut zirkulieren ließ.

»Sie kriegen ja wieder Farbe«, stellte Eberwein lächelnd fest. »Ich hatte schon befürchtet, ich müsste Sie in Ihre Wohnung tragen.«

Das Erreichen ihres Ziels enthob Sarah einer Antwort. Sie wies den Fahrer an, vor dem übernächsten Haus zu halten. Am liebsten hätte sie Eberwein auf einen Kaffee zu sich eingeladen, aber Imogen wäre aus allen Wolken gefallen, wenn sie mit seinem Gönner aufgetaucht wäre.

»Parterre?«, fragte Eberwein.

»Zweite Etage.«

»Da, wo das Licht brennt? Dann wartet Ihr Mann oder Freund noch auf Sie ...«

»Nein, nein, ich wohne allein. Dumme Angewohnheit von mir, das Licht brennen zu lassen«, hörte Sarah sich sagen und wunderte sich im gleichen Augenblick über ihre Lüge.

Zum Abschied gab es wieder einen Kuss auf die Wange. Dann öffnete der Chauffeur die Tür und half ihr beim Aussteigen.

»Schade um das schöne Kleid«, sagte Eberwein. »Es steht Ihnen ausgezeichnet.«

Sarah ging zur Haustür und nestelte den Schlüssel aus ihrer Tasche. Erst als sie die Tür aufgeschlossen hatte und im Hausflur verschwunden war, fuhr der Mercedes davon.

»Wo kommst du her?«

Imogen tigerte im Wohnzimmer auf und ab. Er hatte getrunken und konnte den Kurs kaum halten. »Meine Freundin verpisst sich einfach bei meiner Vernissage? Ohne ein

Wort zu sagen!« Er starrte sie mit feuchten Augen an. »Wie siehst du eigentlich aus? Warst du beim Schlammcatchen?«

Sarah stieg aus ihren Schuhen und warf sie in die Ecke. »Ich war im Einsatz. Es tut mir leid. Eine dringende Sache ...«

»Es tut ihr leid«, höhnte Imogen. »Mir tut es leid, dass ich mich nicht auf dich verlassen kann. Tausend Leute haben nach dir gefragt und ich Depp musste sagen, dass ich nicht weiß, wo sich meine liebe Freundin herumtreibt.«

Er ging zum Kühlschrank und goss sich einen neuen Wodka ein.

»Es hat offenbar die Runde gemacht, dass sie dich mit Hähnchenschenkeln geschnappt haben«, lallte er. »Kannst du diese Scheiße nicht bald aus der Welt schaffen? Das macht sich echt nicht gut. Nächste Woche kommen zwei Redakteure von *art & life*, Homestory, mit Frau und so. Wenn die spitzkriegen, dass ich mit einer Frau zusammen bin, gegen die wegen Fleischkonsums ermittelt wird ... Verstehst du, echt Scheiße!«

Sarah starrte ihn an, als habe er das Ende der Prohibition verkündet.

Imogen spürte, dass er einen Schritt zu weit gegangen war. »Komm, setz dich erst mal. Ich mache dir einen Drink.«

»Ich gehe ins Bad«, entgegnete Sarah kalt. »Und du denkst bitte darüber nach, was du gesagt hast.«

In dieser Nacht schlief sie auf dem Sofa.

22.

Ein Sonnenstrahl kitzelte Bastian. Er zog den Wecker zu sich heran.

Es war kurz nach sieben Uhr. Er hatte kaum vier Stunden geschlafen. Als er nach Hause gekommen war, hatte er sich noch an den Computer gesetzt und gechattet. Er hatte etwas gebraucht, was ihn zur Ruhe kommen ließ. Für Fleischabhängige gab es mehrere Chatrooms. Bastian loggte sich unter dem Decknamen *Biolek* ein, einem bekannten Fernsehkoch aus früheren Jahren, der wegen seines hartnäckigen Widerstands gegen die Prohibition seine letzten Jahre im Gefängnis verbracht und deshalb Märtyrerstatus erreicht hatte.

In einigen Chatrooms wurden vorzügliche Rezepte ausgetauscht, andere listeten die aktuellen Schwarzmarktpreise auf und warnten vor Razzien.

Nach zwei Gläsern Gin hatte sich Bastian in seinen Klamotten auf sein Bett gelegt und war eingeschlafen.

Nun duschte er ausgiebig und warf die Wäsche auf den großen Haufen. Es wurde mal wieder Zeit, eine Waschmaschine anzuwerfen. Im Kühlschrank lagen ein Stück ranzig gewordener Käse und eine Tomate mit weißen Flecken. Das Toastbrot auf der Anrichte hatte begonnen, sich in seine Einzelteile aufzulösen, der Löffel in der Kaffeedose war arbeitslos.

Also erledigte Bastian die nötigen Einkäufe im Supermarkt an der Ecke. Während er danach darauf wartete, dass die Kaffeemaschine ihren Job tat, blätterte er in der *Berliner Zeitung*.

Die Broccoliproduktion war um sechzehn Prozent gestiegen, die Kanzlerin von ihrem Staatsbesuch in Vietnam zurückgekehrt, das noch immer sozialistisch, aber seit zwei Wochen fleischlos war. Der VfL Bochum behauptete die Tabellenspitze, die Grünen hatten die Selbstauflösung beschlossen.

Im Lokalteil gab es einen Artikel über die Vernissage von Sarahs Freund. Imogen sah auf dem Foto besser aus als in Wirklichkeit. Aber gegen den attraktiven Eberwein neben ihm wirkte selbst der Künstler wie ein Schluck Wasser in der Kurve.

Auch den Mann auf dem Foto auf der nächsten Seite kannte Bastian. Er sah aus wie eine Wasserleiche.

Bastian entnahm dem Artikel, dass Gerd Froese am späten Nachmittag aus dem Landwehrkanal gefischt worden war. Die Polizei hatte festgestellt, dass der vorbestrafte Dealer einem Verbrechen zum Opfer gefallen war, und bat um sachdienliche Hinweise.

Innerhalb von zwei Tagen waren am gleichen Ufer zwei Leichen angetrieben worden. Einhundertachtzig Kilometer Flüsse und Kanäle zogen sich durch Berlin. Der Mörder musste ein Faible für den Landwehrkanal haben.

Bastian nahm das Handy und wählte Sarahs Nummer.

23.

Willi hatte seinen Jungen zur Schule gebracht und sich dann am Straßenrand in ein Café gesetzt, um einen Kaffee zu trinken. Vor zwei Tagen hatte er Lobeshymnen auf den Schuppen gelesen. Der Laden war offenbar schon vor der Eröffnung so in gewesen, dass nach der Eröffnung keiner mehr hinging. Willi war der einzige Gast.

Er gaffte der hübschen Kellnerin nach, die seine Bestellung aufgenommen hatte. Er entschied, dass es für einen Flirt zu früh war, und blätterte in einer Tageszeitung. Der Berliner Senat empörte sich, dass eines der Wahrzeichen Berlins entweiht worden sei. Die Siegesgöttin Victoria, auf deren Schulter Otto Sander in dem Film *Der Himmel über Berlin* als Engel gesessen hatte, war am Abend zuvor Ziel eines terroristischen Anschlags geworden. Während zu Füßen der Siegessäule im Tiergarten Paprika und Tomaten geschmort wurden, hatte eine subversive Organisation namens *Freunde der italienischen Salsiccia* der Siegesgöttin eine riesige Wurst in die Hand gedrückt.

Nach ein paar Minuten machten Willi die Abgase zu schaffen und er überlegte, ob er sich besser in das Innere des Ladens setzen sollte. Er schob den Stuhl zurück, um aufzustehen. In diesem Augenblick machte es plopp und am Nebentisch brach eine Blumenvase auseinander.

Willi war manchmal schwer von Begriff, aber in diesem Moment wusste er sofort, was das bedeutete. Er federte herum und bemerkte auf der Straße einen Opel Corsa. Das Seitenfenster war heruntergekurbelt, heraus schaute eine Pistole mit Schalldämpfer. Willi warf sich in dem Augenblick zu Boden, als es ein weiteres Mal plopp machte. Schmerz durchfuhr seinen Körper, am Oberschenkel färbte sich seine Jeans blutrot.

Die hübsche Bedienung starrte ihn irritiert an und ließ das Tablett fallen. Willi robbte über den Bürgersteig und fand Schutz hinter einem Blumenkasten. Er hörte das Aufheulen eines Motors und roch Gummi.

Willi befühlte seinen rechten Oberschenkel, offenbar hatte ihn nur ein Streifschuss erwischt. Er zog eine Stoffserviette vom Tisch und verband die blutende Stelle.

Der Eigentümer des Cafés, ein verlebter Typ Anfang vierzig, lugte um die Ecke und checkte die Lage. »Die Polizei ist unterwegs«, sagte er. »Brauchen Sie einen Krankenwagen?«

Ohne Willis Antwort abzuwarten, verschwand der Mann wieder, die ängstliche Kellnerin im Schlepptau.

Mit der Polizei wollte Willi nichts zu tun haben. Zwangsläufig würden sie ihn in seiner Wohnung besuchen; die Fleischmenge, die sie dort in seinen Kühltruhen finden würden, war ausreichend, ihn für Monate, wenn nicht für Jahre hinter Gitter zu stecken.

Willi stand auf und stöhnte. Das Bein schmerzte, aber er konnte es bewegen. Er sah sich sichernd um, der Opel Corsa war nicht mehr zu entdecken.

Erneut lugte der verlebte Typ um die Ecke. »Krankenwagen ist unterwegs.«

Aber es war niemand mehr da, der ihn benötigte.

Bastian hatte die Küche aufgeräumt, die Waschmaschine angestellt und sich mit Sarah für elf Uhr verabredet. Sie hatte versprochen, sich vorher den Obduktionsbericht von Froese zu besorgen.

Es klingelte an der Tür. Als Bastian sie öffnete, fiel ihm Willi in die Arme. Sein Gesicht war schmerzverzerrt. Er hatte Augen wie Männerfüße: groß, dunkel, feucht. Bastian schleppte ihn in die Küche und setzte ihn auf einen Stuhl. Er brauchte nicht lange, um das Dilemma zu begreifen.

Prüfend warf er einen Blick in den Flur, aber da war sonst niemand. Bastian schloss die Tür und verriegelte sie. »Was ist passiert?«

Während Willi in aller Kürze von den Ereignissen berichtete, versorgte Bastian die Wunde. Es war tatsächlich nur ein Streifschuss, aber er hatte eine hässliche Spur an der Außenseite von Willis Oberschenkel hinterlassen. Bastian desinfizierte die verletzte Stelle mit Jod; Willi musste in ein Taschenbuch beißen, sonst hätte er das Haus zusammengeschrien.

Bastian warf eine Decke über sein neu bezogenes Sofa und bettete Willi darauf.

»Die Wunde ist erst mal versorgt, aber du musst in ein Krankenhaus, sonst bleibt eine Narbe zurück.«

»Scheiß auf die Narbe«, fluchte Willi. »Ich gehe in kein Krankenhaus. Da draußen wartet ein Killer auf mich und der hat mitbekommen, dass ich noch nicht tot bin.«

»Mit wem hast du dich denn angelegt?«

»Bin ich einer, der sich mit jemandem anlegt? Ich bin noch nie jemandem auf die Füße getreten. Aber kaum versorge ich dich mit ein paar Infos über den Bergmann, will mich jemand in die ewigen Jagdgründe schicken. Darüber mach dir mal 'nen Kopf!«

Bastian ging in die Küche, um frischen Kaffee aufzusetzen. Wem hatte er von Willi erzählt? Sarah. Außerdem Eberwein und Liebisch. Liebisch hatte bestimmt einen Bericht verfasst, der in seiner Abteilung kursierte. Wenn Eberwein Recht mit seiner Vermutung über einen Maulwurf hatte, könnte der die Information weitergegeben haben. In Insiderkreisen konnte man sicherlich schnell enträtseln, mit welchem Willi Bastian in Kontakt stand.

Bastian hieb mit der Faust auf die Anrichte, dass die Tassen hüpften. Wie hatte er nur so blöd sein können?! Er hatte sich wie ein Anfänger benommen und jetzt hatte Willi dafür die Quittung bekommen.

Mit zwei Tassen frischem Kaffee ging er ins Wohnzimmer zurück. Dort telefonierte sich Willi die Finger wund.

»Du gehst jetzt sofort in die Schule und holst den Jungen aus dem Unterricht. Ja, ich weiß, dass du arbeitest. Das ist ein Notfall, der Junge ist in Gefahr. Fahrt nach Schwerin zu deiner Mutter, dort bleibt ihr bis auf Weiteres. Frag nicht, setz dich endlich in Bewegung.«

Willi wählte eine neue Nummer.

»Stefan. Ich bin's, Willi. Fahr mit Schorsch zu meiner Wohnung. Legt euch davor auf die Lauer und haltet nach einem Opel Corsa Ausschau. Mich haben zwei Typen auf dem Kieker. Melde dich, wenn euch irgendwas verdächtig vorkommt.« Er legte den Hörer auf. »Schöne Scheiße!«

»Kann sein, dass ich einen Fehler gemacht habe«, räumte Bastian ein und reichte Willi die Kaffeetasse.

»Zu dem Schluss bin ich auch schon gekommen!«

»Ich muss jetzt los und ein paar Sachen klären.«

»Ich will dich nicht aufhalten. Mach die Glotze an, ich muss mich ablenken.«

Bastian reichte ihm die Fernbedienung für den Fernseher. »Fühl dich wie zu Hause, aber geh nicht ans Telefon.«

Willi zappte sich bereits durch das Vormittagsprogramm. Bastian schnappte sich Autoschlüssel und Handy, drehte sich an der Tür noch einmal um. »Kann ich dir etwas mitbringen?«

»Ja!«, knurrte Willi, ohne ihn anzusehen. »Die Nachricht, dass du einen Opel Corsa mit zwei Insassen in der Spree versenkt hast. Vorher brauchst du hier nicht aufzutauchen.«

24.

Sarah betrat die Etage im Präsidium, in der sie noch vor einer Woche ein und aus gegangen war. Der Kopierer auf dem Flur röchelte wie immer vor sich hin, die Neonleuchte gegenüber von Hinrichs Büro flackerte, wie sie es auch noch in einem halben Jahr tun würde, die Fahndungsplakate zeigten die bekannten Furcht erregenden Visagen. Es roch nach Reinigungsmittel und Bohnerwachs und allen Aftershaves, die es im Supermarkt zu kaufen gab. Alles war wie immer, aber Sarah fühlte sich wie eine Fremde.

Hinrichs Tür war geschlossen, und das war ihr sehr recht. Sie hatte keine Lust auf eine Begegnung mit ihrem ehemaligen Chef. Petersen saß auf ihrem Platz und starrte auf den Monitor. Er war so konzentriert, dass er nicht bemerkte, wie sie an der offenen Tür vorbeiging.

Sarah klopfte an die nächste Tür und hörte Böckels Knurren. Sie trat ein.

»Sarah!«

Ein Lächeln trat auf Böckels Gesicht. Er stand vom Schreibtisch auf und breitete die Arme aus. Sarah trat einen Schritt zurück. Warum sagte dem Kerl niemand, dass er jeden Tag duschen sollte?

Sarah ertrug die Umarmung, indem sie die Luft anhielt, dann suchte sie sich ein Plätzchen in der Nähe des Fensters.

Böckel setzte sich wieder auf seinen Stuhl. »Schön, dass du endlich Zeit hast. Warum bist du nicht sofort gekommen?«

»Wie sofort?«

»Ich habe gestern zweimal deinem Typen am Telefon gesagt, dass ich was für dich habe.«

Sarah verzog das Gesicht. Imogen hatte keine Anrufe erwähnt. Offenbar war er genug damit beschäftigt, seine eigene Karriere voranzutreiben.

»Sorry, aber ich hatte viel zu tun!«

Böckel nahm seine Nickelbrille ab und putzte sie mit einem blütenweißen Taschentuch. »Ich habe eine Menge Zeug über den Dealer herausgefunden, der dich belastet hat. Wenn die Staatsanwaltschaft den als Kronzeugen präsentiert, ist sie mit dem Klammerbeutel gepudert. Zwei Verurteilungen wegen Dealerei und zwei wegen eidesstattlicher Falschaussagen. Wenn der Mann den Mund aufmacht, dann lügt er. Der traut sich nicht mal selbst.«

»Weiß Hinrichs schon davon?«

Böckel setzte seine Brille wieder auf und schüttelte den Kopf. »Wir sollten unser Pulver nicht zu früh verschießen. Ich habe mir seine Akte besorgt.«

»Du wirst mir immer unheimlicher.«

»Einer von der Internen ist mit mir zusammen zur Schule gegangen.« Böckel grinste. »Wenn ich ihm damals nicht geholfen hätte, hätte er allenfalls einen Abschluss in der Baumschule bekommen.«

»Kann ich das Material haben?«

Böckel nickte. »Ich mach dir gleich eine Kopie.«

Sarah atmete tief durch. »Böckel, ich weiß gar nicht, wie ich dir danken soll.«

»Ich kann nur hoffen, dass du das Gleiche auch für mich tun würdest.«

»Es tut mir leid, dass ich dich die ganze Zeit falsch eingeschätzt habe.«

Die beiden lächelten sich an.

»Ich habe noch eine Bitte. Ich brauche Informationen über einen Mann, den sie gestern aus dem Landwehrkanal gefischt haben, möglichst eine Kopie des Obduktionsberichts.«

»Ich kann es versuchen. Wie heißt der Mann?«

»Froese. Gerd Froese.«

Böckel ließ den Kugelschreiber sinken. »Das ist nicht dein Ernst.«

»Doch. Warum?«

»Weil Froese der Dealer ist, der dich belastet hat. Ich habe die ganze Zeit von ihm geredet.«

Sarah hatte das Gefühl, als würde ihr jemand die Beine wegtreten.

25.

Eberwein war in Akten vertieft, als seine Sekretärin ihm aufgeregt die Ankunft des Ministers meldete. Kurz darauf öffnete sich die Tür, die massige Gestalt schob sich in den Raum und verdunkelte die Sonne. Hinter dem gewichtigen Mann betrat Jungclausen, der engste Berater des Innenministers, das Büro und schloss nachdrücklich die Tür.

»Tag, Bruno«, sagte der Dicke und wischte sich den Schweiß von der Stirn. »Heißer Tag heute, was?«

»Guten Tag, Herr Minister.«

Jungclausen grüßte Eberwein mit einer lässigen Handbewegung. »Tag, Siggi.«

Siggi Jungclausen war ein hoch gewachsener Enddreißiger mit schmalen Schultern. In der Schule war er ›Bohnenstange‹ genannt worden, was ihm aber nicht viel ausgemacht hatte. Seine Zensuren waren überdurchschnittlich gut gewesen, abgesehen von der Vier in Sport. Man hatte ihn regelmäßig zum Klassensprecher und an der Uni in den AStA gewählt.

Den Job bei dem Minister hatte Jungclausen auf Eberweins Empfehlung bekommen. Die beiden hatten sich in Hamburger Zeiten eine Wohnung geteilt. Auch wenn der Minister glaubte, die Richtlinien der Innenpolitik zu bestimmen, die Fäden im Hintergrund zogen Eberwein und Jungclausen, die sich einmal die Woche in einem französischen Restaurant am Potsdamer Platz trafen und ihre Ziele absteckten.

»Wollen Sie etwas zu trinken, Herr Minister?«

»Dann schwitze ich nur noch mehr. Ich habe bis um drei Uhr in der Früh mit meinem englischen Amtskollegen zusammengesessen. Mensch, kann der Kerl saufen. Was, Siggi?«

Jungclausen nickte. »Fünf Flaschen Weißwein, zu viert. Und dann noch eine Flasche Whisky. Von den Sherrys vor dem Essen nicht zu reden. Der Mann konnte heute Morgen mit seinem Restalkohol den Jet betanken.«

»Was dagegen, wenn ich mich aufs Sofa setze?«, fragte der Minister und schuf Tatsachen. »Siggi weiß über alles Bescheid. Er wird dich informieren.« Ungeniert legte er seine Füße auf den Tisch.

Eberwein und Jungclausen zogen sich an den Schreibtisch zurück. Jungclausen hievte seinen Aktenkoffer darauf und öffnete ihn.

Eberwein hob drohend den Zeigefinger. »Mach mir keine Kratzer. Der Schreibtisch hat den Steuerzahler elf Mille gekostet.«

»Ach, leck mich!« Jungclausen warf seinem WG-Kumpel eine Mappe zu. »Anschließend Reißwolf!«

»Geht es um die Erpressung?«

»Es geht um nichts anderes mehr. Die Kanzlerin rotiert. Sie hat die nächste Legislaturperiode fest eingeplant, jetzt steht plötzlich alles auf der Kippe.«

»Warum lässt sie es nicht darauf ankommen und sagt, dass es sich um eine Fälschung handelt?«

»Wenn das Material erst veröffentlicht ist, ist das Kind in den Brunnen gefallen. Dementis können einen Vertrauensverlust nicht aufhalten. Die Sache ist durchkalkuliert worden. Eine Veröffentlichung würde die Kanzlerin zehn Punkte kosten, die Partei würde unter vierzig Prozent fallen.«

»Klingt nicht gut. Ich habe mir gerade in Mitte eine Eigentumswohnung gekauft.«

»Dann müssten wir eben wieder zusammenziehen«, grinste Jungclausen.

»Eher wechsele ich die Partei.«

Eberwein sah zum Innenminister. Der Dicke war eingeschlafen. »Es sieht so aus, als ob Wollweber und der Bergmann eine unheilige Allianz eingegangen sind. Vom Rücktritt der Regierung würden beide profitieren.«

»Dann haben wir es mit einem verdammt starken Gegner zu tun. Bisher haben sie sich wenigstens gegenseitig das Leben schwer gemacht.«

»Unsere Experten gehen davon aus, dass Wollweber der eigentliche Drahtzieher ist, dass das Material bei ihm zu finden ist.«

»Wegen Grieser?«

»Ja, wir sind uns sicher, dass er der Verräter war.«

»Hat der Verfassungsschutz eine Idee, wie wir an Wollweber rankommen können?«

»Nein.«

»Saftladen.« Jungclausen gähnte und nickte dabei.

»BKA, LKA, Soko Fleisch, die kannst du alle vergessen. Ihre Agenten sind bekannt, sie sind schon zu ruhigeren Zeiten verheizt worden. Jetzt, wo es wirklich darauf ankommt, haben wir keine neuen Leute, die wir in die Schlacht führen können.« Eberwein stand auf und trat ans Fenster. Berlin stöhnte unter der Hitze. Die Menschen waren luftig gekleidet und bevölkerten die Straßencafés. Eine junge Frau im Minirock band sich ihre Bluse über dem nackten Bauch zusammen. Dabei zähmte sie ihren Busen.

»Du hast da jemanden im Auge?«

Eberwein wartete, bis die Frau aus seinem Blickfeld verschwunden war. Dann drehte er sich um und kehrte an seinen Schreibtisch zurück. »Ja. Zuverlässig, engagiert, ergeben.«

»Hübsch?«

»Auch.«

Jungclausen grinste. »Selbst ein Vegetarier kann Fleischeslust haben.«

Eberwein setzte sich wieder an seinen Schreibtisch. »Wie viel Zeit haben wir?«

»Das Ultimatum läuft in drei Tagen ab.«

»Dann halte mich nicht länger auf.«

Jungclausen nahm seine Aktentasche vom Schreibtisch und Kurs auf die Tür.

»Siggi!«, sagte Eberwein. »Willst du deinen Minister nicht mitnehmen?«

Jungclausen fasste sich theatralisch an die Stirn, ging zum Sofa und weckte seinen Boss.

Der sah ihn müde an. »Ich bin doch nicht etwa eingeschlafen?«

»Nein, Sie haben nur intensiv nachgedacht!«

»Alles geklärt?«

Jungclausen nickte und half dem Mann auf die Beine.

Zum Abschied hob der Innenminister die Hand. »Wiedersehen, Bruno. War wie immer nett, mit dir zu plaudern.«

Jungclausen führte seinen Chef aus dem Raum.

Eberwein drückte einen Knopf. »Frau Semper. Verbinden Sie mich mit Frau Kutah.«

26.

Als Eberweins Anruf sie erreichte, hatten Sarah und Bastian in einem Café gesessen und sich gegenseitig auf den neuesten Stand gebracht. Bastian hatte von den Schüssen auf Willi erzählt, allerdings verschwiegen, dass der nun in seiner Wohnung auf bessere Zeiten hoffte. Sarah musste nicht wissen, wie dick er mit einem Dealer befreundet war.

Sarah bekam feuchte Augen, als sie von Froese berichtete, der im Leichenschauhaus auf Eis lag. Und damit auch ihre Hoffnung, in Kürze ihre Unschuld beweisen zu können.

Man hatte Froese die Kehle durchgeschnitten. Parallelen zum Fall Grieser waren unübersehbar.

Nun lungerten sie in einem Park in Charlottenburg herum, den Eberwein als Treffpunkt ausgewählt hatte. Ein Treffen unter konspirativen Umständen.

Ein paar Enten schwammen im Teich. Zwei Streifenpolizisten patrouillierten und warfen Sarah und Bastian misstrauische Blicke zu. Zu oft waren in der jüngsten Vergangenheit Enten von scheinbar harmlosen Spaziergängern gekidnappt worden.

Bastian und Sarah saßen auf einer Parkbank und hielten Ausschau nach Eberwein. Er war bereits fünf Minuten über die Zeit.

Ein Mann im Jogginganzug stoppte in der Nähe des Teichs und machte ein paar gymnastische Übungen. Bastian zollte dem Sportler Respekt. Er konnte sich körperliche Anstrengungen bei diesem Wetter nur in einer klimatisierten Muckibude vorstellen.

Der Jogger kam auf sie zu. Erst als er die Bank fast erreicht hatte, erkannten sie in ihm Eberwein. Er trug ein Schweißband auf der Stirn und machte selbst im Sportdress eine gute Figur.

»Herr Bennecke, checken Sie die Umgebung. Sarah wird Sie später informieren.«

Widerspruchslos tauschte Bastian den Platz mit Eberwein und spazierte davon.

Sarah schaute den Staatssekretär bewundernd an. »Ist das nur Maskerade oder joggen Sie tatsächlich?«

»Jede Mittagspause. Sonst setze ich Fett an. Haben Sie gut geschlafen?«

Sarah schüttelte den Kopf und berichtete knapp, was in der Zwischenzeit passiert war. Eberwein hörte aufmerksam zu.

»Ich werde meine Fühler ausstrecken«, sagte er schließlich. »Offenbar liege ich mit meiner Vermutung richtig, dass es in Liebischs Abteilung einen Maulwurf gibt. Was ich Ihnen jetzt sage, darf außer Ihrem Kollegen Bennecke niemand erfahren.«

Sarah nickte.

»Wir brauchen jemanden in Wollwebers Nähe. Und zwar sofort.« Er schaute sie an und schmunzelte.

Sarah ahnte den Grund. »Dieser Jemand soll ich sein?«

»Ja.«

»An dieser Aufgabe sind schon andere gescheitert.«

»Wir haben gute Ausgangsbedingungen. Heute Morgen hat der Zoll drei Lkw mit Rindfleisch beschlagnahmt. Ware für Wollweber. Der Mann steht auf dem Trockenen. Seine Kunden machen ihm Dampf, aber er kann nicht liefern. Er hat nur eine Chance, den Schaden zu begrenzen. Wollweber muss bei anderen kaufen.«

»Ich soll ihm Fleisch verkaufen?«

»Es gibt immer wieder neue Händler auf dem Markt. Kleine Fische im Vergleich zu Wollweber und dem Bergmann, aber immerhin. Mit einer Lkw-Ladung Rinderfilets könnten Sie gegenwärtig Wollwebers beste Freundin werden.«

»Meine Legende?«

»Lassen Sie sich was einfallen!«

»Muss ich tatsächlich liefern?«

»Wenn es notwendig ist, auch das. Das werden wir entscheiden, wenn es so weit ist.« Eberwein nahm das Schweißband ab und legte es neben sich auf die Bank. »Bevor wir die Details durchgehen, möchte ich wissen, ob Sie sich das zutrauen. Wir sorgen natürlich für Ihre Sicherheit. Ich werde nicht zulassen, dass einer so schönen Frau etwas passiert.« Er machte eine Kunstpause. »Also, was halten Sie davon?«

Sarah fühlte sich geschmeichelt wie nie zuvor in ihrem Leben. Und die Aussicht, diesen verdammt gut aussehenden Mann regelmäßig zu treffen, ließ die Euphorie noch weiter steigen. »Klingt gut.«

»Dann sind wir uns einig?«

Sie nickte.

»Wenn Sie Geld brauchen, logistische Unterstützung oder Personal, dann lassen Sie es mich wissen.«

Sarah drehte sich zu ihm. Eberwein strich ihr eine Strähne aus dem Gesicht und lächelte sie an.

Beim Anblick der Enten fiel Bastian ein Rezept ein. Zuerst musste man von den Entenbrüsten Fett, Sehnen und überstehende Hautlappen entfernen. Dann das Fleisch mit Salz und Pfeffer einreiben und in einer Pfanne ohne Fett bei mittlerer Hitze anbraten. Die Fleischabfälle zerkleinern und in einer Kasserolle unter Wenden ebenfalls anbraten, bis sie leicht gebräunt waren.

Bastian sah sich am heimischen Herd stehen, mit Küchenschürze und einem Glas kräftigen Rotwein.

Er verscheuchte den Gedanken und drehte sich zur Parkbank um. Das, was er sah, gefiel ihm nicht. Eberwein strich Sarah mit dem Handrücken über die Wange und flüsterte ihr etwas ins Ohr. Die andere Hand des Staatssekretärs lag auf dem Knie der Kollegin.

Bastian fühlte sich missbraucht. Er lief wie ein Depp durch den Park, um etwaige Spione aufzuspüren, während die beiden herumturtelten.

Ein Bild ging ihm durch den Kopf. Nach der Explosion: Sarah hielt seine Hand und streichelte sein Gesicht.

Bastian spürte den merkwürdigen Gefühlen nach, die seinen Körper aufmischten. Als seine Augen verfolgten, wie Eberwein Sarah zum Abschied auf die Wangen küsste, wusste er, dass diese Gefühle einen Namen hatten: Eifersucht. Verdammt, er hatte sich in Sarah verliebt!

Sarah blickte Eberwein nach, der in einen Laufschritt fiel und schließlich einen kleinen Spurt einlegte. Sie war wie betäubt und spürte immer noch seine Lippen auf ihrer Wange. Die Synapsen in ihrem Gehirn feierten ein Freudenfest, ihr Herz leistete Schwerstarbeit. Sie schloss die Augen, um die Bilder der letzten Minuten festzuhalten.

Als sie die Augen wieder öffnete, saß Bastian neben ihr. Hatte er mitbekommen, was da eben abgelaufen war? Sie fand keinerlei Hinweise darauf. Bastian schaute sie erwartungsvoll an.

»Und? Was wollte er?«
»Wir gehen unter die Fleischdealer.«
»Ich wusste, dass ich mal so enden würde!«

27.

Sarah und Bastian betraten die Asservatenkammer. ›Kammer‹ war der falsche Ausdruck für einen Sicherheitstrakt, in dem schwer bewaffnete Männer vor Monitoren saßen und die weitläufigen Räume bewachten, in denen sichergestelltes Diebesgut und Beweismittel lagerten.

Die beiden waren avisiert und passierten die Sicherheitsschleuse.

Ein Mann, der sicherlich drei Zentner auf die Waage brachte, kam ihnen entgegen. Er hatte Ähnlichkeit mit einem Schauspieler, dessen Filme unter der Reihenbezeichnung *Der Bulle von Tölz* noch vor zwei Jahren im Fernsehen wiederholt worden waren. Aber dann waren Fotos aufgetaucht, die den Dicken bei einem Russlandurlaub mit einer Schinkenplatte zeigten. Seitdem waren die Filme aus dem TV-Programm verschwunden. Bastian hatte gelesen, dass der Mann nach Argentinien ausgewandert war, das einzige lateinamerikanische Land ohne Prohibition.

Der Doppelgänger brachte sein Übergewicht zum Stillstand und bewegte etwas, was wie ein Kinn aussah. Seine schwulstigen Lippen formulierten eine Begrüßung. »So! Sie wollen also Fleisch. Kriegen Sie!«

Bastian war sich sicher, dass man hier den Bock zum Gärtner gemacht hatte. So einen Körper bekam man nicht von Gemüseauflauf und Nudelsuppe. Wahrscheinlich stand die Verlustrate bei beschlagnahmtem Fleisch proportional zum Lebendgewicht des Kollegen.

Sarah dachte darüber nach, ob der Mann wohl die Quelle jener gut gekleideten Frau war, die sie bei ihrem Zoobesuch kennen gelernt hatte.

»Schwein oder Rind?«, fragte der Dicke.

»Rind«, entschied Bastian, der sich in dieser Frage für kompetenter als seine Kollegin hielt. »Und zwar das beste Stück, das Sie haben. Hüfte vielleicht. Oder ein Entrecote. Dreihundert Gramm sollten es schon sein.«

Er spürte Sarahs irritierten Blick.

»Tiefgefroren oder frisch?«

»Von wann ist die frische Ware?«

»Heute beschlagnahmt, gut abgehangen. Sehr zart.«

»Das nehmen wir«, sagte Bastian.

Der Dicke schien mit der Wahl einverstanden zu sein und schob ihnen ein paar Formulare zu, die sie unterschreiben sollten. Dann trollte er sich.

»Es muss schrecklich sein, hier arbeiten zu müssen«, meinte Sarah.

Bastian suchte in seinem Herzen einen Platz für eine gehörige Portion Mitleid. Er fand keinen, las stattdessen, was er abzeichnen sollte. Sie mussten sich verpflichten, die Ware nur zu dienstlichen Zwecken zu verwenden, jeglicher Missbrauch war strafbar. Die Unterschriften landeten an den vorgesehenen Stellen.

Der Drei-Zentner-Mann kehrte zurück und präsentierte ihnen – in durchsichtiger Folie verpackt – ein appetitliches Stück Fleisch. Bastian hatte lange nicht mehr so ein saftiges Entrecote gesehen. Speichel sammelte sich in seinem Mund.

»Das ist ja ekelig!«, rief Sarah.

28.

Bastian parkte den Wagen gegenüber der *Artischocke* mit Blick auf den Eingang. Sarah zupfte nervös an ihrer beigefarbenen Jacke, die sie über ihrem Kostüm trug.

»Du willst das wirklich allein machen?«, fragte Bastian.

»Wenn eine Frau auftaucht, gehen nicht sofort alle Alarmsirenen an.«

Bastian verzog das Gesicht. »Ich kann mir nicht vorstellen, dass es klappt. An Wollwebers Stelle würde ich sofort eine Falle wittern.«

»Alles hängt davon ab, wie überzeugend ich auftrete. Außerdem ist Wollweber in einer Zwangslage, er kann im Moment nicht liefern und die Händler machen ihm die Hölle heiß.«

»Dein Wort in Gottes Ohr. Hast du alles?«

Sarah klopfte auf ihre Handtasche.

Bastian reichte ihr eine Damenarmbanduhr. Sarah war überrascht. »Mein Geburtstag ist erst im Januar.«

»Wenn du den Stift reindrückst, sendet die Uhr ein Funksignal.« Er präsentierte einen Empfänger von der Größe eines Handys. »Dann weiß ich, dass etwas nicht in Ordnung ist, und komme rein.«

»Du hast an alles gedacht.«

»Für irgendwas muss ich ja nützlich sein.«

Sarah ergriff den Türöffner und holte tief Luft.

»Wird schon schief gehen«, sagte Bastian.

Sarah nahm an einem der hinteren Tische Platz. Es war erst kurz nach neunzehn Uhr und das Restaurant noch ziemlich leer. Der Kellner mit dem Schmiss brachte ihr die Karte.

»Heute allein?«, fragte er mit einem süffisanten Unterton in der Stimme.

»Ja«, antwortete Sarah grinsend. »Heute bin ich beruflich hier.«

Sie zog eine Visitenkarte hervor, die sie noch auf dem Weg zum Restaurant an einem Automaten entworfen hatten, und gab sie dem verblüfften Kellner.

»Bitte geben Sie die Karte Herrn Boris Wollweber. Ich möchte ihn sprechen.«

»Bedaure. Einen Herrn Wollweber gibt es hier nicht.«

Sarah schenkte dem Kellner einen gelangweilten Blick. »Er ist vor zwanzig Minuten gekommen. Bitte seien Sie so freundlich und geben ihm meine Karte.«

Der Narbige zögerte kurz, dann nahm er die Pappe entgegen. »Ich werde den Geschäftsführer konsultieren. Vielleicht kann der Ihnen helfen.«

Er verschwand.

Eberwein hatte Leute darauf angesetzt, das Restaurant zu überwachen. Sie hatten das Auftauchen von Wollweber junior gemeldet. Darüber hinaus saßen hier wahrscheinlich einige dienstbare Geister als Gäste getarnt. Sarah war versucht, sich umzuschauen, unterließ es aber.

Sie blätterte in der Speisekarte. Es dauerte fünf Minuten, bis der Kellner wieder an ihren Tisch trat.

»Es hat sich herausgestellt, dass doch ein Herr Wollweber im Haus ist. Er hatte einen Tisch im Separee bestellt, offenbar ein Geschäftsessen. Ich habe ihm Ihre Visitenkarte gebracht und er lässt fragen, um was es geht.«

Sarah zog ihre Handtasche auf den Schoß, holte ein in Alufolie verpacktes Etwas heraus und platzierte es inmitten einer kunstvoll gefalteten Serviette.

»Dies sind dreihundert Gramm. Sagen Sie ihm, es geht um dreihundert Kilogramm.«

Sie drückte dem Kellner die Serviette in die Hand. Er sah sie mit großen Augen an, trollte sich aber wortlos.

Eine halbe Ewigkeit verging. Sarah kannte die Angebote und Preise der Speisekarte inzwischen auswendig.

»Darf ich Sie nach hinten bitten«, sagte Samtlebe dann endlich.

Er geleitete sie zum Aufzug. Nachdem der Kellner den

Knopf für die 22ste Etage gedrückt und sich die Tür geschlossen hatte, nahm er Sarah die Handtasche ab.

»Sie gestatten.«

Er durchsuchte die Tasche und gab sie ihr zurück. Dann tasteten seine Finger ihr Kostüm ab. Sarah nahm artig die Hände nach oben.

»Schöne Uhr«, sagte der Kellner.

»Geburtstagsgeschenk.«

»Von Ihrem Mann?«

Sarah schüttelte den Kopf. »Von einem Lover!«

Der ›Lover‹ starrte auf den stummen Sender in seinen Händen. Sarah war schon eine halbe Stunde in der Höhle des Löwen und bisher schien alles gut gegangen zu sein.

Die Abendsonne knallte auf das Dach des Wagens und nötigte Bastian, Motor und Klimaanlage einzuschalten. Hin und wieder schaute er zum Eingang des Restaurants. Er parkte direkt von einem Pizzaservice mit Außer-Haus-Verkauf. Autos fuhren vor und wieder weg, die Fahrer blieben hinter dem Steuer sitzen, während ihre Begleiter Pizzas abholten – ein Wartender fiel hier nicht weiter auf.

Lange hatte Bastian überlegt, ob er Sarah auf Eberweins Zärtlichkeiten im Park ansprechen sollte. Er hatte sich dagegen entschieden. Nicht nur weil er kein Recht hatte, sich in ihr Privatleben einzumischen. Sie sollte auch nicht die Eifersucht in seinen Worten spüren.

Jemand klopfte an das Fenster der Beifahrertür. Mechanisch griff Bastian zu seiner linken Achsel, wo die Waffe im Holster steckte. Am Fenster der Beifahrertür wurde ein junges männliches Gesicht sichtbar, das nichts Böses verriet.

Bastian öffnete das Beifahrerfenster durch Knopfdruck.

Der Jüngling hatte einen Stapel Zeitschriften und Zeitungen in der Hand. »Lesestoff gefällig?«

»Was haben Sie denn da?«

»*stern, SPIEGEL, TV Spielfilm, GESUND LEBEN, Playboy.*«

»Nichts Schärferes?«

Der junge Mann legte seine Stirn in Falten.

»Als den *Playboy*?«

»Nein, als *GESUND LEBEN*.«

Im Gehirn des jungen Mannes reifte ein Gedanke. Er ließ ihn noch ein wenig wachsen, dann sagte er: »Verstehe!«

Er ging zu einer Tragetasche, die er auf dem Bürgersteig geparkt hatte, blickte sich sichernd um, griff in die Tasche, schob ein Heft zwischen die Wochenzeitungen und kam zurück zum Wagen.

»Kann ich mich kurz setzen?«

Bastian nickte und öffnete die Beifahrertür. Der junge Mann lachte ihn verschwörerisch an, als hätten sie zusammen eine Leiche im Keller.

Er präsentierte eine Ausgabe von *essen & trinken* aus dem Jahre 2000. Das Titelfoto zeigte ein Barbecue-Huhn in knuspriger Hülle. *Schnell, raffiniert, exotisch, knusprig, kostbar: Super-Hühner.*

»Was soll der Spaß kosten?«

»Zweihundert Euro.«

»Zu viel.«

»Dann nicht«, sagte der Junge kess. »Ich finde jederzeit einen anderen Käufer!«

»Wirst du nicht.«

Bastian präsentierte seinen Dienstausweis. Als der junge Mann den Türgriff umfasste, öffnete Bastian seine Jacke und ließ seine Waffe sehen.

Der junge Mann kapitulierte und verwandelte sich in einen Lausbuben, der beim Apfelklau erwischt worden war. »Och nein«, jammerte er, »ich mach den Job, um mir das Studium zu finanzieren. Wenn Sie mich anzeigen, flieg ich von der Uni.«

»Was studierst du?«

»Jura.«

Bastian schüttelte den Kopf. Ein zukünftiger Richter, Notar oder Staatsanwalt dealte mit verbotenen Schriften. Wo sollte das hinführen? Vielleicht war die Zukunft doch nicht nur düster.

»Hau ab!«, sagte Bastian.

Der junge Mann konnte sein Glück nicht fassen. »Danke. Vielen Dank.«

Er öffnete die Tür.

»Das Heft bleibt hier!«, befahl Bastian. »Strafe muss sein.«

Zögernd folgte der Student der Aufforderung.

Bastian sah ihm nach. Der Zeitschriftenverkäufer hatte es nun eilig, offenbar traute er dem Frieden nicht.

Bastian kramte eine alte Zeitung aus dem Türfach, schlug darin das beschlagnahme Exemplar ein und widmete sich dem Studium des Rezepts zur Zubereitung eines gefüllten Ingwerhuhns.

Sarah stand am Panoramafenster und blickte auf die Hauptstadt, die sich der Hitze ergeben hatte. Sie bemühte sich, einen coolen Eindruck zu machen, denn sie vermutete Videoüberwachung, obwohl sie keine Kameras entdecken konnte. Der Kellner hatte ihr das Messer abgenommen und versprochen, es ihr wiederzugeben. Sie schaute auf ihre neue Armbanduhr. Ein hübsches Design hatten sich die Kriminaltechniker ausgedacht.

Sie spürte, wie sich hinter ihr eine Tür öffnete, und beobachtete in der sich spiegelnden Fensterscheibe, wie Boris Wollweber den Raum betrat.

Langsam drehte sie sich um.

Boris Wollweber deutete eine Verbeugung an. »Sehr erfreut, Ihre Bekanntschaft zu machen.« Er schielte auf die Visitenkarte. »Frau Eva Wölke.«

»Ganz meinerseits.«

»Wie kann es sein, dass wir uns noch nie begegnet sind?«

»Weil ich neu im Geschäft bin. Seiteneinsteigerin sozusagen.«

»Und was haben Sie vorher gemacht?«

»Import, Export. Ich habe in den USA gelebt.«

»Und wie kommen Sie darauf, dass mich das, was Sie dem Kellner überreicht haben, interessieren könnte?«

Sarah verzog das Gesicht. »Wollen wir das Spiel wirklich spielen? Ich habe dreihundert Kilogramm Ware, die bei diesem Wetter schnell schlecht werden. Ich suche einen Käufer, und wenn Sie es nicht sind, will ich weder Ihre noch meine Zeit verschwenden.«

Wollweber antwortete nicht. Sarah ließ zehn Sekunden verstreichen, dann nahm sie Kurs auf die Tür. »War nett, Sie kennen gelernt zu haben. Auf Wiedersehen.«

Ihre Hand befand sich bereits auf der Klinke, als sich Boris Wollweber räusperte. »Wo ist die Ware her?«

Sarah wandte sich wieder um. »Das geht Sie nichts an. Ich will auch nicht wissen, wo sie landet.«

Boris Wollweber schien nachzudenken. »Gesetzt den Fall, ich wüsste jemanden, der dafür Interesse hat. Haben Sie Preisvorstellungen?«

»Ich habe keine Vorstellungen, ich nenne Ihnen meinen Preis. Einhunderttausend Euro.«

»Das ist viel Geld!«

»Der Kilopreis liegt bei sechshundert Euro, eher höher bei dieser ausgezeichneten Qualität. Das heißt, auch Sie machen ein gutes Geschäft. Ich bin nicht neidisch. Sie haben die Infrastruktur, ich die Ware.«

Die Tür öffnete sich. Der Kellner brachte einen Teller, auf dem das gebratene Filet lag, und reichte ihn Wollweber junior.

Boris nahm eine Nase. »Riecht wirklich nicht schlecht. Sehr frisch. Gute Qualität.« Er stellte den Teller ab und nahm Messer und Gabel zur Hand.

»Darauf können Sie Gift nehmen.«

Sarah bis sich auf die Zunge. Sie wusste, dass sie einen Fehler gemacht hatte. Wollweber senior hatte einen Schlaganfall nach einem vergifteten Stück Fleisch erlitten. Wie konnte sie nur so blöd sein, den Sohn mit ihrer Bemerkung daran zu erinnern?

Tatsächlich hielt Boris Wollweber inne und legte schließlich Messer und Gabel auf den Teller. Er kam um den Tisch herum und stellte den Teller vor Sarah. Dann machte er eine einladende Geste. »Ich würde gerne mit Ihnen teilen.«

»Ich habe schon gegessen.«

»Sie werden das jetzt essen oder aus unserem Geschäft wird nichts.«

»Sie benehmen sich kindisch«, versuchte Sarah, dem Ungemach zu entgehen.

Boris' Gesichtsausdruck besagte, dass er es ernst meinte. Wenn sie den Raum lebend verlassen wollte, musste sie in den sauren Apfel beißen. Wenn es denn mal ein Apfel gewesen wäre.

Alle inneren Organe verkrampften sich, als sie Platz nahm und Messer und Gabel ansetzte. Sie fühlte sich wie eine Allergikerin, die man zwang, in Birkenpollen zu baden. Sie rief die Muskeln, die die Mitarbeit verweigern wollten, zur Ordnung. Schließlich schnitt sie ein Stück ab und führte es zum Mund. Aber die Lippen stellten sich stur und so schnupperte sie zunächst daran. Ihre Nase boykottierte die Aktion.

»Was ist?«

»Riecht ausgezeichnet. Womit haben Sie das Fleisch gewürzt?«

»Nur ein bisschen Salz, Pfeffer und Rosmarin«, gab Samtlebe Auskunft.

»Rosmarin, eine gute Wahl!«

Die Gabel überwand die Eingangsschleuse ihres Mundes, ihre Zähne zermalmten das Filet, Speichel beförderte den Brei durch die Speiseröhre hinunter, die Magensäfte blätterten im Lexikon.

Sarah erinnerte sich an das letzte Mal, als sie Fleisch gegessen hatte. Eine Freundin hatte im Garten gegrillt, es gab Bauchfleisch. Sie hatte eine aufgedunsene schwabbelige Schwarte von der Konsistenz eines ausgespuckten Kaugummis und mit dem Geschmack von Grillkohle erwischt. Ein Bissen hatte sich am Gaumen festgesaugt und sich allen Versuchen standhaft widersetzt, ihn mit der Zunge zu entfernen.

Sarah wurde übel, aber sie versuchte, es sich nicht anmerken zu lassen.

Sie schnitt ein weiteres Stück ab und stellte fest, dass das Filet innen blutig war. Das hatte sie schon zu den Zeiten gehasst, als sie noch Fleisch gegessen hatte. Mit Todesverachtung würgte sie das Stück hinunter und schob dann den Teller zur Seite.

»Ich hoffe, diese Demonstration reicht. Ich esse Fleisch nur durchgebraten.«

Boris Wollweber wirkte tatsächlich zufrieden. »Geben Sie mir etwas Bedenkzeit.«

»Ich gebe Ihnen Zeit bis morgen früh acht Uhr. Wenn Sie bis dahin nicht angerufen haben, mache ich das Geschäft mit der Konkurrenz.«

In Begleitung Samtlebes verließ Sarah den Raum.

Boris kramte sein Handy aus der Jacketttasche und drückte eine Taste. »Vater?! Ich glaube, ich habe eine Lösung für unser Problem!«

29.

Bastian studierte gerade aufmerksam einen Artikel über die Küche Siziliens, als sich die Restauranttür öffnete und eine mit sich zufrieden aussehende Sarah ins Freie trat. Sie winkte ein Taxi heran, genau so, wie sie es besprochen hatten. Bastian behielt das Restaurant im Auge. Sie wollten sichergehen, dass ihr niemand folgte. Nach einigen Minuten startete er den Motor und fuhr in die gleiche Richtung, die das Taxi eingeschlagen hatte.

Zehn Minuten später hielt Bastian vor dem Notausgang einer Einkaufspassage. Sarah trat heraus, warf einen Blick zurück und stieg dann zu ihm in den Wagen. Bastian fuhr sofort los.

»Wie ist es gelaufen?«

Sarah wirkte nicht mehr so zufrieden, sie war kreidebleich. »Halt an!«

Bastian trat auf die Bremse. »Was haben die mit dir gemacht?«

Sie öffnete die Beifahrertür und kotzte sich die Hölle aus dem Bauch.

Es dauerte eine ganze Weile, bis Bastian die Fahrt fortsetzen konnte. Der Besitzer eines Weingeschäftes fand es geschäftsschädigend, dass jemand seinen Mageninhalt vor seiner Tür verteilt hatte. Da Sarah zu keiner Bewegung fähig war, hatte es Bastian übernommen, den Bürgersteig zu säubern. Freundlicherweise stellte der Ladeninhaber Bastian wenigstens mehrere Eimer Wasser und Sarah einen Grappa zur Verfügung.

Sarah war immer noch blass, aber ihr Sprachzentrum hatte keinen dauerhaften Schaden erlitten. So erfuhr Bastian in allen grausamen Details, welcher Folter seine Kollegin ausgesetzt worden war. Bastian hielt es für angemessen, Mitgefühl zu zeigen, obwohl er keines empfand. Er stellte sich vor, wie ihm Schurken Bratwürstchen in den Mund stopften, damit er gestehe. Er würde sehr, sehr lange schweigen.

»Jetzt können wir nur noch abwarten«, meinte Sarah abschließend und reichte ihm die präparierte Armbanduhr zurück, die er in ein Etui legte und im Handschuhfach verstaute.

»Das klingt doch alles sehr gut. Wir machen für heute Feierabend. Soll ich dich nach Hause bringen?«

»Nein, bring mich bitte zur Galerie. Ich muss mit Imogen etwas klären.«

»Das denke ich auch.«

Befremdlich musterte Sarah Bastian. Hatte sie ihm von dem nächtlichen Streit mit Imogen erzählt? Oder war das eine Anspielung auf die zärtlichen Berührungen Eberweins auf der Parkbank?

Eine Zeitung war neben den Beifahrersitz gerutscht, Sarah zerrte sie hervor. *essen & trinken. Alles über Super-Hühner.*

Bastian biss sich vor Ärger auf die Zunge. Warum hatte er die Zeitschrift nicht in den Kofferraum gepackt? »Habe ich für dich besorgt. Damit du mitreden kannst.«

»Damit kannst du mich jagen«, sagte Sarah und entsorgte das Heft mit spitzen Fingern hinter dem Fahrersitz.

Sie dirigierte Bastian zur Galerie.

»Hast du beide Handys?«, erkundigte sich Bastian, als sie angekommen waren.

Sarah nickte.

»Mach keinen Fehler, wenn das neue Handy klingelt. Du heißt dort Eva Wölke!«

»Was treibst du heute noch?«

»Ich fahr nach Hause und warte auf deinen Anruf.«

Sarah stieg aus.

»Sarah!«

»Ja?«

»Das hast du toll gemacht.«

Sie lächelte. »Danke, Kumpel. Ich find dich auch toll.«

Sie winkte Bastian nach und stand dann vor der geschlossenen Tür der Galerie. Im Innern brannte Licht und in der Tür hing ein Schild: *Bin gleich zurück.*

Sarah schaute auf die Uhr. Es war kurz nach zwanzig Uhr. Normalerweise hatte die Galerie bis einundzwanzig Uhr geöffnet.

Sie erinnerte sich, dass sie noch immer einen Schlüssel von der Galerie mit sich trug, den ihr Imogen vor seiner Madridreise gegeben hatte, und schloss die Tür auf. Sie schlenderte an den Bildern vorbei. Neben den meisten klebte ein roter Punkt, was bedeutete, dass sie verkauft waren. Die Vernissage schien ein voller Erfolg gewesen zu sein. Trotz des nächtlichen Streits freute sich Sarah für ihren Freund.

Plötzlich vernahm sie aus der angrenzenden kleinen Küche ungewöhnliche, aber bekannte Laute. Als sie sie zugeordnet hatte, stand sie schon in der Küchentür und starrte fassungslos auf das nackte Hinterteil ihres Freundes, das sich in einem immer schneller werdenden Rhythmus auf und ab bewegte. Imogen und Petra näherten sich offenbar dem Finale.

Deshalb hatte es Imogen nach seiner Madridreise so eilig gehabt, in die Galerie zu kommen! Wem du es heute kannst besorgen, den vertröste nicht auf morgen, hätte er richtigerweise sagen müssen.

Zu ihrer eigenen Überraschung stellte Sarah fest, dass sie die Vögelei auf der Anrichte kalt ließ.

Emotionslos sah sie zu, wie Imogens Stöße immer heftiger wurden. Gleich würde er »O Gott, ist das geil« stöhnen. Darauf würde sie jede Wette eingehen.

Sie konnte allerdings nicht verstehen, warum sich Petra mit ihm einließ. Petra war seit zwei Jahren mit Luis zusammen, dem rassigen, gut gebauten Kellner eines spanischen Restaurants. Außerdem war sie ihre beste Freundin. Beste Freundinnen schlafen nicht mit dem Mann ihrer Freundin, das war Gesetz.

Ließ sich Petra von Imogen vögeln, weil er nun der Star der Künstlerszene war, weil er mit Prominenz und Geldadel verkehrte? Nahm sie teil an seinem Ruhm, wenn sie für ihn die Beine breit machte?

Sarah machte auf dem Absatz kehrt. Sie hatte noch nicht die Tür erreicht, als sie die vertrauten Worte vernahm: »O Gott, ist das geil!« Wette gewonnen.

Vor dem Eingang zur Galerie stieß sie mit einem älteren Ehepaar zusammen, das sie fragend anschaute. »Schon geschlossen?«, fragte der Mann.

Sarah schüttelte den Kopf. »Schauen Sie sich ruhig um. Den Künstler finden Sie hinten. Er hat gerade Autogrammstunde.«

30.

Als Bastian seine Wohnung betrat, stolperte er über einen Koffer. Willi lag auf dem Sofa und schaute sich eine Wiederholung von *Balko* an.

»Du glaubst es nicht«, rief Willi zur Begrüßung. »Die Folge heißt *Steakhousetango*, und immer wenn ein Steakhouse oder eine Schlachterei auftaucht, gibt es einen Schnitt. Ich verstehe die ganze Handlung nicht.«

»Das machen die immer so. Hast du zu Hause keinen Fernseher?«

»Abgeschafft.«

Bastian steckte sein Handy in das Aufladegerät. »Wessen Koffer ist das?«

»Meiner. Schorsch hat ihn gebracht. Ich werde ja wohl ein paar Tage bleiben müssen oder hast du eine Lösung für das Problem?« Willi zeigte auf sich.

Bastian schüttelte den Kopf. »Noch nicht. Aber ich arbeite daran. Was macht die Wunde?«

»Es pocht nur ein bisschen, tut kaum noch weh.«

Willi stand auf und lief demonstrativ im Zimmer herum. Das Bein zog er ein wenig nach, aber er hielt sich gerade. Seine Runde führte ihn am Kühlschrank vorbei, er öffnete die Tür.

Bastian konnte nicht glauben, was er sah. Sein Kühlschrank war voll gestopft mit Fleisch, Würsten, Aufschnitt.

Willi grinste. »Ich dachte mir, bevor die Sachen schlecht werden.«

»Du hast so lange Asyl, bis der Kühlschrank leer ist!«

Bastian entschied sich für Spanferkel und machte sich mit Lust und Leidenschaft an die Zubereitung, während ihn Willi mit Geschichten aus seinem Leben unterhielt.

Gut zwei Stunden später saßen sie sich am Tisch gegenüber, aus dem Bräter vor ihnen duftete und dampfte es. Bastian hatte sich selbst übertroffen. Die Haut des Spanferkels war goldbraun und warf pittoreske bernsteingelbe Bläschen. Beim Beißen gab sie knackig-krachende Geräusche von sich. Das Fleisch war zart und saftig.

Sie spülten das Essen mit zwei Flaschen Rioja hinunter

und plauderten über alte Zeiten. Es war ein schöner Abend. Kochen, speisen, trinken, plaudern, lachen – für Bastian war dies die Basis tiefer Zufriedenheit und vollkommenen Glücks.

Gemeinsam räumten sie das Geschirr in die Spülmaschine und machten den Herd sauber. Dann setzten sie sich vor die Glotze und Bastian präsentierte Willi seine Lieblingsszenen aus *Das große Fressen*.

Willi baute einen Joint und Bastian nahm ein paar Züge. Er hatte schon seit zehn Jahren nicht mehr gekifft.

»Ich merke nichts!«, konstatierte er anschließend.

Das ließ Willi nicht auf sich sitzen und baute einen neuen Joint mit doppelter Dröhnung.

»Sag mal«, meinte Willi, als das zweite Rohr im Umlauf war. »Kennst du eigentlich *Lammbock*?«

»Na klar, der ultimative Kifferfilm.«

»Wie die am Anfang darüber reden, ob der Silikonbusen von so einem Pornostar im Flugzeug platzen kann, in zehntausend Meter Höhe, wegen des Drucks ...«

»Ja, super. Aber am besten finde ich, wie der eine ein Stück Haschisch runterschluckt, damit sein Vater, der Staatsanwalt, es nicht findet. Und wie er hinterher alles in Schwarz-Weiß sieht.«

»Ja, geil!«

Bastian schüttete sich vor Lachen aus. Sein Lachen war ansteckend, kurz darauf liefen auch Willi die Tränen über die Wangen.

In diesem Augenblick klingelte es.

Die beiden schauten auf den Fernseher. Der Abspann flimmerte über den Bildschirm.

»Kann es sein, dass es an deiner Tür geklingelt hat?«, fragte Willi mit schwerer Zunge.

Bastian versuchte, die Zeiger auf seiner Armbanduhr zu deuten. »Es ist Mitternacht!«

»Vielleicht Graf Dracula.«

Es klingelte erneut.

»Vampire klingeln nicht«, sagte Bastian und wollte sich aus dem Sessel erheben. »Vampire schweben durchs Fenster.«

Willi hielt Bastian am Ärmel fest, was Bastian das Aussteigen aus dem Sessel erschwerte.

»Gibt es in Rumänien eigentlich eine Ausnahmeregelung für Vampire?«

»Wieso?«

»Blut ist ja im weitesten Sinn auch Fleisch.«

»Was?«

»Was machen Vampire seit der Prohibition? Die dürften doch eigentlich kein Blut saugen.«

»Gute Frage!« Bastian runzelte die Stirn. »Was ist mit Kunstblut?«

Nun klopfte es an der Tür.

»Ich weiß, dass du da bist. Bastian«, das war Sarahs Stimme, »mach bitte auf!«

Bastian legte theatralisch die Hand vors Gesicht. »Doch ein Vampir!«

»Von der würde ich mich gerne mal beißen lassen«, meinte Willi und nahm noch einen Zug.

Bastian schaffte es, sich hochzustemmen, und schwankte Richtung Flur.

»Hör mal«, sagte Willi in einem Anflug von Nüchternheit. »Das ist nicht so gut.«

Bastian zeigte mit dem Finger auf das Schlafzimmer, doch Willi schüttelte den Kopf. »Ich krieche nicht wieder unters Bett.«

»Dann eben nicht!«

»Und wenn sie mich erkennt?«

»Die hat dich doch nur kurz gesehen. Ich sag, du bist ein alter Schulfreund.«

Sarah hämmerte mit der Faust gegen die Tür.

Bastian schnüffelte. »Mach mal das Fenster auf.«

Willi erhob sich ächzend, humpelte zum Fenster, ließ frische Luft herein und den angerauchten Joint auf die Straße fallen.

Bastian öffnete die Tür. Sarah war betrunken, das erkannte er sofort.

»Danke«, sagte sie und stolperte in die Wohnung. »Die Reisetasche«, fügte sie hinzu.

»Was für eine Reisetasche?«

»Draußen. Das ist meine.«

Links neben dem Eingang stand das genannte Teil. Bastian schleppte es in die Wohnung.

Willi lag wieder auf der Couch und winkte Sarah zu.

»Hallo«, lallte sie. »Habt ihr mal ein Bier?«

Bastian wollte den Kühlschrank öffnen, da fiel ihm ein, dass es besser war, wenn Sarah den Inhalt nicht sah.

»Bier ist alle.«

»Dann trinke ich eben auch Wein.«

Sie ließ sich in einen Sessel fallen, nahm Bastians Glas und trank es leer.

»Was ist passiert?«

»Imogen fickt meine beste Freundin. Ich bin ausgezogen. Ist da noch was drin?«

Sie zeigte auf die Flasche neben der Couch. Willi beugte sich hinüber, zuckte zusammen und fasste sich an die Wunde. Bastian schnappte sich schnell die Flasche und goss ein.

Sarah fixierte Willi. »Du bist also Willi. Ich bin Sarah.«

Bastian schüttelte den Kopf. »Das ist Kai, ein alter Schulfreund, der mich besucht.«

»Aus Rumänien«, ergänzte Willi und versuchte, nicht zu lachen.

»Aha!« Sarah nippte an dem Weinglas. »Und Kai aus Rumänien hat zufällig auch eine Schussverletzung am Bein wie Willi aus Berlin.«

Willi zuckte mit den Achseln. Bastian setzte sich schwankend auf die Couch. Willi brachte sein Bein in Sicherheit.

»Ich wusste nicht, wohin mit ihm.«

»Ist doch okay«, meinte Sarah. Ihr trüber Blick wanderte zwischen den beiden Männern hin und her. »Kann es sein, dass ihr mich neulich am Kanal verarscht habt?«

Die beiden Männer setzten Unschuldsmienen auf. »Wir – nein!«

Willi bohrte den Korkenzieher in eine neue Flasche Wein. »Wir haben mal eine Fachfrage, Frau Kommissarin. Was machen Vampire während der Prohibition? Dürfen die weiterhin Blut saugen?«

»Gute Frage.« Sarah schnüffelte. »Habt ihr einen Zug für mich? Oder ist der Joint schon aus?«

»Ich kann einen neuen bauen«, meinte Willi und erntete einen bösen Blick von Bastian.

»Was hast du jetzt vor?«, erkundigte sich Bastian, während Willi seine Kifferutensilien unter dem Sofa hervorzog und die vorbereitete Zigarette anzündete.

»Ich habe gedacht, ich könnte heute Nacht hier bleiben. Morgen suche ich mir ein Zimmer in einer Pension.«

»Flotter Dreier«, kicherte Willi.

»Ich schlaf auch auf dem Boden. No problem.«

Willi reichte ihr den Joint, Sarah nahm einen kräftigen Zug.

»Ich glaube, alle Vampire haben in Russland Asyl bekommen, zusammen mit den Fleisch fressenden Pflanzen.«

Sie tranken und kifften und erörterten die Frage, ob es unter den Kannibalen auch Vegetarier geben könne. Irgendwann ging Sarah ins Schlafzimmer und kam nicht wieder. Schließlich schaute Bastian nach ihr. Sie hatte sich der Jeans und der Schuhe entledigt, lag quer im Bett und schlief tief und fest.

Er breitete die Decke über sie, sah sie noch eine Weile an und schlich leise ins Wohnzimmer zurück. Dort hatte sich Willi mittlerweile auf dem Sofa breit gemacht und röchelte vor sich hin.

Bastian löschte die Lichter und flegelte sich in den Sessel. Kurz darauf fiel auch er in einen traumlosen Schlaf.

31.

Um kurz nach sieben klingelte ein Handy. Bastian hatte gerade die Dusche verlassen. Er warf ein Badetuch um die Hüften und suchte in Sarahs Tasche nach dem Verursacher des Geräuschs. Es war das Handy, das sie sich für den Undercovereinsatz besorgt hatten.

Er stürmte ins Schlafzimmer und rüttelte an Sarah, bis sie ihn benommen anstarrte. »Wollweber!«, sagte er. »Wollweber, verstehst du? Du heißt Eva Wölke!«

»Wo bin ich?«

Ihre Stimme klang, als hätte sie Schmirgelpapier verschluckt.

»In meiner Wohnung. Geh jetzt ran!«

Mit unendlicher Langsamkeit nahm sie das Handy und das Gespräch an. »Wölke!«

Bastian spitzte die Ohren. Doch er hörte lediglich eine männliche Stimme am anderen Ende der Leitung und Sarahs »Mh« und »Ja«. Sie beendete das Telefonat, reichte ihm das Gerät zurück und ließ sich wieder auf das Kissen fallen.

»Was ist?«

»Um zehn ruft er nochmal an und sagt, wo wir die Fuhre hinbringen sollen.« Sie zog sich die Decke über den Kopf.

Es dauerte fünfzehn Minuten, bis es Bastian gelang, Sarah aus dem Bett zu scheuchen und unter die Dusche zu befördern. Er löste drei Aspirin in Wasser auf und stellte ihr das Glas auf das Waschbecken.

Als sie weitere zwanzig Minuten später das Bad verließ, war der Frühstückstisch fertig gedeckt. Willi stürzte in den Waschraum, in dem Moment war ihm nicht anzumerken, dass eine Kugel sein Bein gestreift hatte. Zuvor hatte er mehrfach angedroht, aus dem Fenster zu pinkeln.

Bastian reichte Sarah eine Tasse mit Kaffee und berichtete, dass er inzwischen mit Eberwein telefoniert habe. Um neun Uhr wurden sie in der Asservatenkammer erwartet.

Sarah musterte Bastian fragend. »Sag mal«, begann sie schließlich. »Habe ich mich gestern Nacht danebenbenommen?«

»Ich hätte mir die Schimpfwörter aufschreiben sollen, mit denen du deinen Ex bedacht hast.«

Zufrieden biss sie in ein Marmeladenbrot und spülte mit Kaffee nach.

Willi zog die Badezimmertür hinter sich zu und das verletzte Bein wieder nach. »Mann, habe ich einen Brummschädel!«

Sarah stand auf und ging zum Kühlschrank. »Hast du Milch da?«

Willi hielt den Atem an und schaute wie erstarrt zu, wie sie die Kühlschranktür öffnete und wieder schloss. Als sich Sarah den Männern zuwandte, hielt sie eine angebrochene Tüte Milch in der Hand. Willis Gesicht war ein einziges Fragezeichen. Bastian schmunzelte. Das war seine erste Amtshandlung heute früh gewesen, den Kühlschrank leer zu räumen und die verbotenen Speisen in der Abstellkammer zu verstecken.

32.

Günther Wollweber saß neben seinem Sohn und starrte auf das Treiben vor der U-Bahn-Station. Die Berliner flüchteten aus der Stadt, an den Wannsee und andere Gewässer. Sie waren mit Badezeug, Grilltaschen und iPods bewaffnet. Es war halb zehn.

»Vielleicht hätten wir den Bergmann konsultieren sollen«, sagte er. »Möglicherweise kennt er Frau Wölke!«

»Damit er uns die Ladung vor der Nase wegschnappt?«

»Wir gehen ein großes Risiko ein.«

»Wenn wir nicht handeln, brechen uns ein paar Großkunden weg. Das Risiko ist viel größer.«

»Ein Anruf und wir ...«

»Langsam reicht es mir!«, unterbrach Boris erregt. »Bergmann, Bergmann, Bergmann. Dreht sich denn jetzt alles nur noch um diesen beschissenen Bergmann?! Warum überschreibst du ihm nicht gleich alle deine Besitztümer? Du warst früher mal ein Kämpfer. Schau dich an! Ein Weichei bist du geworden.«

»Wie redest du mit mir!«

»Ist doch wahr. Wir haben eine unglaubliche Trumpfkarte in der Hand, wir können Deutschland verändern, und du, was machst du? Du wirfst dich diesem Emporkömmling an den Hals. Hast du denn vergessen, dass das Schwein dich vergiftet hat?«

Günther Wollweber schnaufte. »Nein, das habe ich nicht vergessen. Dafür wird er bezahlen.«

»Ach«, höhnte Boris. »Es sieht aber eher danach aus, als ob du für ihn die Rechnung übernimmst.«

»Es ist nichts so, wie es scheint«, sagte der Alte bedächtig.

Sein Sohn sah ihn skeptisch an.

»Wahr ist, dass wir in diesem Moment tatsächlich keinen Zwei-Fronten-Krieg gebrauchen können. Wahr ist, dass ich den Bergmann gerne im Boot haben möchte. Wahr wird auch sein, dass er mit diesem Boot ersaufen wird, während wir am Ufer stehen und winken.«

Boris brauchte eine Weile, um das Gehörte nachzuarbeiten. »Dein Friedensangebot ist eine Farce?«

Der alte Wollweber nickte.

»Warum hast du mir das denn nicht gleich gesagt?«

»Weil du dann sicherlich nicht so überzeugend reagiert hättest. Harder war beeindruckt.«

Boris brach in Gelächter aus. »Gut. Sehr gut. Und ich habe gedacht ...«

»Wir werden den Kapitalisten den Strick verkaufen, an dem wir sie aufhängen werden.« Günther Wollweber legte seinem Sohn die Hand auf den Arm. »Das hat, glaube ich, Lenin gesagt. Kein Dummer.«

Am Eingang der U-Bahn-Station stand nun ein Mann, der trotz der Hitze Jeans und ein modisches Sakko trug. Er blickte sich suchend um.

Boris drückte auf die Hupe. Der Sakkoträger nahm Kurs auf die Limousine. »Das ist unser Mann.«

»Zuverlässig?«

»Er steht zwar erst seit ein paar Monaten auf unserer Gehaltsliste, aber bisher war jeder Tipp richtig.«

»Du glaubst, dass er diese Eva Wölke kennt?«

»Ich hoffe nicht. Denn wenn er sie kennt, ist sie Polizistin.«

Die hintere Wagentür öffnete sich und der Mann setzte sich auf die Rückbank.

»Schön, dass Sie Zeit haben.« Boris begrüßte den Mann per Handschlag und wandte sich an seinen Vater. »Vater, darf ich dir Herrn Petersen vorstellen.«

33.

Der Dicke aus der Asservatenkammer kam ins Schwitzen. Gemeinsam mit Bastian schleppte er zehn Kisten mit insgesamt dreihundert Kilogramm Rindfleisch in den Lieferwagen. Sarah stand etwas abseits und unterhielt sich mit Eberwein. Hin und wieder schaute Bastian zu ihnen, aber eine intime Szene schien sich nicht zu wiederholen.

»Was hättet ihr sonst mit dem Zeug gemacht?«, wollte Bastian wissen.

»Morgen Abend geht ein Transport zu einer Müllverbrennungsanlage. Dann raucht der Schornstein.«

»Welcher?«

»Jedes Mal ein anderer. Vor einem halben Jahr ist ein Transporter überfallen und 1,4 Tonnen Schweinefleisch sind geklaut worden. Seitdem wird die Route erst eine halbe Stunde vor Abfahrt bekannt gegeben. Auch das Wachpersonal wechselt ständig.«

»Der Überfall damals – waren da Kollegen beteiligt?«

Der Dicke nickte und wischte sich mit dem Ärmel den Schweiß von der Stirn. »Bei Fleisch kannst du keinem trauen.«

»Und? Selbst mal in Versuchung gekommen?«

Der Koloss schüttelte den Kopf. »Da könnte ich mir gleich eine Kugel in den Kopf jagen.«

»Man muss sich ja nicht erwischen lassen.«

Der Dicke schloss die Tür des Lieferwagens. »Darum geht's nicht. Ich habe eine Stoffwechselkrankheit. Ein Gramm tierisches Eiweiß oder tierisches Fett und sie können mich einsargen. Und find mal einen Sarg, in den ich passe.« Er trollte sich.

So kann man sich täuschen, dachte Bastian.

Sarah kam heran. Von Eberwein war nichts mehr zu sehen. Es war kurz vor zehn.

»Wie sieht unser Plan aus?«, wollte Bastian wissen.

»Wir werden die Ware liefern. Wenn Boris oder Günther Wollweber am Treffpunkt auftauchen, wird der Zugriff erfolgen.«

»Gibt es irgendwas Schriftliches von dir, wie die Trauerfeier ablaufen soll? Willst du verbrannt werden? Wer sind die Erben?«

Sarah antwortete mit einem fragenden Blick.

»Das ist ein Himmelfahrtskommando! Wollweber ist doch nicht blöd. Er wird uns als Geiseln nehmen oder auf der Stelle erschießen.« Bastian redete sich in Rage. »Springst du auch vom Fernsehturm, wenn es dir dieser Eberwein befiehlt?«

Er wollte seine Kollegin nicht in den sicheren Tod rennen lassen. Auch die besessenste Vegetarierin beißt sicherlich nicht gern ins Gras. Abgesehen davon, dass er in diesem tödlichen Spiel die zweite Leiche abgeben würde. Bastian hatte nicht vor, die Pensionskasse der Polizei zu entlasten. Und schon gar nicht wollte er sterben, bevor das Zeug verspeist war, das er in seiner Abstellkammer versteckt hatte.

»Du bist doch nicht etwa eifersüchtig?«, fragte Sarah spitz.

Bastian blähte die Wangen auf und pustete die Luft wieder aus.

»Was soll denn passieren?«, sagte Sarah. »Ich bin verkabelt, im Wagen ist ein Sender, ein SEK lässt uns nicht aus den Augen!«

»Zu lang für einen Grabstein. Wie wäre es mit: ›Sie war nett, aber naiv.‹«

Sarahs Gesichtszüge verhärteten sich. »Danke, Partner, dass du mich so aufbaust. Das kann ich gut gebrauchen.«

In diesem Moment klingelte Eva Wölkes Handy.
Bastian guckte auf die Uhr. Genau zehn.

Sie fuhren schweigend in Richtung Wandlitz, an den nördlichen Rand Berlins. Alle fünf Minuten erkundigte sich Boris Wollweber telefonisch, wo sie sich befanden, und gab weitere Anweisungen.

Bastian steuerte den Lieferwagen und schaute hin und wieder in den Rückspiegel. Aber er konnte kein Fahrzeug ausmachen, das ihnen folgte. Es war ihm ein Rätsel, wie es das SEK schaffen wollte, sie nicht aus den Augen zu lassen.

Sie erreichten ein Waldstück. Wollweber wies sie an, in einen Waldweg einzubiegen und bis zu einer Schranke zu fahren.

Tatsächlich erreichten sie nach wenigen Minuten eine Sperre. Zwei Männer, die wie Forstarbeiter aussahen, machten dort gerade Frühstückspause.

Bastian stoppte den Wagen, Sarah öffnete das Fenster auf der Beifahrerseite. »Was soll ich den Leuten sagen, wo wir hinwollen?«

Bastian zuckte mit den Achseln.

Aber die Frage wurde gar nicht gestellt. Einer der beiden Männer öffnete wortlos die Schranke und ließ sie passieren. Anschließend widmete er sich wieder seinem Pausenbrot.

Wollweber ließ die beiden in dem Fleischtransporter wissen, dass sie nach drei Kilometern rechts auf eine Lichtung fahren sollten.

Bastian wartete, bis die vermeintlichen Forstarbeiter im Rückspiegel nicht mehr zu sehen waren, dann hielt er an.

Sarah schaute ihn fragend an. »Die Blase?«

»Die Geilheit!«, sagte Bastian und ging ihr an die Wäsche.

Sarah wusste nicht, wie ihr geschah, als er begann, ihre Bluse aufzuknöpfen. Sie schlug ihm auf die Finger. »Das ist jetzt nicht wahr, oder?«

Bastian ertaste das kleine Mikro, das drahtlos mit einem Sender an ihrem Rücken verbunden war und unter ihrem BH klebte. Er riss es mitsamt dem Klebestreifen ab. Dann fummelte er ihr den Sender aus der Hose.

»Spinnst du!«

»Deine Waffe!«

Bastian streckte fordernd die Hand aus. Als Sarah nicht reagierte, schnappte er sich ihre Handtasche und fingerte ihre Dienstwaffe heraus.

Für einen Augenblick nahm Sarah die Vision in Beschlag, dass sich ihr Partner als Komplize Wollwebers outen würde. Konnte sie sich so in ihm getäuscht haben?

Bastian nahm nun auch sein eigenes Schulterholster samt Waffe ab und öffnete die Fahrertür. Er deponierte den Krempel hinter einem Holzstoß und kehrte zurück.

»Merk dir die Stelle«, knurrte er und gab Gas.

»Du bist verrückt«, sagte Sarah.

34.

Auf dem Waldweg parkte Boris die Limousine so, dass das Trio die Lichtung im Blick hatte. Petersen zog eine Schachtel hervor und rang ihr die letzten beiden Salmiakpastillen ab.

Günther Wollweber drehte sich zu Petersen um. »Und? Was redet man so in Polizeikreisen?«

Petersen entsorgte die leere Schachtel in der Ablage an der Rückseite des Fahrersitzes. »Das Übliche. Es gibt Verärgerung über die Sparmaßnahmen des Senats. Zu wenig Leute, kaum noch Beförderungen, veraltete Technik.«

»Sie werden verstehen, dass sich mein Mitleid in Grenzen hält.«

»Des einen Pech, des anderen Glück«, lachte Petersen.

»Irgendwelche besonderen Vorkommnisse in den letzten Tagen?«

Petersen dachte nach. »Auf der Führungsebene gibt es eine gewisse operative Hektik und eine gereizte Nervosität. Ich kenne allerdings den Grund dafür nicht.«

Günther Wollweber schmunzelte. »Ich kann ihn mir denken.«

Sie schwiegen eine Weile, bis sich Petersen räusperte. »Was hat eine Blondine vor, wenn sie mit einem Messer zum Strand läuft?«

Günther Wollweber starrte den Polizisten verständnislos an.

»Sie will in See stechen!«

Petersens Gelächter erstickte angesichts der Miene des alten Wollwebers.

Boris Wollweber, der die ganze Zeit nach vorn gestarrt hatte, hob die Hand. »Da kommen sie!«

Der Transporter rollte über den Waldweg und stoppte auf der Lichtung. Die Insassen stiegen aus und schauten sich um.

Boris reichte Petersen das Fernglas. Der stellte die Schärfe ein und nahm die beiden Waldbesucher in Augenschein.

»Das ist Sarah Kutah, meine ehemalige Kollegin. Überzeugte Vegetarierin. Sie wurde kürzlich vom Dienst suspendiert. Man hat eine Kiste Hähnchenschenkel in ihrem Wagen gefunden.«

»Der Typ neben ihr?«

»Keine Ahnung. Kommt mir irgendwie bekannt vor, aber ich kann nicht sagen, woher.«

»Danke!«, sagte Günther Wollweber. »Sie haben uns sehr geholfen.«

»Habe ich doch gern gemacht.«

Ein Mann näherte sich der Limousine. Er trug eine lange schwarze Hose, ein buntes Hemd mit kurzen Ärmeln, eine beigefarbene Baseballmütze und eine dunkle Sonnenbrille.

»Das hier kann noch dauern. Herr Samtlebe wird Sie in die Stadt zurückfahren.«

»Das ist nett«, sagte Petersen. »Schönen Tag noch.«

Der Mann hatte die Limousine mittlerweile erreicht und öffnete die hintere Wagentür. Schwungvoll federte Petersen vom Sitz und spürte im gleichen Augenblick ein Stechen in den Eingeweiden. Er blickte an sich hinunter und sah die rechte Hand des Mannes in seiner Magengegend. Dass der Mann in dieser Hand ein Messer hielt, dessen Klinke jetzt in seinem Körper steckte, realisierte Petersen erst, als sich sein weißes Hemd blutrot färbte. Die linke Hand des Mannes presste sich auf seinen Mund und nahm ihm jede Möglichkeit, sich abfällig zu äußern. Das Letzte, was Petersen in seinem Leben erkannte, war ein Schmiss auf der Wange seines Gegenübers.

Boris glaubte seinen Augen nicht und wandte sich an seinen Vater. »Was soll das? Petersen war unser bestes Pferd im Stall!«

»Sein Tod war eine der Bedingungen des Bergmanns. Du wolltest den Vertrag ja nicht lesen, sonst wärst du im Bilde gewesen. Bevor Petersen zu uns übergelaufen ist, hat er für den Bergmann gearbeitet und dann vier seiner Dealer verpfiffen, um Karriere bei der Polizei zu machen. Irgendwann hätte er das auch mit uns gemacht.«

Samtlebe zerrte den toten Petersen vom Wagen weg.

35.

Die Vögel zwitscherten, die Wipfel der Birken bewegten sich im lauen Sommerwind, ein Kaninchen hoppelte den Weg entlang. Im Vergleich zur brütenden Hitze in den Straßen Berlins war es im Wald angenehm kühl.

Bastian lehnte sich mit dem Rücken an den Transporter, streckte die Arme aus und atmete tief durch. »Diese Waldluft. Herrlich.«

»Wir könnten ein Picknick machen«, frotzelte Sarah.

»Kein Problem. Genug zu essen haben wir dabei.«

Für eine Sekunde hatte Sarah wieder den Moment vor Augen, als Boris sie gezwungen hatte, das Stück Fleisch zu probieren. Sie bekam eine Gänsehaut. »Eher würde ich verhungern.«

»Wir könnten Pilze sammeln. Vielleicht gibt es schon Pfifferlinge.«

»Dafür ist es noch zu heiß und zu trocken.«

Plötzlich erfüllte ein Surren die Luft. Die Vögel schwirrten davon, das Kaninchen versteckte sich in seinem Bau.

Ein schwarzes Ungetüm schwebte über den Birkenwald und setzte zur Landung auf der Lichtung an.

»Donnerwetter!«, sagte Bastian.

Der Hubschrauber landete keine zwanzig Meter von ihnen entfernt, Staub und Gräser wurden aufgewirbelt.

Als die Rotorblätter zum Stillstand gekommen waren, stiegen zwei Männer aus und kamen auf sie zu. Sie trugen Gesichtsmasken und großkalibrige Pistolen in den Händen.

Bastian hob prophylaktisch die Hände, Sarah tat es ihm nach.

Einer der beiden Männer ging auf Bastian zu, ließ ihn am Transporter einen Adler machen und filzte ihn, während der andere mit seiner Pistole demonstrierte, wer die besseren Argumente hatte.

Dann kam Sarah an die Reihe. Der Mann fuhr mit der Hand über ihre Brust und tastete ihren Rücken ab.

Sarah warf Bastian einen dankbaren Blick zu.

Anschließend öffnete der Filzer die Tür des Lieferwagens und kontrollierte die Ladung. Er schien zufrieden.

Der Pistolenmann trat einen Schritt zurück und sprach in sein Handy. »Sie sind sauber!«

»Wir haben ja auch extra geduscht«, sagte Bastian, aber niemand sonst fand das witzig.

Eine Limousine fuhr auf die Lichtung und hielt neben dem Lieferwagen. Boris Wollweber stieg aus.

»Sie empfangen uns wie zwei Schwerverbrecher!«, sagte Sarah zur Begrüßung.

»Ehre, wem Ehre gebührt.«

Boris wandte sich an die beiden Maskierten. »Ihr habt die Ware gecheckt?«

Die beiden zeigten den gestreckten Daumen.

»Ich bekomme einhunderttausend Euro von Ihnen. Keine Kreditkarte.«

»Frau Kutah beliebt es zu scherzen!«, sagte Boris.

Die Nennung ihres Namens traf Sarah wie ein Stich ins Herz. Bastian bekam einen trockenen Hals.

Boris genoss die Situation sichtlich. »Ein bisschen mehr Mühe hätten Sie sich schon geben müssen. Ihr dilettantisches Vorgehen ist eine Beleidigung für meinen Intellekt.«

Sarah begriff, dass sie nur eine Chance hatte, diesen lauschigen Platz lebend zu verlassen. Sie musste in die Offensive gehen, sonst würden sie als Fleischklopse enden.

»Was hätte denn Ihr Intellekt gesagt, wenn ich die Wahrheit gesagt hätte? Guten Tag, ich bin Sarah Kutah, Expolizistin der Soko Fleisch. Ich würde gerne mit Ihnen ins Geschäft kommen, weil man mich suspendiert hat und ich mein Geld jetzt auf andere Weise verdienen muss. Außerdem bereitet es mir große Schadenfreude, wenn ich mich an meinen Exkollegen rächen kann. Wäre es so besser gewesen?«

»Ich glaube Ihnen kein Wort.«

»Wenn das hier eine Polizeiaktion wäre«, schaltete sich Bastian ein, »dann würde es von SEKlern nur so wimmeln.

Oder glauben Sie, die würden sich von zwei Forstarbeitern und einer Schranke abhalten lassen.«

Boris wirkte verunsichert.

Sarah ließ ihm keine Zeit, in Ruhe nachzudenken. »Mein Kollege Bennecke ist Polizist, aber man hat ihn degradiert, weil er sich ab und zu mal ein Steak in die Pfanne haut. Können Sie sich nicht vorstellen, dass man irgendwann die Schnauze voll hat und an seine Altersversicherung denkt?«

»Wo haben Sie das Fleisch her?«

»Wir sind eine kleine, aber feine Truppe von Polizisten und Expolizisten«, sagte Bastian. »Wir haben unsere Ohren überall. Gestern wurde von einem unserer Männer ein Fleischtransport beobachtet. Ein paar Anrufe genügten und unsere Leute haben ihn gestoppt. Leider taucht die Aktion in keinem Einsatzbericht auf und trägt deshalb auch nicht dazu bei, die Polizeistatistik zu verschönern. Sorry, wenn es einer Ihrer Transporte war, aber man denkt zuerst an sich.«

»Das ist doch eine Räuberpistole!« Boris kaute auf seiner Lippe herum. »Legt sie um!«, befahl er schließlich und die beiden Männer entsicherten ihre Pistolen.

Sarah sah im Schnelldurchgang Episoden aus ihrem viel zu kurzen Leben vor ihrem geistigen Auge. Dass ausgerechnet der nackte, behaarte, zuckende Hintern von Imogen das Letzte war, was ihr in den Kopf kam, verblüffte sie.

»Schade«, sagte Bastian. »Wir hätten weitere 1,4 Tonnen im Angebot.«

Sein Blick fiel auf sein Spiegelbild im getönten Fenster der Beifahrertür der Limousine und er befand, dass er erstaunlich cool wirkte. Vielleicht war es besser, so zu sterben als dreißig Jahre später sabbernd und keuchend in einem Hospiz. Andererseits – wenn er jetzt das Zeitliche segnete, hieß das noch lange nicht, dass er auch gelebt hatte. Bastian schloss die Augen.

»Moment!«, hörte er da eine Stimme, die er vorher noch nicht vernommen hatte.

Bastian öffnete die Augen wieder und schaute nicht mehr auf sein Spiegelbild, sondern in das Gesicht von Günther Wollweber, der die Scheibe heruntergelassen hatte.

»Was ist mit den 1,4 Tonnen?«

Das interessierte auch Sarah, die Bastian mit großen Augen anstarrte.

»Morgen Abend geht ein Transport mit 1,4 Tonnen Fleisch von der Asservatenkammer zur Müllverbrennungsanlage. Ich bin zufällig Beifahrer auf dem Lkw. Und zwei unserer Freunde begleiten uns im Streifenwagen. Wir hatten uns einen schönen Plan ausgedacht.«

Günther Wollweber musterte Bastian und Sarah. Dann winkte er seinen Sohn zu sich.

Boris kletterte in die Limousine und schloss die Tür.

»Du glaubst denen die Geschichte?«

»Die Frau ist eine suspendierte Polizistin, das hat uns Petersen bestätigt. Sie hat nicht Unrecht mit dem, was sie gesagt hat. Sie hätte bei uns keine Chance gehabt, wenn sie mit der Wahrheit rausgerückt wäre.«

»Sie hat um ihr Leben geredet.«

»Siehst du irgendwo Polizisten?«

Boris legte seine Stirn in Falten. »Ich weiß nicht.«

»1,4 Tonnen, die könnten wir jetzt gut gebrauchen.«

»Es könnte eine Falle sein.«

»Es könnte aber auch unsere Rettung sein. Umlegen können wir die beiden immer noch.«

Sarah und Bastian traten von einem Fuß auf den anderen. Minuten schlichen vorbei wie Stürmer des MSV Duisburg. Ihr Leben hing davon ab, ob ihre Geschichte glaubhaft war und Wollwebers Gier groß genug. Die beiden Maskierten zeigten keine Regung. Sie würden sie emotionslos umlegen, wenn der Daumen nach unten gezeigt würde. Sie würden aber auch keine Freudensprünge machen, wenn sie den Job nicht zu machen brauchten.

Endlich stieg Boris Wollweber wieder aus dem Wagen. Bastian und Sarah hielten den Atem an. Boris bedeutete den beiden Maskierten, zu ihm zu kommen, und gab Anweisungen. Sie liefen an Sarah und Bastian vorbei, steckten ihre Waffen weg und begannen, die Kisten vom Lieferwagen in den Helikopter umzuladen.

Die Kuh war vom Eis. Bastian spürte, dass sein rechter Fuß eingeschlafen war und er dringend aufs Klo musste. Sarah hatte plötzlich Hunger und ärgerte sich, dass sie das Marmeladenbrot heute früh nicht aufgegessen hatte. Jeder Körper reagiert anders, wenn ihm das Gehirn mitteilt, dass wider Erwarten das bereits abgepfiffene Leben in eine Verlängerung geht.

»Wir sind interessiert«, sagte Boris Wollweber, als sei nichts weiter passiert.

»Wir auch!« Sarah merkte, dass ihre Stimme wieder kraftvoll klang. »An einhunderttausend Euro.«

»Die gibt es, wenn das andere Geschäft geklappt hat.«

»So kann die Sache nicht laufen.« Bastian schüttelte den Kopf. »Wir müssen ein paar Leute schmieren. Dafür brauchen wir das Geld. Ohne Startkapital kriegen wir die Sache nicht gebacken.«

Boris schien nachzudenken. Schließlich öffnete er den Kofferraum, holte eine kleine Reisetasche heraus und warf sie Bastian zu. Dem reichte ein kurzer Blick in das Innere. Die Tasche war voll mit Hundertern und Fünfzigern. Er schenkte sich das Nachzählen.

»Wie soll die Aktion morgen Abend laufen?«, wollte Boris wissen.

Zwanzig Minuten später schraubte sich der Hubschrauber in die Lüfte und drehte ab. Die Limousine fuhr davon. Bastian, Sarah und der geplünderte Lieferwagen blieben auf der Lichtung allein zurück.

Bastian drehte sich um und pisste gegen den hinteren Reifen. »'tschuldige. Ist eigentlich nicht meine Art. Aber bis zum Wald hätte ich es nicht mehr geschafft.«

36.

Auf dem Weg zurück in die Zivilisation machten sie drei Stopps. Einen, um Sender und Waffen wieder einzusammeln, einen, um den verwaisten Schlagbaum zu öffnen, und den dritten, um in einer Bäckerei zwei Käsebrötchen für Sarah zu kaufen, die sie ohne Umschweife verschlang. Die ganze Zeit über hatten sie geschwiegen.

»Danke!«, sagte Sarah nun und eröffnete damit die Konversation.

»Bitte. Wofür?«

»Dafür, dass du mich von dem Scheißmikro befreit und mit deiner Geschichte unsere Köpfe gerettet hast.«

»Deine Story war auch nicht schlecht.«

Sarah legte ihre Füße auf das Cockpit. »Wann hast du bloß den Sender lahm gelegt, den sie irgendwo im Wagen installiert haben?«

»Habe ich nicht«, antwortete Bastian.

»Warum hat dann das SEK nicht eingegriffen? Die müssen doch gewusst haben, wo wir waren.«

»Ich habe keine Ahnung.« Er legte den vierten Gang ein. »Diese Frage wird uns dein Freund Eberwein beantworten müssen.«

Eberwein empfing sie mit einem gequälten Lächeln. Sie hatten sich telefonisch in einem Café verabredet, das um die Mittagszeit immer freie Plätze hatte. Das Essen hier hatte den Ruf, definitiv das Ende der Nahrungskette zu sein.

»Was ist passiert?«

»Das fragen wir uns auch. Was war mit dem Sender? Warum hat das SEK nicht eingegriffen?«

Eberwein winkte ab. »Ein technischer Fehler. Das Ding fiel schon auf der Strecke nach Wandlitz aus. Wir hatten gehofft, das Signal von Ihrem Körpersender aufnehmen zu können, aber offenbar waren wir zu weit davon entfernt. Wir haben kein einziges Wort auf den Bändern.«

Sarah tauschte einen kurzen Blick mit Bastian. Der erwartete Anschiss fiel aus. Niemand würde erfahren, dass der Sender hinter einem Holzstapel gelandet war.

Bastian legte Eberwein die Reisetasche auf den Schoß. »Ich habe nicht nachgezählt, aber ich denke, Boris Wollweber wird uns nicht um hundert Euro beschissen haben.«

»Dann haben Sie ihn tatsächlich getroffen.« Eberwein war völlig aus dem Häuschen. »Wir hätten ihn auf frischer Tat ertappt! Er wäre für mindestens vier Jahre ins Gefängnis gegangen.«

»Sein Vater war auch dabei«, sagte Sarah und Eberwein verdrehte die Augen angesichts der verpatzten Chancen.

Sarah und Bastian erzählten dem Staatssekretär ihre Erlebnisse.

»Die Sache mit dem Transport aus der Asservatenkammer hat uns schließlich das Leben gerettet. Wenn wir den Kontakt halten wollen, müssen wir uns etwas einfallen lassen, warum der Überfall nicht stattfinden kann.« Bastian nippte an seinem Kaffee. Er war kalt geworden.

»Nicht stattfinden? Aber wieso denn nicht? Das ist eine glänzende Idee.« Eberweins Augen leuchteten.

»Sie wollen, dass wir den Überfall tatsächlich durchziehen?«

Eberwein nickte. »Wenn Sie Wollweber mit 1,4 Tonnen Fleisch versorgen, dann wird er Sie in sein Nachtgebet einschließen. Und wir sind ganz dicht an ihm dran.«

Bastian schüttelte den Kopf. »Ohne mich, Herr Staatssekretär. Ich habe vorhin dem Tod ins Auge gesehen. Ich habe mir vor Angst beinahe in die Hosen gemacht. Noch einmal lege ich mein Leben nicht in die Hand eines SEKs, das nicht in der Lage ist, einen einfachen Sender zu bedienen.«

Zu seiner Überraschung stimmte ihm Sarah zu. »Ich muss das auch nicht noch einmal haben.«

»Es wird kein SEK geben, keinen Sender, keine Verkabelung, nichts dergleichen«, erklärte Eberwein. »Wollweber kriegt das Fleisch als vertrauensbildende Maßnahme. Ich will, dass Sie in den inneren Kreis aufsteigen. Eine kleine, aber feine Truppe von Polizisten und Expolizisten, auf die Wollweber zurückgreifen kann, das muss der Traum seiner Träume sein. Und Sie werden ihm den Traum erfüllen.« Er blickte mit ernstem Gesicht von Sarah zu Bastian. »Er hat Ihnen einmal geglaubt, er wird Ihnen wieder glauben. Sie gehen kein Risiko ein.«

Eberwein zog ein Handy hervor. »Es wird etwas dauern, bis ich die Genehmigung bekomme. 1,4 Tonnen Fleisch sind kein Pappenstiel. Aber ich kriege das hin.« Er tippte eine Nummer ein.

»Was ist mit dem Anschlag auf meinen Informanten? Was Neues vom Opel Corsa?«

»Bisher negativ.« Der Staatssekretär erhob sich. »Aber ich bin dran. Entschuldigen Sie mich einen Augenblick.«

Er trat mit dem Handy vor die Tür und telefonierte.

Bastian blickte zu Sarah, die Eberwein nicht aus den Augen ließ. »Was deine Hormone sagen, weiß ich. Aber was meint dein Verstand?«

»Klingt nicht dumm, was Eberwein sagt.«
»Ich habe geahnt, dass du dieser Ansicht bist.«
»Ich mache aber nur unter einer Bedingung mit.«
»Und die ist?«
»Dass du auch mitmachst. Ohne meinen Schutzengel geht der Daumen nach unten.«

Etwas Ähnliches hatte Bastian befürchtet. Sie schob die Verantwortung auf ihn. Sollte er als Held oder als Feigling in ihrer Erinnerung bleiben? Sein Verstand sagte ihm, dass Feiglinge eine längere Lebenserwartung hatten, sein Bauch, dass es ein schönes Gefühl war, als Held von hübschen Frauen bewundert zu werden.

Eberwein kam zurück und steckte das Handy ein. »Die Sache wird ganz oben entschieden. Ich bin aber zuversichtlich. Genaues kann ich Ihnen erst morgen früh sagen. Dann ist immer noch Zeit genug, die Sache zu planen. Wir bleiben in telefonischem Kontakt. Ich muss jetzt los.«

Er schnappte sich die kleine Reisetasche, fingerte einen Fünfzigeuroschein heraus und legte ihn neben seine Kaffeetasse.

»Sollen wir einen Bericht schreiben?«, fragte Bastian.

»Wo es Berichte gibt, da gibt es auch neugierige Leser. Solange wir nicht wissen, wer der Maulwurf ist, wird es nichts Schriftliches geben.«

Ohne Verabschiedung eilte Eberwein aus dem Café.

Auch Sarah erhob sich. »Wollen wir los?«

Bastian blieb sitzen und deutete auf den Fünfziger. »Ich warte auf das Wechselgeld.«

37.

Die beiden gaben den leeren Lieferwagen im Fuhrpark ab und stiegen in Bastians Rostlaube. Sarah wollte Böckel nach neuen Ergebnissen im Fall Froese befragen, deshalb setzte Bastian sie vor der Tür des Präsidiums ab.

Sarah betrat das Gebäude, zeigte am Eingang ihren Dienstausweis und steuerte auf den Lift zu.

Als sich die Tür des Aufzugs schließen wollte, zwängte sich noch ein Mann in die Kabine.

»Dritte!«, sagte er. Es war Hinrichs, Sarahs Exchef.

Der Aufzug war für vier Personen vorgesehen, allerdings hatten die Konstrukteure nicht an Menschen wie Hinrichs gedacht. Über Jahrtausende hinweg hatte die Überlebensregel gegolten: Iss so viel wie möglich und bewege dich so wenig wie möglich; ein sinnvolles Verhalten, wenn Nahrung knapp war. Dass Nahrung – zumindest in Berlin – mittlerweile im Übermaß vorhanden und leicht zu beschaffen und die Regel der Hungerleider vergangener Jahrtausende damit außer Kraft gesetzt war, schien für Hinrichs bedeutungslos.

»Sarah. Was für eine Überraschung!« Damit hatte er nicht gelogen. »Wie geht es Ihnen?«

»Gut«, sagte Sarah. »Interessanter Job, viel Abwechslung, nette Kollegen.«

Hinrichs starrte auf die geschlossene Tür. »Ich habe heute Morgen Liebisch getroffen. Er lobt Sie in den höchsten Tönen.«

»Wie macht sich Petersen auf meinem Posten?«

»Er sollte eigentlich zusammen mit mir an einem Meeting teilnehmen. Hat sich aber nicht abgemeldet. Ein bisschen größenwahnsinnig war er ja schon immer.«

Der Aufzug stoppte. Sarah ließ Hinrichs den Vortritt.

»Kann ich irgendwie helfen?«, fragte Hinrichs, der offensichtlich neugierig war, was Sarah in seiner Abteilung zu schaffen hatte.

»Ich finde mich allein zurecht. Oder habe ich Hausverbot?«

Hinrichs murmelte einen Abschiedsgruß und verschwand in seinem Büro.

Böckel nahm sein Mittagessen in Form einer Fertigsuppe ein, als Sarah sein Zimmer betrat.

»Du scheinst dich bei der Fleifa nicht zu überarbeiten«, meinte er zur Begrüßung, »wenn du jeden Tag Zeit hast, hier aufzutauchen.«

»Rumsitzen und Karten spielen liegt mir eben nicht.«

Sarah hielt die Luft an. Sechzig Kubikmeter Luft rochen nach Schweiß, Erbsensuppe und Aktenstaub.

Sie öffnete das Fenster und entschied sich zu einem kollegialen Rat. »Ich will dich nicht kränken, aber du solltest ein Deo benutzen. Du riechst etwas streng.«

»Ich weiß«, sagte Böckel unbeeindruckt. »Mit meinem Gestank halte ich mir Menschen vom Leib, die mir Böses wollen.«

»Womit es deine Freunde nicht leichter haben als deine Feinde!«

»Ich habe keine Freunde«, sagte Böckel und das klang nicht wie ein Scherz. »Ich leide an einer Drüsenkrankheit. Ich dusche mindestens dreimal am Tag, aber das ändert nichts. Ein Deo würde alles nur schlimmer machen. Die Personalabteilung weiß Bescheid, sie hat mir deshalb ein Einzelzimmer zugewiesen, in dem ich vor mich hin stinken darf.«

»Du meine Güte, das habe ich nicht gewusst.« Sie hatte Mitleid mit dem armen Kerl. Würde er je eine Frau finden?

Vielleicht gab es eine, deren Geruchssinn nicht funktionierte. Sarah schämte sich für diesen Gedanken.

Für Böckel war das Thema erledigt. Er warf Sarah einen Schnellhefter zu. »Der Obduktionsbericht von Froese. Ihm wurde die Kehle durchgeschnitten. Der Gerichtsmediziner hat ausdrücklich vermerkt, dass es Parallelen zum Fall Grieser gibt. Offenbar dieselbe Tatwaffe.«

»Irgendeine Spur vom Täter?«

»Nein. Der Kollege hat mir gesagt, dass sie ansonsten keine Vergleichsfälle gefunden haben. Sie tappen völlig im Dunkeln.«

»Bleibst du weiter an der Sache dran?«

»Ich habe dir versprochen, dass ich dir helfen werde, deine Unschuld zu beweisen. Das meinte ich ernst.«

Sarah ging zur Tür. »Danke fürs Erste. Ich melde mich wieder.«

Böckel hatte noch etwas auf dem Herzen: »Ich habe darüber nachgedacht, ob ich mich mal erkundige, ob es nicht eine nette Frau ohne Geruchssinn gibt. Ich meine, schließlich bin ich ein Mann im besten Alter.«

Er schaute sie fragend an.

»Ich finde, das solltest du machen«, sagte Sarah.

Bastian parkte den Wagen vor dem Haus, entfernte die Reklame aus seinem Briefkasten und erklomm die vierundvierzig Stufen bis zu seiner Etage. Als er vor seiner Wohnung angekommen war, hatte er entschieden, dass er Willi zu einem Arzt bringen würde. Auch gegen dessen Widerstand. Er wollte nicht riskieren, dass sich Willis Wunde infizierte.

Bastian schloss die Tür auf und betrat die Wohnung. Seine Hoffnung, Willi habe aufgeräumt, hatte sich nicht erfüllt. Küche und Wohnzimmer waren noch immer in einem saumäßigen Zustand. Er öffnete die Schlafzimmertür. Der faule

Kerl lag bäuchlings auf dem Bett und träumte wahrscheinlich davon, dass Heinzelmännchen den Job erledigten.

Bastian rüttelte an seiner Schulter. »Danke, dass du die Küche aufgeräumt hast.«

Willi reagierte nicht. Bastian zog die Decke weg.

Sein Kumpel lag in einer eigenartig gekrümmten Haltung auf dem Laken, das rot eingefärbt war. Ganz langsam wurde Bastian klar, dass Willi nie wieder den Abwasch machen würde. Er drehte ihn auf den Rücken. In Willis Brust klaffte ein kreisförmiges, tiefes rotes Loch.

38.

Eine halbe Stunde nach seinem Anruf war Bastians Wohnung überfüllt. Mediziner und Spurensicherer hatten das Schlafzimmer okkupiert, in seiner Küche saßen Kollegen vom Kriminaldauerdienst und der Mordkommission. Bastian war nicht erfreut, dass er auch Rippelmeyer in die Wohnung hatte lassen müssen. Doch Rippelmeyer war zusammen mit einem jungen, unbekannten Kollegen, der offenbar gerade die Polizeiakademie verlassen hatte, von ihrem Chef für diesen Fall abkommandiert worden.

Bastian informierte seinen ehemaligen Partner über alles, was mit Willis Auftauchen in seiner Wohnung zusammenhing. Er erwähnte den Stab im Innenministerium, der nach dem Mann fahndete, der Willi angeschossen hatte, und den ausdrücklichen Wunsch der Leute, dass er Willi in seiner Wohnung beherbergte. Er würde Eberwein schon dazu kriegen, die Sache nachträglich abzusegnen. Der Staatssekretär stand schließlich in seiner Schuld.

Rippelmeyer machte sich Notizen und vermied es, Bastian in die Augen zu schauen.

Bastian wusste, dass der Fall bei Rippelmeyer gut aufgehoben war. Sein Expartner war zwar ein Riesenarschloch, aber ein guter Polizist. Wenn Rippelmeyer einen betrunkenen Autofahrer erwischte, würde er ihn am liebsten eine Woche öffentlich an einem Schandpfahl zur Schau stellen, einem Dieb mindestens einen Finger abhacken und Ehebruch wieder unter Strafe stellen. Rippelmeyer hatte nie begriffen, dass Verbrechen auch aus Leidenschaft und Verzweiflung geschehen konnten, durch Verführungen, die stärker waren als die Vernunft. Motive waren für Rippelmeyer böhmische Dörfer, das Strafgesetzbuch der Maßstab, mit dem er die Welt beurteilte. Wenn der Bundestag ein Gesetz erlassen würde, das das Tragen von Bärten zu einer strafbaren Handlung erklärte, wäre Rippelmeyer der Erste, der mit Schere und Rasierer Streife laufen würde.

Der Mediziner kam in die Küche und winkte Bastian zu sich. Er präsentierte mit einer Pinzette ein schwarzes taubeneigroßes Etwas. »Das haben wir in seinem Mund gefunden.«

»Was ist das?«

»Ein Stück Kohle.«

Damit war klar, wer für Willis Tod verantwortlich war. Bastian hätte es sich gleich denken können.

Als der tote Willi in einen Sarg gehievt wurde, stand Sarah in der Tür. Sie war fix und fertig, als sie den Mann in der Kiste erkannte. Sie weinte stumm und ungeniert. Erst jetzt löste sich bei Bastian der Knoten in der Brust und er bekam ebenfalls feuchte Augen.

Er riss sich zusammen, um sich vor den Kollegen keine Blöße zu geben, und kam sich dabei reichlich bescheuert vor. Vor Jahrtausenden hatten sich in der Spezies Mann kleine Macho-Geister eingenistet, die einige Sprüche kreiert hatten, die sie bei Bedarf von sich gaben. »Ein Mann weint nicht«, »Du bist doch keine Heulsuse«, »Flenn nicht wie ein Weib«, »Was sollen denn die anderen von dir denken«.

Diese Macho-Geister hatten das Römische Reich, die Pest und Alice Schwarzer überlebt, sie würden noch in tausend Jahren Männer daran hindern, ihre Gefühle zu zeigen.

Sarah wischte sich die Tränen mit ihrem Ärmel ab.

»Wie konnten sie ihn finden? Es wusste doch keiner außer uns, dass er bei dir war.«

»Keine Ahnung«, sagte Bastian. »Vielleicht hat sich Willi dadurch verraten, dass ihm sein Kumpel seine Sachen gebracht hat. Oder sie haben sein Handy geortet.«

Die Wohnung leerte sich allmählich. Die Spezialisten hatten ihre Arbeit beendet. Auch Rippelmeyer und sein neuer Partner verdrückten sich.

»Ruf mich an, wenn dir noch was einfällt. Ich werde dich auf dem Laufenden halten«, sagte der Expartner zum Abschied.

An Willis Aufenthalt in seiner Wohnung erinnerte nun nur noch die verbotene Ware in Bastians Abstellkammer und eine Packung Zigarettenpapier, mit dem Willi seine Joints gebaut hatte. Alles andere hatten die Kollegen mitgenommen.

»Ich wollte eigentlich nur meine Sachen holen und mir anschließend ein Hotelzimmer suchen«, sagte Sarah.

»Mir wäre es lieb, wenn du noch eine Nacht bleiben könntest.« Es fiel Bastian nicht leicht, diese Bitte zu äußern. »Allein fällt mir bestimmt die Decke auf den Kopf.«

39.

Nicht weit vom Innenministerium, in einer ruhigen Nebenstraße, befand sich Eberweins Lieblingsrestaurant. Es bot alles, was der Staatssekretär von einem Restaurant erwartete:

weiß eingedeckte Tische, Stühle aus edlem Holz und eine raffinierte Beleuchtung, die den großen Raum hell und transparent erscheinen ließ. Elegante Raumteiler sorgten für Intimität, sodass man hier auch vertrauliche Gespräche führen konnte. An den Wänden hing moderne Kunst, unter anderem von Eberweins Lieblingsmaler Imogen Suhrkamp.

Koch Guérard kredenzte eine raffinierte frische Küche, die sich an den französischen Klassikern orientierte und gleichzeitig von den kulinarischen Ideen des Mittelmeerraums beeinflusst wurde. Zu den Spezialitäten des Maître gehörten Blumenkohlcreme mit würzigem Tomatengelee und Tartelettes mit Pinienkernen und Mandeln.

Eberwein und Jungclausen hatten sich zu einem außerplanmäßigen Treffen verabredet und nahmen zum Kaffee einen Calvados.

»1,4 Tonnen?« Jungclausen nippte an dem Braungebrannten. »Das ist eine Menge Zeug.«

»Und deshalb kann ich das nicht allein entscheiden. Das muss der Minister absegnen.«

»Er hockt den ganzen Tag im Krisenstab herum und redet der Kanzlerin ein, dass alles nicht so schlimm sei«, erzählte Jungclausen.

»Er wird begreifen, dass das unsere einzige Chance ist, an Wollweber heranzukommen. Wenn wir den haben, ist die Staatskrise vorbei und dein Chef kann sich wieder mit seinem britischen Amtskollegen besaufen.«

»Auf deine Leute ist Verlass?«

»Die sind noch besser, als ich dachte. Die Idee kam ihnen spontan, als Wollweber sie liquidieren wollte.«

»Ich spreche mit dem Innenminister. Morgen früh hast du das Okay.«

Die beiden prosteten sich zu. Eberwein musterte seinen Freund über den Rand seines Cognacschwenkers. »Wer war eigentlich die Rothaarige, die ich neulich an deiner Seite gesehen habe?«

»Die jüngere Schwester unserer Gesundheitsministerin. Ich habe ihr ein bisschen die Stadt gezeigt.«

Eberwein gab der Kellnerin ein Zeichen, die Rechnung vorzubereiten. »Hast du vor, das Ressort zu wechseln?«

»Langfristig schon.«

»Ich dachte, du bist ganz glücklich mit deinem Job.«

»Bin ich auch. Aber nur einer von uns beiden kann der nächste Innenminister werden. Ich halte dich für den Besseren.«

Eberwein grinste. »Und du warst derjenige, der in unserer WG die Hausapotheke eingerichtet hat. Das prädestiniert dich geradezu zum neuen Gesundheitsminister.«

Die Bedienung brachte die Rechnung, Eberwein bezahlte mit einem Hunderteuroschein aus seiner Reisetasche.

Siggi Jungclausen schaute ihn überrascht an.

»Ach ja«, sagte Eberwein und reichte ihm das Gepäckstück. »Eine weitere Einzahlung in unseren Wahlkampffonds.«

40.

Anwalt Harder residierte in einem Büro in der obersten Etage eines Hauses am Ku'damm. Er hatte zwei juristische Mitarbeiter und drei Sekretärinnen, die das Tagesgeschäft führten. Er besaß eine Finca auf Mallorca, eine Villa am Schwarzen Meer und ein Loft in Los Angeles. Er konnte nicht behaupten, dass es ihm schlecht ging.

Harder wusste, dass sich die Polizei im Haus gegenüber eingenistet hatte und sein Büro Tag und Nacht überwachte. Das Telefon und sein Handy wurden abgehört, seine E-Mails gelesen, seine Kunden und Besucher registriert.

Nach kurzem Klopfen öffnete sich die Tür und seine Sekretärin brachte ihm eine Pizza, noch im Karton. In der anderen Hand hielt sie einen Teller mit Serviette, Messer und Gabel. »Soll ich die Pizza noch einmal in die Mikrowelle schieben?«

»Nicht nötig.«

Die Sekretärin schob die Pizza auf einen Teller.

»Danke«, sagte Harder. »Sie können jetzt Feierabend machen.«

Seine Mitarbeiterin wünschte ihm gleichfalls einen schönen Abend und verschwand.

Harder wartete noch einen Moment, dann ging er zum Fenster, zog die schweren Vorhänge vor und setzte sich wieder an den Schreibtisch.

Der Anwalt nahm Messer und Gabel zur Hand, entfernte den Belag von der Teigplatte und stocherte vorsichtig in dem Pizzaboden herum. Kurz darauf hatte er den Chip gefunden. Behutsam wischte er ihn ab und legte ihn in ein kleines Lesegerät, das mit seinem Laptop verbunden war. Harder aktivierte die Datei und startete ein Dechiffrierprogramm. Nach wenigen Sekunden konnte er den Klartext lesen.

Einen Teil des Textes kopierte er und druckte ihn in einer 7-Punkt-Schrift aus. Das überflüssige Papier schnitt er ab und rollte den Zettel so zusammen, dass er nur noch die Größe einer Zigarette hatte.

Harder öffnete eine schmale Tür. Dahinter verbarg sich eine steile Treppe, die von seinem Büro direkt auf das Dach führte.

Die beiden Kommissare in der Wohnung gegenüber von Harders Büro langweilten sich zu Tode. Die Kameras, die den vielen Monitoren, vor denen sie saßen, Bilder lieferten, waren fest installiert. Jede Bewegung vor dem Büro des Anwalts, im Hinterhof und im Treppenhaus wurde auf DVD gebrannt, gesichtet und schließlich irgendwo in einem Archiv geparkt. Noch in zwei Jahren würden sie sich anschauen können, wie der Pizzafahrer von seinem Roller kletterte, die Treppe erklomm und einer attraktiven Frau einen flachen Pappkarton in die Hand drückte. Falls der Pizzamann ein Alibi für diesen Moment benötigte – sie könnten es ihm liefern. Nur wusste der Mann nichts von seinem Glück und er würde es auch nie erfahren.

Der Ältere der beiden Polizisten stand auf, trat an das Fenster, reckte und streckte sich. Durch die Gardine sah er, wie sich vom Dach gegenüber eine Taube in die Lüfte schraubte, eine Ehrenrunde drehte und schließlich an ihrem Fenster vorbei Richtung Osten flog.

»Wie ich diese Flugratten hasse«, sagte er. »Bei mir zu Hause haben sie den ganzen Balkon voll geschissen.«

Sein Kollege schenkte ihm einen verständnisvollen Blick und wandte sich wieder den Monitoren zu.

41.

Bastian steht am Herd. Im Bräter brutzelt eine Lammkeule vor sich hin, die Kruste hat bereits eine rotbraune Färbung angenommen. Er gießt einen Schuss Rotwein hinzu und entfernt die angetrockneten Rosmarinzweige. Er wischt sich die Hände an der Küchenschürze ab und will sich wegdrehen, als Sarah vor ihm steht. In ihrer Hand hält sie einen Teller mit Rindercarpaccio, mit Parmesan bestreut und dem besten Olivenöl versehen, das seine Küche hergibt. Sie küsst ihn auf den Mund, schiebt das hauchdünne Rindfleisch auf die Gabel und hält sie ihm vor die Lippen. Bastian öffnet den

Mund, neckisch zieht sie die Gabel zurück, er schnappt danach und beißt ins Leere. Sarah tritt einen Schritt zurück, knöpft mit der linken Hand ihre Bluse auf und entlädt die Gabel auf ihrem Busen. Bastian streift die Schürze ab. Ein Tropfen Öl rinnt über ihre nackte Brust. Nur Zentimeter trennen seine Lippen von ihrer Brustwarze, um den Tropfen zu stoppen, als das Handy klingelt.

Nicht jetzt, dachte Bastian. Nicht jetzt!

Das Klingeln hörte nicht auf und Sarahs unsanfter Stoß beförderte Bastian zurück in die Wirklichkeit.

Er lag im Pyjama auf einer Campingliege, die er sich von seinem Nachbarn geliehen hatte.

Sarah, die auf dem Sofa geschlafen hatte, war bereits angezogen. Sie trat ans Fenster und nahm das Gespräch an. Bastian begriff, dass sie mit Eberwein telefonierte, denn ihre Stimme klang sanft und rollig.

Bastian schaute auf die Uhr. Es war neun in der Früh.

Er schlich ins Bad und stieg unter die Dusche. Er wollte seine Körperporen von dem Angstschweiß befreien, der noch immer an ihm klebte. Die Angst, die er auf der Lichtung gespürt hatte, die Beklemmung, dass in seiner Wohnung ein Mensch erschossen worden war.

Den Abend hatten Sarah und er wortkarg vor der Glotze verbracht. Bastian konnte sich nicht an den Film erinnern, den sie gesehen hatten. Gegen Mitternacht hatten sie ihre provisorischen Nachtlager bereitet und das Licht gelöscht. Über Stunden hatte Bastian wach gelegen und gespürt, dass auch Sarah nicht einschlafen konnte. Sie hatte sich von einer Seite auf die andere gewälzt. Irgendwann war er dann doch eingeschlafen und hatte von seinen verstorbenen Eltern geträumt, von seiner Zeit als Student, von seiner ersten Liebe. Und dann hatte sich Sarah in seine Träume geschlichen.

Bastian hätte stundenlang unter dem heißen Wasserstrahl

stehen bleiben können, doch Sarah kam ins Badezimmer, klappte den Klodeckel herunter und setzte sich darauf.

»Ich dusche«, knurrte Bastian.

Darauf ging Sarah gar nicht ein. »Eberwein hat das Okay bekommen. Der Transporter wird heute Nachmittag in der Asservatenkammer bestückt. Er hat vier Leute ausgesucht, die bei der Aktion dabei sind, sie sind bereits informiert. Jetzt müssen wir nur noch Wollweber anrufen und ihm sagen, dass die Sache genau so läuft, wie du ihm erzählt hast.«

»Er wird seine eigenen Pläne haben.«

Bastian stellte die Dusche ab, Sarah schob den Duschvorhang zur Seite und reichte ihm das Handtuch.

»Sportlich gehalten für dein Alter. Kein Gramm Fett zu viel.«

»Wo soll das Fett auch herkommen, bei dem Stress.«

Sarah erhob sich. »Ich mach uns Frühstück.«

Voller Wehmut dachte Bastian an den Wurstaufschnitt in der Abstellkammer.

Als er angekleidet ins Wohnzimmer kam, hatte Sarah bereits den Tisch gedeckt und ihr Telefonat mit Boris Wollweber getätigt.

»Sie werden den Transporter an der Brücke in Karlshorst stoppen. Dort findet auch die Übergabe des Geldes statt.«

»Er wollte nicht handeln?«

»Nein, aber wir kriegen das Geld in zwei Raten. Die erste sofort und die zweite nach Verkauf der Ware.«

Ihr privates Handy klingelte. Sarah warf einen Blick auf das Display und drückte den Anruf weg.

»Imogen«, mutmaßte Bastian.

»Er gibt nicht auf. Zweimal hat er mir schon die Mailbox voll gequatscht. Das mit Petra sei nichts Ernstes, ein Ausrutscher, es täte ihm leid, er würde mich doch lieben und überhaupt die schöne Zeit und so weiter.«

»Du gibst ihm keine Chance mehr?«

»Ich bin zu alt, um mich von einem Mann so verletzen zu lassen.«

Hoffentlich passiert dir das mit Eberwein nicht auch, dachte Bastian, aber er verbiss sich den Kommentar und stattdessen in ein Salatblatt, mit dem Sarah das Käsebrot garniert hatte.

Der Käse schmeckte wie immer nach Chemie, obwohl man ihn in naturidentische Aromastoffe getunkt hatte. Echten Käse gab es nicht mehr, seitdem es keine Kühe, keine Schafe und keine Ziegen mehr gab. Die Käsekopien aus den Fabriken glichen äußerlich zwar den früheren Originalen, aber wer einmal einen richtigen Appenzeller gegessen hatte, den konnte man nicht täuschen.

Bastian hatte sich auch in einer anderen Sache nicht getäuscht. Sarah war in ihren Gedanken bei Eberwein. In der schlaflosen Nacht hatte sie das Bild vom eingesargten Willi verdrängen wollen und ihr bisheriges Liebesleben Revue passieren lassen.

Sarah hatte kein Glück mit Männern gehabt. Ihre Jugendliebe, ein neunzehnjähriger Serbe, den die Kriegswirren nach Deutschland verschlagen hatten, verließ sie nach einem leidenschaftlichen Sommer für eine zehn Jahre ältere Kroatin. So sehr es Sarah im Prinzip freute, wenn Liebe über die Feindschaft von Nationen triumphierte, in diesem Fall hatte sie die Völkerfreundschaft verabscheut, zumal sie am Tag ihrer Geburtstagsfete zu fortgeschrittener Zeit im heimischen Garten praktiziert worden war.

Ihr zweiter Freund hieß Rolf, Deutschlands Antwort auf Leonardo DiCaprio. Er hatte auch mit sechsundzwanzig noch ein Milchbubengesicht und wirkte im Umgang mit dem anderen Geschlecht extrem unbeholfen. Das weckte die fraulichen Beschützerinstinkte. Nach zwei Jahren musste Sarah allerdings feststellen, dass andere Frauen ebenso empfanden und Rolf mit dieser Masche die Hälfte seiner weiblichen Kommilitonen flachgelegt hatte. Dann folgten in schneller Folge Tim, Christian und Markus, Kollegen aus der Polizeiführungsakademie, die sich aber nicht wie sie nach einer langfristigen Beziehung sehnten, sondern ihren Trieb ausleben wollten, bevor die Karriere ihnen keine Zeit mehr dafür ließ. Mit ihrem Lehrgangsleiter verband Sarah anschließend vier Monate eine platonische Liebe. Nach einer Nacht auf den Matten der Polizeisporthalle endete diese Liebe mit Kreuzschmerzen und einem schlechten Gewissen. Der fünfzehn Jahre ältere Mann war verheiratet und hatte sieben Kinder.

Bevor sie Imogen kennen lernte, hatte Sarah es sogar mit einer Kontaktanzeige versucht. Vier Schnuppertreffen brachten weitere Klarheit über die schlichte Struktur der Spezies Mann und Stoff für amüsante Frauenabende in der Kneipe. Die Nummer fünf hieß Kai-Uwe Stoltinger und stammte aus dem katholischen Altötting, was sie hätte misstrauisch machen sollen. Beim ersten Treffen in einem indischen Restaurant entpuppte er sich jedoch als humorvoller Erzähler, charmanter und aufmerksamer Begleiter und spendabler Einlader. Er war von Beruf Softwareentwickler und besaß ein eindrucksvolles Loft über den Dächern von Reinickendorf. Für ihr zweites Treffen, sein Heimspiel, hatte er vegetarische Spezialitäten aus einem japanischen Edelrestaurant und Rotwein von der Tankstelle besorgt. Seine Küche war so sauber wie ein frisch geputzter Kinderpopo, sie war offenbar noch nie benutzt worden. Bis zur Verabschiedung um Mitternacht hätte Sarah den Abend mit der Note drei auf der nach oben offenen Flirtskala bewertet und mit einem Abschiedskuss vor seiner Haustür weitere Optionen andeuten wollen. Kaum hatten sich jedoch ihre Lippen berührt, da schloss Kai-Uwe die Augen und fiel einfach um. Mithilfe von Passanten hatte Sarah den armen Kerl wieder zum Leben erweckt. Er war grußlos ins Haus geeilt und hatte nie wieder etwas von sich hören lassen.

Mit Imogen schien es gut zu laufen, und wenn es diesen ultimativen Vertrauensbruch mit Petra nicht gegeben hätte, wären sie sicherlich noch eine Weile zusammengeblieben. Vermutlich steckte sie die Enttäuschung über das verfrühte Ende der Beziehung so gut weg, weil mit Bruno Eberwein ein Traummann in ihr Leben getreten war.

Immer wieder hatte sie während dieser Nacht auf Bastians Sofa an die bisherigen Begegnungen mit Eberwein gedacht. Seine zärtlichen Berührungen auf der Parkbank. Wie er ihr eine Strähne aus der Stirn gestrichen, ihr Gesicht gestreichelt und ihr einen Kuss auf die Wange gehaucht hatte.

»Wenn das hier vorbei ist, dann möchte ich Sie gern zum Essen einladen«, hatte er ihr ins Ohr geflüstert und dabei seine Hand auf ihr Knie gelegt. Das Beben, das ihren Körper erschüttert hatte, hatten wahrscheinlich noch die Seismografen auf den Malediven registriert.

»Ich weiß, woran du denkst«, sagte Bastian und riss Sarah aus ihren Tagträumen.

»Ach?!«

»Ob wir es nicht besser sein lassen sollen.«

Sarah goss sich Kaffee ein und widersprach: »Es gibt Dinge im Leben, die man einfach riskieren muss. Sonst ärgert man sich das ganze restliche Leben, dass man es nicht versucht hat.«

42.

Harder lenkte das Motorrad auf das Gelände eines Bauernhofs in Wustermark, am Rande Berlins. Es hatte ihn eine Stunde gekostet, die zwei Polizisten abzuschütteln. Er war mit seinem Wagen zu einer Sauna gefahren, die er durch einen Hinterausgang bereits wieder verlassen hatte, als die beiden Verfolger noch überlegten, ob sie saubere Unterwäsche trugen. Er hatte den Bus und die S-Bahn benutzt und zuletzt hatte ihn ein Taxi zu seinem Motorrad gebracht, das in einer Garage bereitstand.

Er hielt an und parkte seine Honda auf dem Hof. Es war niemand zu sehen, aber Harder war sich sicher, dass mehr als eine Pistole auf ihn zielte. Er nahm den Helm ab, damit die Leute ihn erkannten.

Die Haustür öffnete sich knarrend und Krischka, sein bester Mann, kam ihm entgegen.

»Alles klar?«

Krischka, ein hoch gewachsener, athletischer Mann mit einem Dreitagebart, nickte dem Anwalt zu.

Krischka war bei einer Spezialeinheit der Bundeswehr gewesen, die bei jedem Auslandseinsatz mitgemischt hatte. Mit vierzig hatte er aus Altersgründen in den Innendienst versetzt werden sollen, was er aber ablehnte. Stattdessen wurde er Bodyguard. Jetzt hatte der Mann die fünfzig überschritten und immer noch einen Körper, um den ihn Dreißigjährige beneideten.

Seine Leute zollten ihm Respekt und Harder wusste, dass sie sich für ihren Boss eine Hand abhacken lassen würden.

Der Anwalt legte seinen Helm auf den Sitz des Motorrads. »Sie haben meine Botschaft bekommen?«

»Natürlich. Auf Rosa ist Verlass.«

Rosa hieß die Brieftaube, die Harder mit der Botschaft losgeschickt hatte. Im Brustgefieder hatte sie ein paar rosa Federn, eine Laune der Natur.

Die Idee, Brieftauben als Kommunikationsmittel einzusetzen, war einer Kindheitsprägung zu verdanken. Denn im Ruhrgebiet hatten Taubenzüchtervereine sogar heute noch mehr Mitglieder als die politischen Parteien zusammen. Schon im Jahre 1572 hatten die Holländer die spanischen Invasoren, die Haarlem belagerten, mit Brieftauben ausgetrickst. Und nun, fast vierhundertfünfzig Jahre später, freute sich Harder, dass es mit tierischem Einsatz gelang, die Polizei mit ihrer ausgetüftelten Überwachungs- und Abhörtechnik zu überlisten.

Der Anwalt betrat die Küche des Bauernhauses. Ein Dutzend Männer, mit Kaffeetassen und belegten Broten bewaffnet, begrüßte ihn mit Kopfnicken.

»Herr Krischka hat Ihnen ja schon mitgeteilt, um was es heute Nacht geht. Er wird Ihnen auch nicht verheimlicht haben, dass Sie mit Widerstand rechnen müssen. Ich würde mich freuen, wenn Sie alle wohlbehalten zurückkehren würden. Wenn die Aktion erfolgreich ist, werde ich Ihnen eine Prämie von fünftausend Euro pro Person zahlen.«

Wie erwartet, gab es Beifall.

Harder schaute sich die Anwesenden der Reihe nach an: junge, kräftige Männer mit sympathischen Gesichtern. Wenn alles glatt ging, würden sie morgen Händchen haltend mit ihren Frauen oder Freundinnen an den Wannsee fahren, Eis essen, schwimmen und Spaß haben. Wie so viele andere junge Männer. Heute Abend aber gab es eine Kleinigkeit, die sie von den meisten ihrer Altersgenossen unterschied: Sie trugen die Uniform der Berliner Polizei.

43.

Am Abend trafen sich Sarah und Bastian mit Eberwein auf dem Hof der Asservatenkammer. Er machte sie mit den vier Männern bekannt, die den Transport bewachen sollten. Die beiden Insassen des begleitenden Streifenwagens sollten sich als Freunde von Sarah und Bastian ausgeben, der Fahrer des Lkw sowie der Beamte, der hinten im Laderaum saß, dagegen als ganz normale Polizisten, die treu und redlich ihren Job verrichteten. Und es war verabredet, dass niemand Widerstand leistete.

Sie beugten sich über den Stadtplan und besprachen die Details.

Bastian sah auf die Uhr. »Kurz vor acht. In zehn Minuten müssen wir los.«

Eberwein nickte. »Bei der ganzen Aktion ist nur eins wichtig. Sie müssen Wollweber beeindrucken. Sie müssen sich unverzichtbar machen. Er muss glauben, dass er mit Ihnen das ganz große Los gezogen hat.« Er wandte sich direkt an Bastian. »Ich bin untröstlich, was mit Willi Köstler passiert ist. Wir schnappen die Kerle, die ihn umgebracht haben. Das verspreche ich Ihnen.«

Bastian hatte den Eindruck, dass Eberwein es ehrlich meinte. Vielleicht war der Kerl ja doch ganz nett.

Zwanzig Minuten später saß Bastian auf dem Beifahrersitz des Transporters und schaute aus dem Fenster. Die Berliner saßen auf den Außenplätzen der Restaurants, Cafés und Bars und genossen die angenehmen Temperaturen. Es war immer noch über zwanzig Grad warm, obwohl die Sonne schon hinter den Hochhäusern verschwunden war.

Bastian fragte sich, warum er nicht mitten unter diesen Menschen hockte. Warum hatte er sich von Eberwein und Sarah zum zweiten Himmelfahrtskommando an einem Tag überreden lassen? Weil er ein guter Polizist war? Auch. Weil er der Fleischmafia gewaltig auf die Füße treten wollte? Auch. Weil er sich in Sarah verguckt hatte und sie beeindrucken wollte?

Er stöhnte leise. War nicht sein ganzes Leben von Frauen bestimmt worden? Es war seine Mutter gewesen, die ihm die Bewerbungsunterlagen für den Polizeidienst mitgebracht hatte. Es war seine Jugendliebe Claire gewesen, die ihn dazu gebracht hatte, sich seine erste eigene Wohnung zu suchen, Michaela, die ihn zu seinem ersten Urlaub ins Ausland überredet hatte, Sabrina zum Kauf eines gebrauchten Audi, die hübsche Kollegin Elke zum Wechsel in die Mordkommission. Jetzt war er eine Marionette von Sarah, die an den Fäden zog und ihn in jede beliebige Richtung marschieren ließ. Im nächsten Leben, so nahm sich Bastian vor, würde er eine Frau werden.

Der Fahrer des Transporters sah ihn fragend von der Seite an. Ein wortkarger Typ um die dreißig mit wachen Augen.
»Was ist?«
»Was soll sein?«
»Du hast gestöhnt!«
»Ich habe über mein Leben nachgedacht.«
»Mhm.«

Der Fahrer konzentrierte sich wieder auf den Verkehr. Bastian schaute auf seine Uhr. In fünfzehn Minuten würden sie ihr Ziel erreicht haben.

Sarah bog in Karlshorst in den Hegemeisterweg ein und drehte das Radio lauter. Die Nachrichtensprecherin verkündete, dass die anhaltende Hitze den ersten Toten gefordert habe, zwei Kinder in der Spree ertrunken seien und das Kabinett zu einer Krisensitzung zusammengekommen sei. Die russische Regierung hatte gegen die geplante Einführung einer Ausreisegenehmigung für Bundesbürger, die Russland besuchen wollten, protestiert. Die Russen befürchteten einen drastischen Rückgang der Touristenzahlen. Andererseits war Deutschland von Gas- und Erdöllieferungen aus Russland abhängig, eine Verschlechterung der Beziehungen konnte sich die deutsche Regierung nicht erlauben. Der Wetterbericht versprach eine Abkühlung und Gewitterschauer für den nächsten Tag.

Die Straßen rings um die Karlshorster Trabrennbahn waren kaum befahren und Sarah sah die Limousine und die beiden BMW schon von Weitem. Sie setzte den Blinker und fuhr auf den Parkplatz vor der Trabrennbahn. Die Männer in den BMW musterten sie misstrauisch, als sie ausstieg und auf den Wollweber-Wagen zuging. Einer der Männer sprach in ein Handy.

Die getönte Scheibe auf der Fahrerseite verschwand in der Versenkung. Boris Wollweber war ganz in Schwarz gekleidet. Neben ihm saß sein Vater, der ihr freundlich zunickte.

»Alles soweit okay?«, fragte sie und schaute auf die Uhr. »In zehn Minuten geht's los. Ihre Leute wissen Bescheid?«

Boris nickte.

»Ihre Leute wissen auch, dass nicht geschossen werden soll? Ich möchte ungern meine besten Freunde verlieren.«

»Sie werden versuchen, es zu vermeiden.«

Sarah sah sich um. »Wo ist der Lkw, auf den das Zeug verladen werden soll?«

»Wir haben den Plan geändert.«

Sarah trat einen Schritt vom Wagen zurück, damit sie auch den alten Wollweber auf dem Beifahrersitz sehen konnte. »Das war nicht abgemacht.«

»Wir machen es so, wie wir wollen, oder wir machen es überhaupt nicht.« Boris blickte sie abschätzend an.

Sarah biss die Zähne aufeinander und nickte.

Der Fahrer des Transporters schaltete die Scheinwerfer an. Wie vorausgesehen, war die Straße, die an der Müllverbrennungsanlage endete, kaum befahren. Nur ein einziger Pkw kam ihnen entgegen, ein Angestellter, der Feierabend machte.

Bastian spürte, wie sein Mund trocken wurde. Er ärgerte sich, dass er nichts zu trinken mitgenommen hatte. Er sah in den rechten Seitenspiegel. Der Streifenwagen befand sich zwanzig Meter hinter ihnen.

In diesem Moment trat der Fahrer auf die Bremse. Obwohl Bastian wusste, was passieren würde, spürte er das Pochen seines Herzens bis in seinen Hals.

Zwei BMW bretterten aus einem Feldweg und stellten sich quer. Wollwebers Leute sprangen auf die Straße und umzingelten den Transporter und den Streifenwagen. Die maskierten Männer richteten ihre Maschinenpistolen auf die Insassen. Bastian und der Fahrer hoben die Hände. Im Seitenspiegel beobachtete Bastian, wie die beiden Streifenpolizisten aus dem Wagen gezerrt und zu Boden gestoßen wurden.

Im gleichen Augenblick wurde die Beifahrertür aufgerissen. Einer der Maskierten zielte mit der Maschinenpistole auf Bastians Bauch, der andere winkte ihn hinaus.

»Öffnen!«

Bastian nickte und ging mit erhobenen Händen zur Rückseite des Transporters. Die hintere Tür ließ sich nur mit einem Spezialschlüssel öffnen, der bei einem Einsatz nicht mitgeführt wurde. Es oblag dem Beamten, der im Laderaum des Transporters hockte, die Tür zu entriegeln.

Bastian donnerte mit der Faust gegen die Tür. »Kollege,

mach auf! Man hat uns überfallen. Die knallen uns sonst ab! Hörst du! Mach auf!«

Wie verabredet, ließ sich der Kollege Zeit, dann öffnete sich die Tür und der Mann sprang mit erhobenen Händen von der Ladefläche. Er wurde von den Maskierten in Empfang genommen und zu den beiden Streifenpolizisten und dem Fahrer gebracht, die auf dem Bauch lagen und die Heimaterde küssten.

Bastian sah sich nach dem Lkw um, auf den die Kisten verladen werden sollten. Aber er konnte nirgendwo einen Lastwagen sehen. Stattdessen nötigte ihn der Bewaffnete, sich auf den Fahrersitz zu setzen. Er selbst nahm auf dem Beifahrersitz Platz und tauschte seine Maschinenpistole gegen eine großkalibrige Pistole, die Bastian wiedererkannte. Es war die gleiche Waffe, die schon am Vormittag auf ihn gerichtet worden war.

»Wenden!«, sagte der Mann.

»Ich denke, wir laden hier um?«

»Wende und fahr die Straße zurück. Ich sag dir dann, wie es weitergeht.«

Auf Bastians Stirn bildeten sich kleine Schweißtropfen. Er hatte Wollweber gegenüber behauptet, dass er hin und wieder selbst hinter dem Steuer des Transporters saß und deshalb mit allen Einzelheiten vertraut sei. Das war leider gelogen. Bastian hatte noch nie in seinem Leben einen Lkw gefahren.

44.

Die Männer in den Polizeiuniformen schlichen lautlos voran. Krischka war wie immer der Erste, die anderen hatten Mühe, sein Tempo zu halten. Sie gelangten an einen Maschendrahtzaun, der zusätzlich mit Stacheldraht gesichert war.

Krischka zog das Headphone an seinen Mund. »Rüdiger!«

Ein paar Sekunden später lag ein Mann neben ihm, der aus einem Rucksack eine überdimensionale Drahtschere hervorkramte. Er brauchte keine Minute, um ein mannsgroßes Loch in den Zahn zu schneiden. Krischka nahm seine Leute auf der anderen Seite in Empfang und flüsterte ihnen kurze Instruktionen zu. Die Männer verteilten sich über das Gelände.

In wenigen Minuten würde die Dunkelheit über sie hereinbrechen, es war bereits schummrig geworden und die Farben der Natur verblassten.

Die Aktion war ganz nach Krischkas Geschmack und erinnerte ihn an einen Einsatz im Kosovo, als sie zwei englische KFOR-Soldaten befreien sollten, die von einer muslimischen Terrorgruppe gekidnappt worden waren. Er hatte die Befreiungsaktion geleitet. Als sie beendet war, gab es sieben Tote. Von seinen Männern war keiner darunter gewesen.

Diesmal sollte es nicht anders werden.

Er schaute auf seine Armbanduhr. »Einsatz in fünf Minuten«, sagte er ins Headphone. Seine ruhige Stimme verriet nichts von seiner inneren Anspannung.

Die vermeintlichen Polizisten nutzten jede Deckung, die ihnen die Natur und das Gewächshaus boten. Krischka stürmte voran und konnte darauf vertrauen, dass sich seine Leute zur gleichen Zeit aus allen Himmelsrichtungen dem Zielobjekt näherten. Im Kopfhörer seines Headphones hallte das Gekeuche seiner Männer. Einer hustete. Das kann nur Philipp sein, dachte Krischka. Es wird Zeit, dass er sich das Rauchen abgewöhnt.

Neben dem Gewächshaus tauchte plötzlich ein Mann auf, der seinen Hosenschlitz öffnete und in ein Geranienbeet urinierte. Überraschung machte sich auf seinem Gesicht breit, als er bemerkte, dass er nicht allein war. Der Mann ließ seinen Schwanz los und griff in seine Jacke. Krischka krümmte den Finger. Immer noch mit einem erstaunten Ausdruck fiel der Mann um.

»Eine Person ausgeschaltet«, meldete Krischka.

Kurz darauf erhielt er die Bestätigung, dass das geräumige Gewächshaus umstellt sei.

Im Inneren des Gewächshauses brannte Licht. Krischka vernahm Stimmen und lauschte einen Augenblick.

»Vier Leute!«, flüsterte er. »Wir brauchen mindestens einen von ihnen lebend!«

»Kai! Wo bleibst du?«, rief jemand aus dem Gewächshaus. »Holst du dir auf dein Full House einen runter oder was?«

Sie spielen Karten, konstatierte Krischka. »Bei zehn!«, sagte er ins Mikro und zählte.

Dann trat er ein.

An einem Gartentisch saßen vier Männer mit Spielkarten in den Händen und warteten auf Kai, dessen letztes Glück im Leben ein Full House gewesen war.

Als die Zocker realisierten, dass der Mann mit der Pistole nicht Kai war, griffen sie zu ihren eigenen Waffen, die vor ihnen auf dem Tisch lagen. In diesem Moment enterten Krischkas Leute das Gewächshaus durch die Seiteneingänge und eröffneten das Feuer.

Krischka selbst gab keinen Schuss ab. Sein Plan war fehlgeschlagen, aber seine Leute traf keine Schuld. Bei einer solchen Gegenwehr war es nicht möglich, Gefangene zu machen. Seine Polizisten starrten nun etwas ratlos auf die toten Männer.

Krischkas Blick fiel auf den Tisch. Spielkarten lagen verstreut herum, ein paar Geldscheine, eine nicht benutzte Uzzi. Eine Thermoskanne war umgefallen und braune Brühe bahnte sich einen Weg zur Tischkante. Immerhin hatten sich die Wachleute den Luxus erlaubt, aus richtigen Kaffeetassen zu trinken. Krischka stutzte.

»Irgendwo muss noch einer sein!«, sagte er. »Sucht ihn. Wir brauchen ihn lebend!«

Ohne Widerspruch verteilten sich seine Männer. Niemand fragte ihn, warum er sich so sicher war, dass sich irgendwo jemand versteckt hielt. Nachdenklich betrachtete Krischka die sechs Kaffeebecher.

45.

Sarah hatte ihren Wagen auf dem Parkplatz stehen gelassen und war zu Wollweber in die Limousine gestiegen. Es war mittlerweile eine Stunde her, dass die Reise begonnen hatte. Boris war kreuz und quer durch Karlshorst gekurvt, Sarah kannte sich in der Gegend nicht aus und hatte keine Ahnung, wo sie sich befanden.

Zwischendurch hatte Boris einen Telefonanruf erhalten und Zufriedenheit artikuliert. Offenbar war bisher alles nach Plan verlaufen. Der alte Wollweber war eingeschlafen. Boris hatte mit Hinweis auf seinen ruhebedürftigen Vater jeden Versuch einer Konversation im Keim erstickt.

Boris stoppte die Limousine auf dem Seitenstreifen einer kaum befahrenen Straße und starrte in die Dunkelheit. Sarahs Finger spielten mit dem Staunetz, das an die Rückenlehne des Fahrersitzes gespannt war, und entdeckten eine Illustrierte. Im Inneren des Wagens war es zu dunkel, um zu lesen, und so steckte sie das Heft zurück, das aber irgendwo aneckte. Sarah fingerte in der Ablage herum und förderte eine leere schwarze Dose hervor. Laut Aufschrift hatten sich darin Salmiakpastillen befunden.

Sie wollte sie wieder zurücklegen, als sie sah, dass es sich nicht um irgendwelche Salmiakpastillen handelte, sondern dass die Bonbons aus Spanien stammten: *smint. Autentico sabor a regaliz.*

Sarah schoss das Blut in den Kopf. Sie kannte die schwarze Box und die Pastillen. Petersen hatte sie von seinem letzten Urlaub auf Mallorca mitgebracht. Zehn oder fünfzehn Schachteln.

Konnte es sein, dass jemand in Wollwebers Umfeld den gleichen Geschmack hatte? Oder war es möglich, dass Petersen auf diesem Sitz gesessen hatte?

Sie kramte in ihrem Gedächtnis, um Anhaltspunkte für eine Verbindung zwischen Petersen und Wollweber zu finden. Petersen hatte vor nicht allzu langer Zeit erheblich zur Verhaftung von vier Dealern beigetragen, die für den Bergmann gearbeitet hatten. War das sein Entree bei Wollweber gewesen?

Endlich wurden die Scheinwerfer des Transporters und der zwei Begleitfahrzeuge im Rückspiegel sichtbar. Gleichzeitig klingelte Boris' Handy. Er murmelte Zustimmung in die Muschel und startete den Motor. Die Limousine setzte sich an die Spitze des Konvois.

Sarah ließ die Box in ihrer Handtasche verschwinden. Wenn sich darauf die Fingerabdrücke von Petersen befanden, waren ein paar Erklärungen fällig.

Bastian würgte die Gänge rein. Das Getriebe schrie auf.

»Du fährst, als hättest du nie eine Fahrschule besucht«, knurrte sein Begleiter.

Bastians Hemd war mittlerweile ein nasser Lappen. Er schmeckte salzige Tropfen auf seinen Lippen. Ein Königreich für ein Bier!

Wollwebers Limousine bog nach rechts in einen Weg ein. Bastian hatte den Blinker übersehen und riss das Steuer erst im letzten Moment herum. Der Lkw kam ins Schlingern und drohte, von der Straße abzukommen. Die Bremsen blockierten, der Bewacher hielt die Luft an. Doch irgendwie schaffte es Bastian, wieder auf Kurs zu kommen.

Wollwebers Limousine stoppte, Bastian trat in die Eisen. Sein Beifahrer küsste die Scheibe. Der Mann griff unter seine Maske und befühlte seine Nase. Wenn Blicke töten könnten, wäre Bastian auf der Stelle umgefallen.

»Was jetzt?«, fragte Sarah und suchte Boris' Blick im Rückspiegel. Der alte Wollweber kam zu sich und rieb sich den Schlaf aus den Augen.

»Endstation.«

Boris stieg aus, Sarah tat es ihm nach.

Bastian und sein Bewacher standen bereits im Scheinwerferlicht des Transporters.

Boris Wollweber öffnete den Kofferraum und reichte Sarah einen Aktenkoffer. »Die andere Hälfte gibt es nach dem Verkauf, so war es abgemacht.«

Aus einem der beiden BMW stiegen zwei Männer vom Rücksitz und kaperten den Transporter.

»Man bringt Sie zu Ihrem Wagen zurück. Ich werde mich melden.«

Sarah und Bastian wandten sich in Richtung der Begleitfahrzeuge.

»Moment noch!« Der alte Wollweber winkte seinen Sohn zu sich. »Warten Sie!«

Boris ging zu seinem Vater. Sarah und Bastian konnten nicht verstehen, was die beiden besprachen. Aber aus Boris' Tonfall war zu schließen, dass der Junior eine andere Meinung als sein Vater hatte. Bastian hoffte inständig, dass nicht wieder um ihr Leben gefeilscht wurde.

»Wie ist es gelaufen?«, fragte Sarah.

»Gut. Keine Verletzten.«

»Haltet die Schnauze!«, fuhr sie einer der Maskierten an.

Boris kehrte zurück und zeigte mit dem Finger auf Bastian. »Sie fahren allein. Frau Kutah kommt mit uns!«

»Was soll das?«, protestierte Sarah.

Der Maskierte zerrte Bastian zu dem BMW. Als der Wagen davonschoss, drehte sich Bastian um und sah noch, wie Boris Wollweber Sarah eine Kapuze über den Kopf zog.

Der Junior führte Sarah zurück zu der Limousine und half ihr beim Einsteigen.

Um Sarah herum herrschte Dunkelheit. Die Kapuze hatte nur eine kreisrunde Öffnung in der Höhe des Mundes, durch die sie atmen konnte. Panik stieg in ihr auf.

Dann vernahm sie die Stimme des alten Wollweber: »Nur eine Vorsichtsmaßnahme. Ich würde Sie gern näher kennen lernen und Sie doch bestimmt gern unser Hauptquartier.«

Sarah verzog ihr Gesicht unter der Kapuze zu einem Lächeln. Sie hatte es geschafft. Sie besaß eine Eintrittskarte für die Höhle des Löwen.

46.

Die Männer brachten Krischka den sechsten Kaffeetrinker. Er hatte zwischen Tomatenstauden auf einer Pritsche gelegen und tief und fest geschlafen, als der erste Schuss fiel. Nachdem er begriffen hatte, was vorging, hatte er sich in einem Bohnenfeld versteckt und dort war er nun entdeckt worden. Er hatte sich sofort ergeben.

Krischka schätzte den Mann auf Mitte zwanzig, doch angesichts der Leichen seiner Kollegen alterte er in Sekunden um zehn Jahre.

»Das war Notwehr«, sagte Krischka und wischte sich imaginäre Staubkörner von seiner Uniform. Er zeigte dem zitternden Mann einen Wisch. »Unser Durchsuchungsbeschluss.«

Noch ehe der Mann seinen Blick darauf richten konnte, hatte Krischka das Papier wieder eingesteckt. »Wie heißen Sie?«

»Martin Röttger.«

»Also, Martin, wie viele Leute sind im Haus?« Er wies mit dem Kopf zu einem zweigeschossigen Gebäude, dessen Eingang beleuchtet war.

»Drei.«

»Der Eingang wird videoüberwacht?«

»Ja.«

»Alle drei Leute im Wachraum?«

»Zwei. Einer schläft. Das geht reihum.«

»Und die Kaffeemaschine befindet sich in dem Haus?«

Der junge Mann namens Martin schaute Krischka irritiert an. »Ja, warum?«

Krischka wies auf die umgefallene Thermoskanne auf dem Tisch. »Weil die Kanne leer ist!«

Die beiden Männer im Wachraum blätterten in Illustrierten und Zeitungen und warfen nur hin und wieder einen Blick auf den Monitor, der den Eingangsbereich zeigte.

»Podolski will wieder in Deutschland kicken«, sagte einer der beiden und zeigte seinem Kollegen einen entsprechenden Artikel.

»Der ist ja auch nicht mehr der Jüngste. Und bei Real setzen sie ihn kaum noch ein.«

»Er kann nicht damit rechnen, dass er in Deutschland mit offenen Armen empfangen wird.«

Podolski hatte zusammen mit Schweinsteiger und ein paar anderen Profispielern seinerzeit eine Kampagne ins Leben gerufen: *Wir Fußballer sagen Nein zur Prohibition.* Mit ihrem mutigen Bekenntnis hatten sie sich nicht nur Freunde gemacht und waren von den Trinkern an der Spitze des Deutschen Fußballverbandes gerügt worden.

Der Wächter stieß seinen Kollegen an. Auf dem Monitor war Martin zu sehen, der die leere Thermoskanne in die Kamera hielt.

Der Wächter drückte den Knopf der Wechselsprechanlage. »Sauft nicht so viel Kaffee. Davon müsst ihr nur pissen.«

Er betätigte den Türsummer. Martin trat ein und mit ihm eine Reihe anderer Gestalten, die die beiden Wächter nur als Schatten wahrnahmen. Bevor sie zu einer Reaktion fähig waren, stürmten Polizisten in den Wachraum und drückten Pistolen in ihre Nacken.

Kurz darauf lagen die beiden auf dem Bauch, die Hände auf dem Rücken in Handschellen gefesselt. Auch der dritte Mann wurde hereingeschleppt, den man im Schlaf überrascht hatte und der nun seinen Schlaf unter Aufsicht fortführen durfte: Die Wachmänner lernten die Wirkung von Chloroform kennen.

Krischka ging zu einem Schlüsselbrett und verteilte die Schlüssel an seine Leute.

»Wir suchen eine Videokamera, ein Band, eine Kassette, eine DVD oder Ähnliches. Die Zeit läuft.«

Seine Leute machten sich an die Arbeit. Krischka musterte die vier bewusstlosen Männer vor ihm auf dem Boden. Bisher war die Sache ein Kinderspiel gewesen. Er hatte es sich schwieriger vorgestellt, das Hauptquartier Wollwebers einzunehmen.

47.

Boris Wollweber setzte den Blinker und wollte in die Zufahrtsstraße zur Gärtnerei einbiegen, als er zwei Polizisten an der Straße stehen sah. Er fuhr geradeaus weiter, der nachfolgende BMW tat es ihm gleich.

»Da ist was faul!«

Der Lkw mit dem Fleisch aus der Asservatenkammer war glücklicherweise bereits auf dem Weg in ein Lager, das sich zwanzig Kilometer entfernt befand. Kräftige Männer würden ihn entladen und den Transporter später auf einem ausgedienten Truppenübungsplatz dem Feuer übereignen.

Nach ein paar hundert Metern fuhr Boris rechts ran, griff zu seinem Handy und wählte eine Nummer. Sarah hörte trotz der Kapuze über ihrem Kopf das Freizeichen.

»Es geht niemand ran.«

Der Fahrer des BMW klopfte an die Scheibe. Boris ließ das Fenster herunter.

»Da waren Bullen«, sagte der Mann.

»Ich habe sie gesehen. Schick einen deiner Leute voraus. Ich will wissen, was da vorgeht.«

Sarah wurde langsam ungeduldig. Irgendetwas war im Gange und sie hasste es, nicht mitbekommen zu können, was. »Dauert es noch lange? Ich fürchte, mein Make-up hält nicht mehr.«

»Einen kleinen Moment Geduld noch.«

Der kleine Moment dauerte zehn Minuten und strapazierte Sarahs Nerven.

Dann kam einer der Männer zurück und er sah nicht glücklich aus, als er sich zu Boris herunterbeugte. »Auf dem Gelände wimmelt es von Polizisten. Sie nehmen alles auseinander. Neben dem Gewächshaus liegt einer unserer Leute, wahrscheinlich tot.«

Boris schaute seinen Vater an, der alte Wollweber starrte vor sich hin.

»Ich weiß, wonach sie suchen.« Der alte Wollweber strich sich über das dünne Haar. »Aber sie werden es nicht finden.«

Sarah atmete flach, damit sie jedes Wort mitbekam. Offenbar hatte eine Razzia stattgefunden.

Der alte Wollweber hatte seine Rede noch nicht beendet: »Eine Polizeiaktion zu einer Zeit, während wir sehr beschäftigt waren. Jemand muss gewusst haben, dass nur die halbe Besatzung da war. Das kann nur eins bedeuten ...«

Sarah hörte Boris' Stimme, der den Gedanken seines Vaters fortführte: »Der Überfall auf den Transporter war ein Ablenkungsmanöver.«

Mit einem Mal wurde Sarah bewusst, dass sie sich zu früh gefreut hatte. Sie erahnte die folgenden Worte, bevor sie von Boris ausgesprochen wurden.

»Sie hat uns gelinkt. Wir liquidieren sie.«

Und dann kam ein Zusatz, dessen Konsequenzen sie mehr fürchtete als einen Gnadenschuss: »Aber vorher unterhalten wir uns mit ihr.«

48.

»Das kann doch nur eins bedeuten. Sie ist akzeptiert. Sie ist dabei.« Eberwein war schier aus dem Häuschen. Er klopfte Bastian auf die Schulter, als hätten sie zusammen den Jackpot geknackt. »Genau so, wie wir es geplant haben.«

Bastian konnte Eberweins Freude nicht ganz nachempfinden. Der Anblick der hilflosen Sarah mit der schwarzen Kapuze ging ihm nicht aus dem Kopf.

Fast zwei Stunden waren seitdem vergangen. Die Kollegen, die an dem Coup beteiligt gewesen waren, saßen unversehrt in der Kantine des Innenministeriums und gönnten sich ein spätes Abendessen. Alles war seinen normalen Gang gegangen, ein Großalarm war ausgelöst, Straßensperren errichtet worden und der Pressesprecher feilte bereits an einer Mitteilung, dass es einen Überfall auf einen Polizeitransporter gegeben habe, bei dem Beweismaterial abhanden gekommen sei. Das Wort ›Fleisch‹ würde in seiner Presseerklärung nicht auftauchen.

»Und wie geht es jetzt weiter?«, wollte Bastian wissen.

»Wir warten, bis sich Frau Kutah meldet, und dann feiern wir ein bisschen.«

Eberweins Telefon klingelte und Bastian verfolgte, wie die Sekretärin ihrem Chef mitteilte, dass ein Herr Jungclausen dringend wünsche, den Herrn Staatssekretär zu sprechen.

»Ich brauche maximal fünfzehn Minuten.« Eberwein erhob sich. »Ich bin zwei Stockwerke höher. Ich werde meiner Sekretärin sagen, dass sie zu Ihnen durchstellen soll, wenn Frau Kutah am Apparat ist.«

Er eilte aus dem Raum.

Bastian schnüffelte an seinen Achseln. Es wurde Zeit, dass er die Klamotten wechselte. Er stand auf und betrachtete das Gemälde hinter dem Schreibtisch. Nicht sein Geschmack.

Auf dem Weg zurück zu seinem Stuhl fiel sein Blick auf eine Mappe, die auf Eberweins Schreibtisch lag. Der Deckel war mit einem Stempel *Streng vertraulich* versehen. Darunter stand: *Mordfall Wilhelm Köstler*. Wilhelm Köstler, das war Willi.

Bastian hatte das Gefühl, dass er es seinem Kumpel schuldig war, sich über den Stand der Ermittlungen zu informieren, und schlug die Mappe auf. Er blätterte durch die Berichte der Gerichtsmedizin und der Spurensicherung. Nichts Neues. Schließlich stieß er auf ein Schreiben mit der Überschrift *Betr. Liebisch, E. Kriminalrat*. Absender des Schreibens war das Bundesamt für Verfassungsschutz.

Bastian musste den drei Seiten langen Bericht zweimal lesen, bevor er den Sachverhalt begriff. Der Verfasser äußerte die Vermutung, dass Liebisch für die Organisation des Bergmanns arbeite, und konstatierte, dass der Tod von Willi mit *hoher Wahrscheinlichkeit* durch den *Verrat Liebischs* verursacht worden sei. Noch fehlten letzte Beweise, aber das Telefon und der Postverkehr des Kriminalrats würden bereits überwacht.

Bastian hörte Schritte und klappte die Mappe zu.

Als Eberwein den Raum betrat, saß Bastian wieder auf seinem Platz.

»Der Innenminister hat uns Fleißkärtchen geschenkt«, sagte Eberwein in seiner ungemein gut gelaunten Art. »Er beglückwünscht uns und drückt uns weiterhin die Daumen.«

Er ließ sich auf den Stuhl hinter seinem Schreibtisch fallen und strahlte Bastian an. »Was kann ich Ihnen Gutes tun?«

»Mich nach Hause entlassen. Das war ein harter Tag. Sarah, ich meine Frau Kutah, wird sich sicherlich auf meinem Handy melden.«

»Kein Problem. Mein Fahrer bringt Sie heim.«

Bastian stand auf und reichte Eberwein die Hand. »Nicht nötig, ich nehme mir ein Taxi.«

»Wir bleiben in Kontakt!« Der Staatssekretär begleitete ihn zur Tür.

Nachdem er sie hinter Bastian wieder ins Schloss gedrückt hatte, öffnete Eberwein einen Wandschrank und drückte auf die Stopptaste eines Videorekorders. Er ließ das Band zurücklaufen und schaute sich an, wie Bastian die Mappe auf seinem Schreibtisch studierte.

Eberwein grinste. Er nahm das Liebisch-Dossier und ließ den Reißwolf seinen Job machen.

49.

In Kellergewölbe roch es nach Abfluss. Eine Vierzig-Watt-Birne, die schmucklos von der Decke hing, flackerte, als wollte sie sich weigern, der tristen Umgebung weiterhin Licht zu spenden. Sarah konnte sich frei bewegen. Allerdings gab es im Keller nichts zu entdecken. Ein paar ausrangierte Maschinen zur Wurstherstellung, leere Kartons, Hausmüll in zugeschnürten Säcken. Es gab ein vergittertes Fenster in drei Meter Höhe und eine schwere, verschlossene Eisentür.

Sarah vermutete, dass sie seit über drei Stunden in diesem Verlies hockte. Bisher hatte sich niemand blicken lassen. Wollweber hatte offenbar genug mit den Auswirkungen der Polizeirazzia zu tun und sich die ›Unterhaltung‹ mit ihr für spätere Zeiten vorbehalten.

Es machte klack und die Glühbirne gab ihren Geist auf. Sarah tastete sich die Wand entlang und erfingerte ein paar leere Kartons. Sie setzte sich auf die Pappe und lehnte sich an die Wand. Die Dunkelheit machte die Stille noch unheimlicher. Nein, ganz still war es nicht, in einer Ecke raschelte und fiepte es. Die Ratten schauten nach dem Rechten. Sarah war hundemüde, aber sie nahm sich vor, nicht einzuschlafen.

Als sie wach wurde, fielen die ersten Sonnenstrahlen durch das vergitterte Fenster. Sie erhob sich ächzend, reckte und streckte sich. Sie hatte Durst. Sie machte erneut einen Inspektionsgang durch ihr Gefängnis.

Ihr Blick fiel auf eine Klappe im Boden, weniger als einen Quadratmeter groß. Es gab eine Eisenschlaufe, mit der man die Klappe öffnen konnte. Offenbar war sie seit Jahrzehnten nicht mehr benutzt worden, Sarah brauchte eine Viertelstunde, bis sie die Klappe aufgestemmt bekam. Ein entsetzlicher Gestank nahm ihr den Atem. Sie war auf die Kanalisation gestoßen. Eine verrostete Leiter führte zu einem zwei Meter breiten Abflusskanal. Um mehr erkennen zu können, hätte Sarah die Leiter hinunterklettern müssen, aber sie glaubte nicht, dass es ohne Taschenlampe Sinn machte, den Vorhof zur Hölle zu erkunden.

Sie stellte sich unter das Fenster. Die Gitterstäbe warfen ein bizarres Muster auf ihr Gesicht. Sie dachte an Bastian. Nicht dass sie ihm das gleiche Schicksal gewünscht hätte, aber sie wäre froh gewesen, wenn er jetzt an ihrer Seite gestanden hätte.

Ein unendlich langer Zug donnerte an seiner Großhirnrinde vorbei, über Schienen, die jahrzehntelang nicht befahren worden waren. Die Waggons ratterten über die Nähte der Gleise. Hinter seiner Stirn rotierte der Zementmischer, während im Nacken Hochhäuser einstürzten.

Das Handy klingelte. Bastian öffnete mühsam die Augen und blinzelte auf die Uhr. Es war kurz nach acht.

Er hatte vor dem Schlafengehen noch ein paar Gin Tonic getrunken, nicht viel mehr als die übliche Ration, aber heute hatte er einen Kater mit Bonuskopfschmerzen.

Die Pein war allgegenwärtig, eine aufdringliche Lebenspartnerin für begrenzte, aber viel zu lange Zeit.

Die Nacht hatte er wieder auf der Campingliege verbracht, es war ihm unmöglich, in dem Bett zu schlafen, in dem Willi sein Leben ausgehaucht hatte. Noch heute würde er sich eine neue Schlafstatt kaufen.

Bastian griff zum Handy, das er auf dem Couchtisch geparkt hatte. Eberwein war am Apparat. Er wollte wissen, ob sich Sarah bei ihm gemeldet habe. Bastian verneinte. Eberwein schien sich langsam Sorgen zu machen, Bastian ging es nicht anders. Sie verabredeten sich für zwölf Uhr zu einer Krisensitzung, falls Sarah bis dahin nicht aufgetaucht war.

Bastian warf ein Aspirin ein und schleppte sich unter die Dusche. Er hatte in dieser Nacht von Willi geträumt. Und er hatte darüber nachgedacht, was er mit seinen Informationen über Liebisch anfangen sollte. Er war zu keinem Schluss gekommen.

Das warme Wasser lief über seinen Körper und er schloss die Augen. Als er sie wieder öffnete, wusste er, was er zu tun hatte.

Er trocknete sich ab, setzte Kaffeewasser auf und wählte seine ehemalige Dienstnummer im Präsidium.

»Hallo, Rippelmeyer, hier ist Bastian. Du musst mir einen Gefallen tun.«

50.

Ein Mann mit einem Wattetupfer im Gesicht begleitete Boris Wollweber in den Keller. Der wattierte Mann hatte sich als Bastians Beifahrer bei der Vollbremsung eine blutige Nase geholt.

Er zog seine Pistole aus dem Schulterholster und reichte Boris einen Schlüssel. Boris schloss die Tür auf. Der Pistolenmann lugte vorsichtig um die Ecke, als rechnete er mit einem Überraschungsangriff. Dann trat er ein, Boris folgte ihm.

»Frau Kutah?« Die Stimme Boris Wollwebers hallte durch das Gewölbe.

Keine Antwort. Boris' Begleiter schaute hinter die Maschinen und Müllsäcke.

»Komm her!«, bellte Boris und wies auf die geöffnete Klappe. »Wo geht es da hin?«

Der Angesprochene zuckte mit den Schultern. »Keine Ahnung. Ich seh das zum ersten Mal.«

»Wer könnte das wissen?«

»Kromschröder. Der hat Pläne von dem Gelände.«

»Hast du eine Taschenlampe?«

Der Mann griff in eine Tasche seines Beinkleids. »Ja.«

»Ihr nach! Ich lasse das Gelände abriegeln.«

Der Pistolenmann verzog das Gesicht. »Ich soll da runter?«

»War es nicht deine Idee, dass die Frau hier sicher aufgehoben ist?«

Der Mann biss auf seine Lippen.

»Ich will sie lebend«, stellte Boris klar, bevor er aus dem Raum eilte.

Angewidert blickte der Wattierte in den Schacht und leuchtete in die Tiefe. Unter ihm waberte eine unansehnliche Brühe. Er setzte den ersten Fuß auf die Eisentreppe und prüfte, ob sie seinem Gewicht standhielt. Jetzt rächte es sich, dass er sein Kreuz im Fitnessstudio auf Breite trainiert hatte, er musste die Schultern einziehen, um nicht stecken zu bleiben. Die Waffe war ihm im Weg, er legte sie am Rand ab, streckte die Arme in die Höhe und drückte den Oberkörper durch die Öffnung. Anschließend fingerte er nach der Pistole, fand sie aber nicht. Als er wieder auftauchte, erblickte er zwei schlanke Frauenbeine. Dann knallte der Griff seiner Waffe auf seinen Schädel. Die Entspannung der Muskeln ließ die Schwerkraft wirken: Die zwei Meter bis zum Boden legte der Mann im freien Fall zurück, unten blieb er bewusstlos in der Brühe liegen.

Sarah schloss die Klappe und zerrte eine von den Wurstmaschinen auf den Deckel. Ihr Outfit hatte mächtig gelitten. Sie hatte einen der Müllsäcke entleert und sich darin versteckt.

Sie machte sich mit der erbeuteten Waffe vertraut, dann verließ sie die ungastliche Bleibe.

Auf dem Weg vom Keller ins Erdgeschoss begegnete ihr kein Mensch. Auch die obere Etage des zweigeschossigen Gebäudes war verwaist. Sie stellte sich ans Fenster und schaute hinaus. Sie befand sich auf einem Fabrikgelände. Unter den Fahrzeugen, die auf dem Hof parkten, entdeckte sie Wollwebers Limousine und die beiden BMW. Gabelstapler fuhren über den Hof, Kleintransporter und Lkw wurden mit Kisten beladen. Sie erkannte auf den Kisten den Markennamen einer Firma, die Katzen- und Hundefutter herstellte.

Sarah erinnerte sich, dass die Soko Fleisch vor einem Jahr dem Hinweis nachgegangen war, dass sich in den Dosen keinesfalls das beschriebene Fleischimitat befinden würde, sondern feinstes Rindergulasch, das nicht für Vierbeiner, sondern für deren zweibeinige Herrchen und Frauchen bestimmt war. Der Verdacht hatte sich damals nicht bestätigt. In den konfiszierten Dosen hatte man das schon vor vielen Jahren von der Industrie entwickelte Fett- und Eiweißgemenge gefunden, dessen beigemischte Aromastoffe die Geschmacks- und Geruchsnerven fleischgewöhnter Haustiere täuschen sollten.

Sarah sah, dass Boris Wollweber gemeinsam mit einem älteren Mann aus dem Pförtnerhäuschen trat und einen Plan zusammenfaltete.

Es würde nicht lange dauern, bis Wollweber erfuhr, dass sie nicht den Weg durch die Kanalisation genommen hatte. Sie musste schnellstens hier weg.

Ein Transporter verließ den Hof und Sarah registrierte, dass der Wagen sehr dicht an dem Flachdachbau vorbeifuhr. Sarah warf einen sichernden Blick in alle Richtungen und öffnete das Fenster. Die Zufahrtsstraße führte direkt an dem Gebäude vorbei, in dem sie sich befand. Mit etwas Glück könnte sie es schaffen ...

Sie beobachtete, wie der Fahrer eines Pritschenwagens die

Ladefläche verriegelte und die Plane festzurrte. Per Handschlag verabschiedete er sich von einem Gabelstaplerfahrer und kletterte anschließend ins Führerhaus. Sekunden später manövrierte er den Wagen rückwärts aus der Parklücke.

Sarah entsicherte die Waffe und klemmte sie hinten in den Bund ihrer Jeans. Sie hockte sich auf das Fensterbrett und glich einer Löwin, die zum Sprung auf die ahnungslose Beute ansetzt.

Der Wagen näherte sich, der Fahrer schaltete in den zweiten Gang. Sarah stieß sich ab und segelte durch die Luft. Der Aufprall war härter, als sie erwartet hatte. Das Tuch war stramm gespannt und sie knallte mit der Brust auf eine Verstrebung, ihre Atmung geriet ins Stocken. Die Pistole machte sich selbstständig, rutschte über die Plane und fiel zu Boden, als der Fahrer die erste Kurve nahm.

Sarah wälzte sich auf den Rücken und schnappte nach Sauerstoff. Sie sah kleine bunte Punkte, ihre Ohren dröhnten.

Der Fahrer musste am Tor halten, der Pritschenwagen wurde kontrolliert. Sarah erwartete jeden Moment, dass jemand auf das Dach schaute, aber nichts dergleichen passierte. Der Wagen fuhr weiter, und zwar in einem Tempo, als habe der Fahrer die Absicht, als Schumacher der Brummi-Fahrer in die Geschichte einzugehen. Sarah schob sich Zentimeter für Zentimeter bis zur vorderen Kante vor und hielt sich an der Verstrebung fest. Sie betete, dass sich keine Situation ergab, die eine Vollbremsung erforderte.

Sarahs Gebete wurden erhört. Ohne Komplikationen erreichte der Pritschenwagen den Stadtrand von Berlin. Sie näherten sich einer Ampel, die auf Rot sprang. Der Fahrer verringerte das Tempo und rollte langsam an die Kreuzung heran. Sarah kroch auf allen vieren zum hinteren Ende des Dachs.

Die Fahrerin eines Sportwagens nutzte die Rotphase der Ampel, um sich die Lippen nachzuziehen. Als sie bemerkte, wie vor ihr eine Frau vom Dach des Wagens kletterte, bekam sie große Augen.

Unaufgefordert stieg die Frau ein und lächelte sie an.
»Fahren Sie in die Innenstadt?«

Die Sportwagenfahrerin brachte nur ein Kopfnicken zu Stande.

»Danke, dass Sie mich mitnehmen. Ich heiße Sarah. Sie haben nicht zufällig ein Handy?«

51.

Sarahs Anruf erreichte Bastian in dem Moment, als er vor dem Kassenhäuschen des *Museums für gesunde Ernährung* stand. Er fühlte, wie eine Zentnerlast von ihm abfiel, als er hörte, dass es Sarah gut ging.

Sie verabredeten sich zu einem ausführlichen Bericht in Eberweins Büro. Doch vorher hatte Bastian noch ein anderes Date.

Das *Museum für gesunde Ernährung* wurde im Volksmund allgemein nur das Fleischmuseum genannt. Es bot eine Übersicht über Küchenkultur und Ernährung in der Entwicklung der Menschheitsgeschichte. Das Museum war vor zwei Jahren vom Kulturstaatssekretär, einem überzeugten Lacto-Vegetarier, eröffnet worden. Lacto-Vegetarier aßen im Vergleich zu den Ovo-Lacto-Vegetariern auch keine Eier. Die Kanzlerin gehörte zur Fraktion der Veganer, die sich ausschließlich von pflanzlichen Produkten ernährten. Zuvor hatte sie mit den Pesci-Vegetariern sympathisiert und war rechtzeitig umgeschwenkt, als auch der Verzehr von Fischen immer mehr geächtet wurde.

Besonders beliebt bei den Besuchern des Museums war die Abteilung, die sich mit dem Fleischkonsum im neunzehnten und zwanzigsten Jahrhundert beschäftigte. Zu bewundern waren Nachbildungen von Poulardenstelzen und Rindsrouladen, Wiener Schnitzeln und Chickenwings, Froschschenkeln und Lammhaxen, Gyrosspieße und Metzgerutensilien, Rezeptbücher und Fotos von Gartenpartys, bei denen Spanferkel gegrillt wurden. Obwohl die schriftlichen Erläuterungen keinen Zweifel an der vegetarischen Einstellung des Verfassers ließen, war der Zugang für diese Abteilung nur Erwachsenen erlaubt. Vier Uniformierte wachten darüber, dass die Exponate nicht geklaut wurden.

Bastian betrat in dem Augenblick die *Fleischabteilung,* als einer der Wachmänner einem Besucher die Kamera abnahm und den Film konfiszierte. Foto- und Filmaufnahmen waren nicht gestattet.

Bastian sah sich um. Die Person, mit der er sich verabredet hatte, war noch nicht da.

Unter den misstrauischen Blicken des Wachpersonals betrachtete Bastian ein Foto, das eine Polizeiaktion zeigte. Eine Fleischlieferung wurde beschlagnahmt, drei Verbrecher mit üblen Gesichtern blickten finster in die Richtung des Fotografen, während zwei Kommissare stolz auf eine Kiste mit Würsten zeigten.

Er las den Text unter dem Foto:

Obwohl sich die gesunde vegetarische Ernährung weltweit mit Ausnahme weniger so genannter ›Schurkenstaaten‹ durchgesetzt hat, gibt es immer wieder verbrecherische Elemente, die aus Profitgier Geschäfte mit Fleisch und Fleischprodukten machen. Die Polizei kann sich bei ihrem Kampf gegen die Fleischmafia auf die breite Unterstützung der Bevölkerung verlassen.

»Die Szene ist gestellt«, sagte eine Stimme hinter Bastian.

Bastian drehte sich um. Hinter ihm stand Kriminalrat Liebisch. Er zeigte mit dem Finger auf das Foto. »Das sind Schauspieler. Ich war dabei, als die Presseabteilung die Bilder machen ließ. Ich musste auf die Würste aufpassen, die waren nämlich echt.«

Liebisch musterte Bastian. »Ungewöhnlicher Treffpunkt für eine Besprechung.«

»Im Präsidium gibt es zu viele Augen und Ohren.«

»Haben Sie deshalb Ihren Expartner mit Ihrer Nachricht zu mir geschickt?«

»Könnte ja sein, dass mein Telefon abgehört wird.« Bastian machte eine Kunstpause. »Oder Ihres.«

An der Bemerkung hatte der Kriminalrat zu kauen. »Um was geht es?«

»Ich kenne einen Ort, an dem wir uns ungestört unterhalten können.«

Bastian verließ die Fleischabteilung, Liebisch folgte ihm unwillig.

Die beiden Männer setzten sich in dem weitläufigen Garten des Museums auf eine Bank in einer Laube.

»Ich höre«, sagte Liebisch.

»Nein, ich höre.«

Bastian zog seine Pistole hervor, entsicherte sie und richtete sie auf den Kriminalrat. »Ihre Waffe!«

»Sind Sie verrückt?«

»Ihre Waffe!«

Liebisch gab ihm seine Dienstpistole. Erst jetzt bemerkte er, dass Bastian Handschuhe trug.

»Warum musste Willi sterben? Wilhelm Köstler.«

»Warum fragen Sie das mich?«

»Weil Sie es waren, der ihn verraten hat.«

Liebisch lachte trocken auf. »Sie spinnen doch.«

»Ich weiß es aus sicherer Quelle.« Bastian entsicherte Liebischs Waffe und steckte seine eigene weg.

Der Kriminalrat glaubte zu wissen, was Bastian vorhatte. »Das kriegen Sie nicht hin, Bennecke. Niemand wird an einen Selbstmord glauben. Der Schusskanal, die fehlenden Schmauchspuren. Das müssten Sie doch besser wissen als ich.«

»Sehen Sie meine Hand, Liebisch. Die zittert nicht. Ich bin ganz gelassen. Wollen Sie wissen, warum?« Bastian drückte Liebisch die Waffe in den Bauch. »Weil es viele Leute gibt, die sich wünschen, dass das Kapitel Liebisch auf diese Art geschlossen wird. Diese Leute werden dafür sorgen, dass im Obduktionsbericht genau das Richtige steht.«

Bastians Selbstsicherheit hinterließ Eindruck bei Liebisch. Der arrogante Zug verschwand aus seinem Gesicht. »Warum sollte ich mich umbringen?«

»Weil herauskommen wird, dass Sie für den Bergmann arbeiten. Ihnen ist klar geworden, dass das Spiel aus ist. Da blieb nur noch die Kugel.«

»Das ist doch Unsinn!«

»Bis auf Eberwein wussten nur Sie und vielleicht ein paar Ihrer Leute, dass Willi mein Tippgeber war. Und Sie konnten sich zusammenreimen, dass er bei mir Unterschlupf gefunden hatte.«

Liebisch schüttelte den Kopf. »Ich hatte keine Ahnung, wo sich Ihr Informant versteckt hielt. Und selbst wenn, hätte ich es niemandem gesagt. Ich bin nicht der Maulwurf!«

Liebischs Hartnäckigkeit gab Bastian zu denken. Er hatte sich das Frage-und-Antwort-Spiel einfacher vorgestellt. Liebisch bemerkte Bastians Unsicherheit.

»Ich möchte Ihnen etwas anvertrauen«, sagte der Kriminalrat. »Und das tue ich nicht aus Angst, sondern weil Ihr Auftritt mich überzeugt, dass Sie einer von den Guten sind.«

»Na klar, bin ich einer von den Guten. Ich bin schließlich bei der Polizei«, grinste Bastian.

»Es gibt auch Kollegen, die für ein Kalbsschnitzel ihre Mutter an den Galgen bringen würden.«

»Anwesende natürlich ausgenommen.«

Liebisch lehnte sich zurück. »Für mich kann ich das sagen. Und Sie sind vom meinem Schlag. Ich vermute, dass Sie hin und wieder gern ein Mettbrötchen essen, aber Sie würden dafür keine Kameraden verraten. Was ich jetzt sage, bleibt unter uns.« Er schaute Bastian fragend an.

»Das müssen Sie mir überlassen. Erzählen Sie es oder lassen Sie es bleiben.«

Der Kriminalrat überlegte einen Augenblick, dann drückte er mit einer langsamen Handbewegung die Waffe aus seinem Bauch.

Bastian ließ es geschehen.

»Wir sind eine kleine, aber feine Truppe in der Polizei…«

Bastian unterbrach. »Den Satz habe ich erfunden.«

Liebisch verstand nicht Bastians Anspielung auf seine Lüge vor Wollweber und schaute ihn irritiert an. Bastian forderte ihn auf, fortzufahren.

»Wir wollen nicht weiter tatenlos zusehen, wie das Unrecht über das Recht triumphiert.« Liebisch sah Bastian in die Augen. »Wir haben uns das Ziel gesetzt, aufzuräumen. Auch in unseren eigenen Reihen. Wir spüren Verräter auf und wir werden sie den Verrat büßen lassen, zu gegebener Zeit, in geeigneter Form. Auf unserer Liste befinden sich bereits sechzehn Namen, quer durch alle Abteilungen. Wenn Sie wollen, können Sie bei uns mitmachen.«

Bastian schüttelte entschieden den Kopf. »Keine Doppelmitgliedschaft. Man hat mich bereits für eine andere Eingreiftruppe rekrutiert.«

»Ich weiß, dass Sie und Frau Kutah für Eberwein arbeiten.

Der Mann verfolgt seine eigenen Ziele. Andere Ziele, als er Ihnen weisgemacht hat.«

Liebisch hatte es geschafft, Bastians Neugierde zu wecken. Er kam sich mit der Waffe in der Hand langsam ein wenig blöd vor. Konnte er Liebisch trauen oder war das ein Trick des alten Hasen, ihn einzulullen?

Bastian nahm die Pistole etwas zurück, hielt sie jedoch weiter auf Liebisch gerichtet.

»Er will an Wollweber heran, dafür ist ihm jedes Mittel recht. Und wenn Sie und Frau Kutah dabei auf der Strecke bleiben, wird er Ihnen keine Träne nachweinen. Wollen Sie wissen, warum er Wollweber will?«

Bastian nickte.

»Wollweber erpresst die Regierung und hat ein Ultimatum gestellt, das übermorgen abläuft. Er muss etwas in der Hand haben, das die da oben in Angst und Schrecken versetzt. Ich habe leider keine Ahnung, was es ist. Wenn Eberwein die Sache gemanagt bekommt, wird er mit Sicherheit der nächste Innenminister.« Liebisch musterte Bastian. »Lassen Sie mich raten. Er hat Ihnen kein Wort von der Erpressung gesagt.«

So schwer es Bastian fiel, er musste nicken.

»Ich kann Ihnen nur raten, sich vor dem Mann in Acht zu nehmen.«

Bastian war mehr als geneigt, dem Kriminalrat zu glauben. Politiker wie Eberwein waren ihm schon immer suspekt gewesen. »Politik ist ein schmutziges Geschäft«, hatte ihm sein Vater als ultimative Lebensweisheit mit auf den Weg gegeben. Bastian hatte Politik nie sonderlich interessiert. Seine gesellschaftskritische Sturm-und-Drang-Zeit hatte er in den Achtzigern gehabt, als die meisten Schlachten geschlagen waren. Er hatte den pseudorevolutionären Kommilitonen misstraut, die »Amis raus aus Vietnam« riefen, obwohl die schon lange weg waren, dem Latzhosengeschwader, das voller Betroffenheit dem einarmigen Gitarrenspieler aus Nicaragua zwei Mark spendete und sich danach wieder richtig gut fühlte. Natürlich verabscheute er die Schnürstiefel tragenden Glatzköpfe, die Hitlers Betriebskantine entsprungen waren, und er verachtete die schnieken Yuppies, für die der Klassenkampf auf der Autobahn stattfand.

Für Bastian war Eberwein einer von den Politikern, die mit einhundertachtzig Sachen nach Hause düsten, um die erschütternde Fernsehreportage über das Waldsterben nicht zu verpassen.

Er gab sich einen Ruck und Liebisch die Pistole zurück. »Tut mir leid.« Er zog seine Handschuhe aus.

Im nächsten Augenblick richtete Liebisch die Waffe auf ihn. »Nette Geschichte, was?« Der Kriminalrat grinste.

Bastian rutschte das Herz in die Hose, er verfluchte seine Naivität. Doch dann steckte der Kriminalrat die Waffe in sein Schulterholster.

»Leider wahr!« Liebisch erhob sich. »Passen Sie auf sich auf, Bennecke. Es ist besser für uns beide, wenn diese Unterhaltung nicht stattgefunden hat.«

Bastian verstaute die Handschuhe in seiner Jackentasche. »Eine Frage noch. Steht auf Ihrer Liste mit den sechzehn Namen jemand, den ich kenne?«

»Ich glaube nicht«, sagte Liebisch. »Aber Frau Kutah wird jemanden kennen. Sein Name ist Petersen.«

Bastian legte seine Stirn in Falten. »Sie glaubt, dass Petersen ihr eine Kiste Hähnchenschenkel untergeschoben hat.«

Liebisch zuckte mit den Achseln. »Petersen wird darüber nichts mehr sagen können. Seine Leiche ist vor zwei Stunden in einem Waldstück bei Wandlitz gefunden worden.«

52.

Günther Wollweber manövrierte den Rollstuhl vor die Panoramascheibe. Die Hauptstadt litt noch immer unter der Hitzewelle, die für heute angekündigten Gewitter waren bisher ausgeblieben. Obwohl der Raum klimatisiert war, bildeten sich kleine Schweißperlen auf seiner Stirn.

Die letzten Tage waren sehr anstrengend gewesen. Natürlich hatte er damit gerechnet, dass man ihm mit Beginn der Erpressung die Hölle heiß machen würde, aber er hatte nicht mit einer so heftigen Gegenwehr gerechnet. Es hatte Tote in den eigenen Reihen gegeben, sein Hauptquartier und ein Lager waren aufgeflogen, die ganze Organisation war in ihren Grundfesten erschüttert.

Vielleicht war die Zeit gekommen, sich aus dem aktiven Geschäft zurückzuziehen und seinen Sohn auf den Thron zu lassen. Boris handelte zwar manchmal etwas unüberlegt, war leicht reizbar und nicht gerade ein genialer Stratege, aber er besaß seine Gene und hatte in den letzten Jahren viel dazugelernt.

Als sein Sohn das Studium der Betriebswirtschaft aufgenommen hatte, konnte keiner ahnen, dass der Name Wollweber später einmal mit den Begriffen Organisierte Kriminalität und Fleischmafia in Verbindung gebracht werden würde. Die Wurstfabrik hatte Millionenumsätze gemacht und vielen Menschen in Brandenburg Arbeit und Fleisch gegeben. Für sein soziales Engagement hatte Günther Wollweber den Verdienstorden des Landes Brandenburg aus der Hand des Ministerpräsidenten in Empfang genommen. Wollweber senior war ein geachtetes Vorstandsmitglied des Unternehmerverbandes und Vorsitzender der Rotarier. Als seine Frau an Krebs starb, rief er eine Stiftung ins Leben und spendete einen Großteil seines Vermögens. Er war zum Skilaufen in die Schweiz und zum Tauchen auf die Malediven gefahren. Bis auf den Tod seiner geliebten Frau hatte ihm das Leben keine Rückschläge, Niederlagen und Tränen bereitet. Selbst die Umsatzeinbußen nach Schweinepest und Vogelgrippe hatte er verschmerzen können. Aber dann waren diese Fanatiker an die Macht gekommen, die das Volk aufhetzten und belogen, um ihre irrsinnigen Gesetze durchzubringen. Sie wollten sein Lebenswerk ruinieren.

Günther Wollweber war schnell klar gewesen, dass Appelle, Demonstrationen und Unterschriftensammlungen die Prohibition nicht verhindern konnten. Aber er war auch nicht bereit, kampflos das Feld zu räumen. Das war eine Frage des Stolzes, eine Frage der Ehre.

An dem Tag, als die Mastbetriebe, Schlachtereien und Metzgereien hatten schließen müssen, rollten Wollwebers erste illegale Transporte über die Grenze zu Vertriebsstellen in ganz Deutschland. Den Lkw-Konvoi hatte er mit den Abfindungen und Entschädigungen in Millionenhöhe finanziert, die er von der EU für die Schließung des Betriebes bekommen hatte.

So war er während der letzten vier Jahre noch reicher geworden, aber Geld interessierte ihn nicht sonderlich. Kein Geld der Welt ermöglichte es, dass er wieder laufen konnte.

Er spürte die Anstrengungen der letzten Tage in seinen Knochen, fühlte sich ausgelaugt und schlapp. Er brauchte mehr als eine Auszeit.

Günther Wollweber nickte seinem Spiegelbild zu. Die Zeit war reif. Noch heute würde er seinem Sohn die Geschäfte übergeben. Der Senior schmunzelte, als er sich das verblüffte Gesicht seines Sprösslings vorstellte.

Boris Wollweber fuhr von Osten kommend ins Zentrum, vorbei am Strausberger Platz. Im Springbrunnen kühlten sich ein Dutzend Touristen und Einheimische die heiß gelaufenen Füße. Viele Fenster der sechs- bis achtgeschossigen Häuserblocks an der Karl-Marx-Allee waren geöffnet, Boris sah nackte Männeroberkörper und Frauen in Bikinis. 1953 hatte hier, an der Baustelle zu den Arbeiterwohnpalästen, der Aufstand vom 17. Juni seinen Anfang genommen, fünfundfünfzig Jahre später die größte Anti-Prohibitions-Demonstration, die das Land gesehen hatte. Auf der Kundgebung hatten Rockstars und Liedermacher vor einer halben Million Menschen zum zivilen Widerstand aufgerufen. Die Liedermacher Hannes Wader und Konstantin Wecker hatten noch einmal all ihre Kräfte mobilisiert und gemeinsam mit Sarah Connor und Sasha *We shall overcome* gesungen. Es hatte nichts genutzt.

Boris' Handy klingelte.

Einer seiner Männer meldete Vollzug. Die Fabrik war sicherheitshalber geräumt worden, die Waren umgelagert und die über die russische Grenze rollenden Fleischtransporte zu einem anderen Standort umdirigiert worden.

Seine Leute hatten die Suche nach Sarah aufgegeben. Die Pistole war auf der Straße gefunden worden, es war davon auszugehen, dass sie in einem der Transporter geflohen war.

Am Potsdamer Platz lenkte Boris den Wagen in die Tiefgarage. Das Pförtnerhäuschen war verwaist. Boris vermutete, dass sich der Parkhauswächter mal wieder mit einer der Aushilfskellnerinnen der *Artischocke* vergnügte. Der Mann hatte schon eine Abmahnung bekommen, Boris nahm sich vor, noch heute den Betreiber des Parkhauses anzurufen und sich zu beschweren.

Er rangierte den Wagen auf seinen reservierten Stammplatz und stieg aus. Plötzlich hörte er Schritte hinter sich.

Dann spürte er einen dumpfen Schlag in seinem Nacken und es wurde dunkel um ihn.

53.

Eberwein hatte für Sarah ein Frühstück besorgen lassen. Sie saßen in seinem Büro und bis zur dritten Tasse Kaffee hatte Sarah den Bericht über die Vorgänge der Nacht beendet.

Sarahs moralische Grundfesten wären nicht erschüttert gewesen, wenn Eberwein sie in den Arm genommen und gesagt hätte: »Sarah, das haben Sie ganz toll gemacht. Ich bin so froh, dass Ihnen nichts passiert ist.«

Aber nichts dergleichen geschah. Eberwein kratzte sich mit seinem Kugelschreiber an der Stirn. »Von einer Polizeiaktion gegen Wollweber ist mir nichts bekannt.«

Die Sekretärin klopfte und trat ein. »Herr Bennecke.«

Eberwein nickte. Die Sekretärin trat zur Seite und machte Bastian Platz. Sarah winkte ihm müde zu. Bastian beschleunigte seine Schritte, riss sie vom Stuhl und umarmte sie. »Sarah, ich bin so froh, dass du okay bist!«

Sarah genoss die körperliche Nähe, spürte aber Eberweins Blick im Rücken und löste sich aus der Umklammerung. »Unkraut vergeht nicht.«

»Was ist passiert?«

Bevor Sarah antworten konnte, meldete sich Eberwein zu Wort. »Sie können Ihrem Kollegen gleich alles in Ruhe erzählen. Derweil muss ich ein paar Sachen organisieren.«

Bastian sah ihn fragend an. »Was sollen wir jetzt machen?«

Eberwein erhob sich von seinem Schreibtischstuhl. »Ruhen Sie sich aus, nehmen Sie sich frei. Frau Kutah ist verbrannt und Ihnen wird Wollweber auch nicht mehr trauen. Wir müssen uns etwas Neues einfallen lassen.«

Er lotste die beiden zur Tür. »Ich werde mich melden.«

Als er ihnen zum Abschied die Hand reichte, lächelte er, aber Sarah spürte, dass der Staatssekretär mit seinen Gedanken ganz woanders war.

Bastian ließ Sarah den Vortritt, als sie in den Aufzug stiegen. »Der Mohr hat seine Schuldigkeit getan, der Mohr kann gehen.«

Sarahs Gesicht war ein einziges Fragezeichen. »Was willst du damit sagen?«

»Hat dir Eberwein erzählt, dass Wollweber die Regierung erpresst?«

Sarah schaute ihn überrascht an. »Nein. Ist das wahr?«

»Liebisch hat es mir erzählt und er machte nicht den Eindruck, als wollte er mich auf den Arm nehmen.«

Der Aufzug hielt und zwei Beamte kamen herein. Grußlos stellten sie sich zwischen Bastian und Sarah, die es für angebracht hielten, ihr Gespräch nicht fortzusetzen. Die beiden Männer ereiferten sich über die Streichung der Sonderzulage für Beamte, deren Arbeitsstelle weiter als zwei Kilometer von einer Behördenkantine entfernt war.

Bastian musterte Sarah. Man sah ihr an, dass sie eine harte Nacht hinter sich hatte, aber die Blässe konnte die Schönheit ihres Gesichts nicht mindern. Sie ist auf der Erde angekommen, dachte Bastian. Das war nicht mehr die Tussi aus dem Innendienst, mit der er es vor einigen Tagen zu tun gehabt hatte. Jede Minute mit ihr machte sein Leben lebenswerter, jede Stunde ohne sie war eine verlorene Stunde. Höchste Zeit, dass er seine Gefühle für sie von der Leine ließ. Er war aus der Übung gekommen, was das Werben um die Gunst einer Frau anging. Vielleicht sollte er sich einen Ratgeber kaufen, um nachzuschlagen, was in fast aussichtslosen Fällen noch zu machen war.

Zusammen mit den beiden empörten Beamten verließen sie den Aufzug und die Empfangshalle des Innenministeriums.

Sarah nahm den Gesprächsfaden wieder auf. »Worum geht es bei der Erpressung?«

Bastian zuckte mit den Schultern. »Das weiß Liebisch auch nicht. Er meint, dass Eberwein Wollweber aus Karrieregründen erledigen will. Koste es, was es wolle.«

»Warum hast du Eberwein nicht darauf angesprochen?«

»Du hast doch mitbekommen, wie er uns abgefertigt hat.« Bastian wies den Weg zu seinem Wagen.

Sarah nahm ihre Fingernägel in Augenschein. Einer war abgebrochen, die anderen schrien nach einer Maniküre.

»Ich würde jetzt gerne duschen«, sagte sie. »Und danach suche ich mir eine Pension.«

Sie registrierte Bastians zurückhaltende Reaktion. »Oder hast du etwas anderes mit mir vor?«

Bastian nickte. »Das ist noch etwas, was ich dir sagen muss.«

»Mach es nicht so spannend!«

Bastian entriegelte die Schlösser. »Wir machen einen kleinen Umweg. Dabei erzählst du mir, was du erlebt hast, und ich dir, was mir Liebisch anvertraut hat.«

In den Räumen der Gerichtsmedizin war es angenehm kühl. Der Mediziner schlug eine Decke zurück und Sarah schaute in Petersens lebloses Gesicht. Ohne Brille sieht er jünger aus, dachte sie. Angesichts seiner Leiche empfand sie keinen Zorn, nur Mitleid.

Was hatte Petersen dazu getrieben, für Wollweber zu arbeiten? Sie glaubte nicht, dass man ihren Kollegen mit gebratenen Täubchen hatte bestechen können, er war zeit seines Lebens Vegetarier gewesen. Frauen konnten auch kein Grund gewesen sein, Petersen war schwul. Die Zeiten, in denen man Schwule mit ihrer Homosexualität erpressen konnte, waren längst vorbei, nachdem sich die Hälfte der Ministerpräsidenten geoutet hatte.

Wahrscheinlich hatte Wollweber Petersen ganz einfach mit Geld geködert. Petersens exquisiter Geschmack passte nicht zu seiner Besoldungsgruppe.

Bastian trat neben Sarah. »Man hat seine inneren Organe aufgeschlitzt. Er ist verblutet, ziemlich schnell. Seine Leiche ist ganz in der Nähe unseres Treffpunktes mit Wollweber gefunden worden. Ich vermute, dass er es war, der Wollweber gesagt hat, wer wir in Wirklichkeit sind.«

Sarah nickte. »Das glaube ich auch. Ich habe dir doch von der Salmiakpastillendose in Wollwebers Wagen erzählt.«

Der Gerichtsmediziner fragte, ob sie noch weitere Auskünfte benötigten. Sie verneinten und Sarah deckte das Tuch über Petersens Gesicht. Schweigend verließen sie den kühlen Raum.

54.

Das Café in der Jugendstilvilla an der Kurfürstenstraße war der Treffpunkt für Schauspieler, Politiker und Journalisten, die Indiskretionen und die Kaffeemischungen aus der eigenen Rösterei schätzten.

In einer schattigen Ecke des Gartens saßen Eberwein und Jungclausen und nahmen ihr Mittagessen ein. Während Eberwein mit großem Appetit einen Nudelauflauf aß, stocherte Jungclausen lustlos in einem gemischten Salat.

»Die Lage wird nicht besser, wenn du nichts isst.«

Jungclausen schob den Salatteller zur Seite. »Die ganze Sache schlägt mir auf den Magen. Wir haben insgesamt 1,7 Tonnen Fleisch verloren und sind keinen Schritt weiter.

Wollwebers Ultimatum läuft morgen ab. Wie konntest du dir nur so sicher sein, dass dein Plan funktioniert? Ich habe mich auf dich verlassen.«

»Unvorhersehbare Hindernisse.«

»Der Minister wird mir einen Tritt in den Arsch geben.«

»Du wolltest doch ohnehin ins Gesundheitsministerium.«

»Mir ist nicht nach Scherzen!«

Eberwein winkte die Kellnerin heran und bestellte sich einen Espresso. Jungclausen passte.

»Ich begreife nicht, wie du so gelassen bleiben kannst. Es geht auch um deinen Kopf.«

»Bis morgen kann viel passieren.«

Eberwein bemerkte am Nebentisch eine bekannte Fernsehmoderatorin, die mit ihrem Mann bei Latte macchiato und Cognac saß. Die Schwarzhaarige hatte kurz nach der Prohibition für einen Skandal gesorgt, indem sie in ihrer Talkshow einen bekennenden Fleischesser hatte auftreten lassen, der die versammelten Vegetarier mit einem beherzten Biss in eine Frikadelle schockierte. Als der Mann nach dem Ende der Show von Zivilpolizisten wegen der »Anstiftung zu und Verherrlichung von Straftaten« verhaftet werden sollte, hatte sich die Moderatorin demonstrativ vor ihn gestellt und den Rest der Frikadelle selbst gegessen. Sie war vom Sender gefeuert und vom Landgericht zu einer Bewährungsstrafe verurteilt worden. Ihre Sendung hatte ein ergrauter, auf jugendlich getrimmter Moderator übernommen, der in der Vergangenheit Wissenschaftssendungen angesagt hatte. In seiner unendlichen Eitelkeit reduzierte er schrittweise die Anzahl der Studiogäste, bis er schließlich allein vor der Kamera stand. Der Moderatorin war später eine Verkaufsshow für Haarwuchsmittel, Wonderbras und Gartenscheren bei einem Minisender angeboten worden, was sie allerdings abgelehnt hatte und stattdessen lieber ihren Mann bekochte, einen fleißigen Autor und Initiator der Leidensgemeinschaft *Gatten im Schatten*.

Die Kellnerin brachte Eberwein den Espresso und räumte die Teller weg. Eberwein fragte nach der Rechnung und schüttete sich Zucker in den Kaffee.

»Was soll denn bis morgen noch passieren?«

Der Staatssekretär lehnte sich entspannt zurück. »Stell dir vor, die Kanzlerin hätte den Film jetzt schon. Dann würde sie denken, das Ganze sei ein Kinderspiel gewesen.« Er warf seinem Freund das zusammengeknüllte Zuckertütchen vor die Brust. »Und stell dir jetzt vor, wir überreichen der Regierung den Film eine Stunde vor Ablauf des Ultimatums, wenn die Rücktrittserklärungen schon formuliert sind und die Herren und Damen Minister bereits ihre Rentenbezüge ausgerechnet haben.«

Jungclausen musterte sein Gegenüber. »Heißt das, dass du noch eine Trumpfkarte im Spiel hast?«

»Möglicherweise.«

»Erzähl!«

»Dafür ist es zu früh.«

»Ich bin dein bester Freund!«

»Deshalb ist es besser, wenn du nichts weißt. Wenn es schief geht, werden sie mich kreuzigen. Und ich möchte nicht, dass du am Kreuz daneben hängst. Vertrau mir.«

Die Kellnerin präsentierte die Rechnung.

Eberwein zeigte mit dem Finger auf Jungclausen. »Er zahlt!«

55.

Als Boris Wollweber die Augen aufschlug, verspürte er entsetzliche Kopfschmerzen. Er massierte seine Stirn. Seine Umgebung nahm er nur wie durch eine Nebelwand wahr.

Erst nach einigen Minuten realisierte er, dass er auf eine graue Wand starrte. Unter ungeheurer Kraftanstrengung gelang es ihm, den schmerzenden Kopf zu drehen. Er befand sich in einem kleinen, fensterlosen Raum. Zehn Quadratmeter Deutschland: eine Eisentür, eine Matratze, eine Plastikflasche mit Wasser, ein Blecheimer. Das spärliche Licht einer Taschenlampe machte das Verlies nicht wohnlicher.

Boris fingerte nach der Wasserflasche, bekam sie schließlich zu fassen und trank gierig. Bedenken, dass das Wasser vergiftet sein könnte, hatte er nicht. Wenn sie ihn hätten umbringen wollen, hätten sie ihn nicht erst eingesperrt.

Trotz der pulsierenden Schmerzen versuchte er, sein Gehirn zu strapazieren. Das Letzte, an das er sich erinnerte, waren das Parkhaus und eine Bewegung, die er im Spiegel der Scheiben wahrgenommen hatte.

Wie viel Zeit war seitdem vergangen? Er tastete nach seiner Uhr, aber sein Armgelenk war nackt. Die Taschen seiner Hose und seines Sakkos waren leer, man hatte ihn gründlich gefilzt.

Boris brauchte zehn Minuten, bis er sich von der Matratze erhoben und sich schwankend zur Tür vorgearbeitet hatte. Sie war wie erwartet verschlossen. Er presste sein Ohr an das kalte Eisen, aber es war nichts zu hören als das Pochen in seinem Schädel.

Er schnupperte. In dem Raum roch es nach Rauch. Boris nahm die Taschenlampe auf und leuchtete sein Verlies ab. An den Wänden entdeckte er schwarze Rußflecken. Und dort musste sich einmal ein kleines Fenster befunden haben, aber es war zugemauert worden. Der Mörtel war an einigen Stellen noch feucht, offenbar hatten die Maurer erst kürzlich ihre Arbeit beendet.

Boris versuchte, den frischen Zement mit den Fingern aus den Fugen zu pulen. Nach wenigen Minuten brach ein Fingernagel ab, er hatte lediglich ein Loch in der Größe eines Ein-Cent-Stückes frei geprokelt. Schweißperlen standen auf seiner Stirn.

Mit einem Mal wurde ihm bewusst, dass der Raum über keine Frischluftzufuhr verfügte. Er tastete die Umrisse der Eisentür ab, sie war tatsächlich luftdicht verschlossen. Boris schätzte, dass er bei einer Deckenhöhe von maximal zweieinhalb Metern fünfundzwanzig Kubikmeter Luft zum Atmen hatte. Wann würde der Sauerstoff verbraucht sein? Sollte er elendig ersticken?

In einem Anflug von Panik donnerte er gegen die Tür. So lange, bis ihm die Faust wehtat. Nichts geschah.

Erschöpft legte er sich wieder auf die Matratze und versuchte, sich zu beruhigen. Je heftiger er atmete, desto schneller würde er den verbleibenden Sauerstoff verbrauchen. Er schloss die Augen und konzentrierte sich auf das Heben und Senken seiner Brust. Kurz darauf schlief er ein.

Günther Wollweber schaute auf seine Armbanduhr. Sein Sohn war lange überfällig. Er hatte mehrfach versucht, ihn über sein Handy zu erreichen, aber nur die Mailbox war angesprungen.

Er bugsierte seinen Rollstuhl an den Tisch und goss sich aus einer Karaffe frisch gepressten Orangensaft ein.

Es klopfte an der Tür, der Kellner kam herein.

»Wie geht es Ihrer Tochter, Samtlebe?«, fragte Wollweber jovial.

»Sie kriegt gerade die ersten Zähne.«

»Die Arme. Das tut bestimmt weh.«

»Die dritten zu kriegen tut mehr weh.«

Der Kellner grinste und präsentierte einen Satz neuer Beißer. Der Schmiss an der Wange warf Falten.

»Ist mein Sohn endlich eingetroffen?«

»Nein, aber es wurde eine Nachricht für Sie abgegeben.«

Der Kellner reichte Wollweber einen Briefumschlag. Darauf stand: *Herrn Günther Wollweber. Dringend.*

»Ein Fahrradfahrer hat den Brief dem Türsteher in die Hand gedrückt.«

»Machen Sie auf.«

Samtlebe öffnete das Kuvert mit einem Messer und offerierte Wollweber ein zusammengefaltetes DIN-A4-Blatt.

Der winkte ab. »Lesen Sie vor. Ich habe meine Brille nicht hier.«

Der Kellner überflog die wenigen Zeilen und wurde blass.

»Was ist? Lesen können Sie doch, oder?« Günther Wollweber führte das Glas an seinen Mund.

Der Kellner räusperte sich. Seine Hand zitterte. *»Ihr Sohn ist in unserer Gewalt. Wir wollen den Film. Sie haben zwölf Stunden Zeit. Wir melden uns, wo und wann die Übergabe stattfinden soll.«*

Das Glas fiel zu Boden, Orangensaft sickerte in den graublauen Seidenteppich und hinterließ sämige Fäden, an denen die Putzfrau ihre helle Freude haben würde.

56.

Ganz in der Nähe seiner Wohnung erstand Bastian in einem Einrichtungshaus einen Futon. Der Verkäufer versprach, ihn noch heute anliefern zu lassen, sein altes Bett würde gleichzeitig entsorgt.

Auf dem Weg zurück nach Hause kaufte Bastian zwei Flaschen Wein und Fertigpizzas. Er freute sich auf einen gemeinsamen Abend mit Sarah.

Sie hatte versucht, ein Zimmer in einer Pension in der Kantstraße zu bekommen, aber bis morgen war der Schuppen ausgebucht. Daraufhin hatte Bastian Sarah überredet, eine weitere Nacht bei ihm zu bleiben.

Bastian öffnete die Wohnungstür. »Ich bin zurück!«, flötete er.

Und erstarrte.

Sein Küchentisch glich der Auslage einer Metzgerei. Die eingeschweißten Köstlichkeiten, die er in der Abstellkammer versteckt hatte, lagen ausgebreitet vor ihm.

Sarah empfing ihn mit einem eisigen Blick. »Ich habe nicht rumspioniert, ich wollte nur die Handtücher im Bad wechseln.«

Bastian schluckte. »Das ist der Nachlass von Willi.«

»Willi ist seit vorgestern tot. Warum hast du das Zeug nicht in der Asservatenkammer abgeliefert?«

»Ich habe einfach nicht daran gedacht.«

»Du hattest Zeit genug.«

Bastian stellte seine Einkaufstüte ab und trank einen Schluck Wasser aus dem Hahn.

»Könnte es sein, dass du gar nicht vorhattest, das Zeug abzuliefern oder zu entsorgen?«

»Was unterstellst du mir?«

Sarah öffnete die Tür seines Bücherschranks und griff hinein. »*Die besten Gerichte vom Wild, Kochen mit Fleisch und Gemüse*, dutzende Hefte *essen & trinken*, *Rezepte für die Weihnachtsgans, Fasan und Rebhuhn*.«

»Man muss den Gegner studieren, wenn man ihn besiegen will.«

Sarah donnerte ihm die Druckwerke vor die Füße. »Du willst den Gegner nicht studieren, du bist einer von ihnen.«

Sie schnappte ihre bereits gepackte Tasche. »Ich bleibe keine Minute länger. Ich habe mir ein Zimmer im *Kempinski* genommen.«

Bastian fand keine Worte. Die Tür knallte zu und er stand

allein vor einem Tisch voller Köstlichkeiten. Sein Hunger hatte sich allerdings verzogen.

Sarah winkte auf der Straße ein Taxi heran. Statt sich auf direktem Weg zum Hotel bringen zu lassen, nannte sie die Adresse von ihrer und Imogens gemeinsamer Wohnung. Eine gute Gelegenheit, dort noch ein paar Sachen herauszuholen.

Die Enttäuschung über Bastian saß ihr tief in den Knochen. Sie hatte begonnen, diesen ungehobelten Klotz zu mögen. Sie hatte sich wieder einmal in einem Mann geirrt.

Sie bat den Taxifahrer zu warten, nahm die Treppen im Spurt und öffnete die Wohnungstür.

Als sie die Räume betrat, hörte sie bekannte Geräusche. Sie seufzte. »Da muss ich durch.«

Imogen und Petra vögelten im Schlafzimmer.

»Entschuldigung!« Sarah ging am Bett vorbei zum Kleiderschrank. »Ich bin gleich wieder weg.«

Ohne dem überraschten Paar einen Blick zu schenken, zerrte sie eine Reisetasche vom Schrank und verstaute Dessous, ein paar Blusen und Hosen.

Petra verbarg vor Scham ihr Gesicht hinter dem Kopfkissen, Imogen zog sich hektisch Unterhose und Jeans an. »Du kannst doch hier nicht so einfach hereinschneien!«

»Du hast mich angefleht, zurückzukommen. Das mit Petra sei nur ein Ausrutscher, da liefe nichts Ernstes! Deine Worte.« Sie schloss den Schrank und nahm die kürzeste Strecke zum Ausgang.

Kurz vor der Tür hörte sie Petras inquisitorische Stimme: »Was hast du gesagt?«

Das Zimmer im *Kempinski* kostete ein Vermögen, aber das war Sarah egal. Sie bestellte sich eine Gemüsesuppe und eine Flasche Wein aufs Zimmer und schaltete den Fernseher ein.

Gerade liefen die Nachrichten. Die Spieler des FC Bayern München entschuldigten sich auf einer Pressekonferenz für ihren ›Ausrutscher‹ und versprachen den Fans, durch gute Leistung Sühne zu tun. Darüber hinaus hatten sie einer Therapieeinrichtung für Fleischsüchtige eine siebenstellige Summe gespendet.

Argentinien hatte einen deutschen Exschauspieler ausgewiesen, der als Fleischkonsument ins lateinamerikanische Exil geflüchtet war. Der Pressesprecher der Bundesregierung dementierte, dass es einen Zusammenhang mit der Aufstockung der Entwicklungshilfe gab.

Im Nordwesten hatte es die ersten Regenschauer gegeben, aber die Nachricht drang nicht mehr an Sarahs Ohr. Sie war eingeschlafen.

57.

Bastian wusste nicht, wie lange er regungslos in der Küche gesessen hatte, aber irgendwann registrierte er, dass die Türklingel ging.

Alles wird gut, dachte er. Sie wird sich entschuldigen und ich werde die Entschuldigung annehmen.

Mit einem Ruck öffnete er die Tür. Vor ihm stand der Kellner aus der *Artischocke*.

»Günther Wollweber möchte Sie sprechen. Sofort.«

Der Kellner erweckte nicht den Eindruck, als würde er ein Nein akzeptieren.

Bastian schnappte sich seine Jacke. »Wir können!«

Samtlebe dirigierte Bastian zu einem VW Polo. Widerspruchslos setzte sich Bastian auf den Beifahrersitz. Vor dem Sitz lag eine Puppe.

»Haben Sie Kinder?«, fragte Bastian, während Samtlebe den Wagen in den fließenden Verkehr einfädelte.

Der Kellner ignorierte diese Frage wie auch alle weiteren, die Bastian auf dem Weg zum Potsdamer Platz stellte.

Mehrfach kam es Bastian in den Sinn, in das Lenkrad zu greifen und einen Unfall herbeizuführen. Vielleicht hätte er den Mann überwältigen können, der Kellner schien unbewaffnet zu sein.

Eine innere Stimme sagte ihm jedoch, dass er die Einladung annehmen sollte. Wollweber musste gute Gründe haben, ihn auf diese Art und Weise vorzuladen.

Samtlebe parkte den Polo in der Tiefgarage, die zur *Artischocke* gehörte, und begleitete Bastian zum Aufzug. Schweigend fuhren sie in die 22. Etage.

Oben öffnete der Kellner eine Tür und ließ Bastian eintreten. Bastian blickte in angespannte, von Sorgen geplagte Gesichter. Günther Wollweber hatte eine Hand voll Männer um sich versammelt, es herrschte keine Partystimmung.

»Lasst mich mit ihm allein«, befahl Wollweber.

Der Raum leerte sich in Windeseile. Auch Samtlebe verschwand.

»Kompliment.« Wollweber fuhr nahe an Bastian heran. »Es gibt nicht viele Menschen, denen es gelingt, mich zu täuschen.«

Bastian hielt es für sinnvoll, diese Bemerkung nicht zu kommentieren.

Der Alte schnäuzte sich in ein Taschentuch. »Sie haben sich die Sache viel kosten lassen. Das Fleisch war von bester Qualität.«

Bastian schwieg weiter.

»Ich habe mir Ihre Personalakte besorgt, Herr Bennecke. Sie scheinen ein guter Polizist zu sein. Manchmal ein bisschen antriebsarm, manchmal ein bisschen eigenbrötlerisch, aber Sie beherrschen Ihr Handwerk. Dass Sie eine Schwäche für gute Leberwurst haben, macht Sie mir fast sympathisch. Deshalb möchte ich Ihr Urteil hören.«

Er goss Orangensaft in ein Glas und schob es in Bastians Richtung. Der zögerte, danach zu greifen. Wollweber verstand, schüttete sein eigenes Glas voll und trank es halb leer.

Nun nahm auch Bastian einen kleinen Schluck. »Ich glaube nicht, dass Sie sich auf mein Urteil verlassen sollten, Herr Wollweber. Unsere Interessen sind ziemlich gegensätzlich.«

»Das weiß ich, ich will Ihre Meinung trotzdem hören.«

Der Alte legte seine Hand auf Bastians Arm. Bastian ließ es geschehen.

»Vor wenigen Stunden ist mein Sohn entführt worden. Er wird getötet, wenn ich die Forderungen nicht erfülle. Können Sie sich vorstellen, dass Polizisten so etwas tun?« Er blickte seinen Gast fragend an.

Bastian suchte nach einer diplomatischen Antwort. »So etwas ist gegen das Gesetz.«

Wollweber wiederholte seine Frage: »Können Sie sich vorstellen, dass Polizisten so etwas tun?«

»Polizisten ja, aber nicht die Polizei.«

»Gestern Nacht haben Polizisten ein Lager gestürmt und fünf meiner Leute erschossen. Vielleicht ist Ihnen etwas darüber zu Ohren gekommen. Ich habe mich umgehört, die Polizei weiß davon angeblich nichts. Herr Bennecke, was geht da vor?«

Bastian zuckte mit den Achseln. Er hatte tatsächlich keine Ahnung.

»Ich habe nur einen Sohn, und den will ich nicht verlieren. Ich werde Sie zu einem reichen Mann machen, wenn Sie mir helfen, ihn lebend wiederzusehen.«

»Ich kann Ihnen nur raten, sich an die Polizei zu wenden. Es gibt Spezialabteilungen, die für Entführungen zuständig sind ... Aber ich habe das Gefühl, dass Sie das nicht tun werden.«

Der Alte leerte sein Glas. »Mein Angebot steht. Überlegen Sie es sich. Sie können gehen. Herr Samtlebe bringt Sie wieder nach Hause.«

»Ich gehe lieber zu Fuß.«

Wollweber reichte ihm die Hand. Bastian merkte, dass der Mann zitterte.

»Überlegen Sie sich gut, wem Sie was sagen.«

»Danke für den Saft.« Bastian verließ den Raum, ohne sich noch einmal umzudrehen.

Niemand hinderte ihn am Verlassen des Restaurants, der Kellner mit dem Schmiss hielt ihm sogar die Tür auf. »Beehren Sie uns bald wieder!«

Bastian lief ein paar Schritte, setzte sich in ein Straßencafé und dachte nach. Er konnte sich keinen Reim auf den Sinn der Veranstaltung machen. Stimmte das mit der Entführung? Und hoffte Wollweber tatsächlich auf seine Hilfe?

Je länger Bastian nachdachte, desto konfuser wurden seine Spekulationen. Er musste sich mit jemandem austauschen, eine Meinung hören. Eberwein? Liebisch? Rippelmeyer?

Zwanzig Minuten später erkundigte er sich an der Rezeption des *Kempinski*, welche Zimmernummer Frau Sarah Kutah hatte.

58.

Das beharrliche Klopfen an der Zimmertür weckte Sarah. Sie lag angezogen auf einem breiten Bett.

Der Fernseher lief. In einer Gerichtsshow bestand ein langhaariger Mittvierziger mit fahlem Gesicht darauf, dass seine Ehe wegen seelischer Grausamkeit sofort geschieden werden müsse.

Noch immer klopfte jemand an der Tür. Sarah erhob sich.
»Moment!«

Sie warf einen prüfenden Blick in den Spiegel. Sie fand, dass sie entsetzlich aussah, aber für die Begegnung mit dem Zimmerservice würde es reichen.

Sie öffnete die Tür und schaute in das zerknirschte Gesicht von Bastian.

»Ich war bei Günther Wollweber. Boris ist entführt worden.«
»Wen interessiert das?!«

Sie knallte die Tür zurück ins Schloss und setzte sich auf die Kante des Betts.

Der Anwalt des Langhaarigen offenbarte gerade die Details der seelischen Folter, die sein Mandant hatte erleiden müssen. Er hatte seine Ehefrau dabei erwischt, wie sie Fleischklößchen in die Linsensuppe mogelte.

Sarah zappte durch die Programme. Schließlich schaltete sie den Fernseher aus und ging wieder zur Tür.

Bastian stand noch immer an der gleichen Stelle. »Er hat mir Geld geboten, wenn ich ihn finde.«

Sarah trat zur Seite. »Komm rein!«

Bastian nahm in einem komfortablen Sessel in der kleinen Sitzecke Platz und erzählte. Sarah nutzte die Zeit seines kleinen Vortrags, um den Inhalt ihrer beiden Reisetaschen im Schrank zu verstauen.

»Wollweber hat wirklich Angst um seinen Sohn«, beendete Bastian seinen Bericht und sah Sarah an.

Sie verschwand im Bad.

Bastian hörte das Wasser rauschen. Er war mit keinem Wort auf die Vorgänge in seiner Wohnung eingegangen und hatte sich ausschließlich auf die Beschreibung seiner Begegnung mit Wollweber konzentriert.

Sarah kam aus dem Bad und trocknete sich das Gesicht ab. Bastian schaute sie erwartungsvoll an.

Sie warf das Handtuch auf das Bett. »Was erwartest du jetzt von mir? Soll ich dir Absolution erteilen?«

»Ich will wissen, was du von der Sache hältst.«

Sarah drehte den Stuhl, der vor dem kleinen Sekretär stand, zu Bastian und setzte sich. »Hast du dich erkundigt, ob das mit der Entführung stimmt?«

»Wo denn? Bei wem denn? Die Kollegen werden nichts wissen und die Handynummer des Bergmanns habe ich verlegt.«

»Warum hast du nicht Eberwein angerufen?«

Bastian verschränkte die Arme vor seiner Brust. »Ich traue ihm nicht mehr.«

»Wegen dem, was dir Liebisch eingeflüstert hat?«

Bastian zuckte mit den Achseln.

Sie schwiegen sich an.

Sarah öffnete die Flasche Mineralwasser, die auf dem Sekretär stand, und goss sich ein Glas Wasser ein. Sie schaute auf einen kleinen Zettel, der gegen das zweite Glas gelehnt war.

»Was? Sechzehn Euro für eine Literflasche Wasser? Ist darin Gold gewaschen worden?« Sie schob das Glas von sich weg.

»Jetzt, wo du die Flasche aufgemacht hast, kannst du das Wasser auch trinken«, sagte Bastian. »Bezahlen musst du es in jedem Fall.«

Aber Sarah war der Durst vergangen. »Irgendwelche Informationen über die Erpressung?«

Bastian schüttelte den Kopf. »Wollweber hat nur Andeutungen gemacht und Liebisch wusste auch nichts Konkretes, aber das habe ich dir erzählt.«

»Du könntest Eberwein fragen.«

Bastian machte ein genervtes Gesicht. »Du glaubst doch nicht, dass er uns darüber etwas sagt. Für ihn sind wir wertlos geworden.«

Sarahs Handy gab einen Signalton. Sie schaute auf das Display. »Mein Akku ist leer. Mist. Das Ladegerät habe ich noch in der Wohnung.«

»Vielleicht haben sie im Hotel eins, das zu deinem Handy passt. Was ist denn mit dem Handy, das wir für deinen Einsatz benutzt haben?«

»Das hat mir Boris Wollweber abgenommen.«

»Können wir über die Sache in meiner Wohnung reden?«

Sarahs Gesicht drückte Ablehnung aus. »Nein. Da gibt es nichts zu reden.«

Bastian stand auf und knöpfte sein Jackett zu. »Entschuldige, dass ich dich gestört habe.«

Er wandte sich zur Tür.

»Es geht nicht um deinen Fleischkonsum«, sagte Sarah.

Bastian drehte sich um. »Um was geht es denn?«

»Bastian! Der Ausflug ist vorbei, das Spesenkonto leer. Ich kann verstehen, dass du dich gebauchpinselt fühlst, wenn Wollweber dich zu einer Audienz empfängt, aber das ist nicht deine Welt.« Sarah legte das Handy in die Schublade. »Wir müssen langsam mal wieder runterkommen, beide. Wir haben ein paar Tage jenseits von Recht und Gesetz gelebt, wir hatten einen Freifahrtschein im Kampf gegen die Fleischmafia. Wir haben ihnen Auge in Auge gegenübergestanden, wir sind dem Tod ein paarmal von der Schippe gesprungen. Wir haben in zweiundsiebzig Stunden mehr erlebt als die meisten unserer Kollegen in fünfunddreißig Dienstjahren.« Sie sah Bastian ernst an. »Wenn ich dir einen guten Rat geben darf: Vergiss die Sache. Oder geh zu Liebisch und erzähle ihm, was Wollweber gesagt hat. Dann hast du wenigstens ein reines Gewissen.«

»Dein letztes Wort?«

Sarah nickte. Bastian verließ das Zimmer. Sie nahm die Fernbedienung und schaltete den Fernseher wieder an. Die Ehe wurde gerade geschieden.

59.

Günther Wollweber hatte den ganzen Tag noch nichts gegessen, aber er verspürte keinen Hunger. Er hing seinen Gedanken nach. Vor einer Stunde war ein heftiges Gewitter über der Stadt niedergegangen. Durch das offene Fenster sickerten die Straßengeräusche herein, das Surren der Autoreifen auf nassem Asphalt. Die Wolken verdeckten die Sonne, die sich in einer Stunde grußlos vom Horizont verabschieden würde.

Boris' Wagen hatte in der Tiefgarage gestanden, dort verlor sich seine Spur. Man hatte einen bewusstlosen Parkhauswächter gefunden, die Bänder aus den Überwachungskameras waren verschwunden.

Inzwischen hatte Günther Wollweber der Anruf seines Informanten bei der Polizei erreicht. Nirgendwo war ein Polizeieinsatz gegen ihn registriert, selbst beim BKA und beim LKA wusste niemand von einer Razzia. Wer auch immer sein Hauptquartier überfallen und verwüstet hatte, das waren keine Berliner Polizisten gewesen.

Die Liquidierung seiner Leute, die Entführung seines Sohnes, die Art und Weise der Drohung ließen für Wollweber nur einen Schluss zu. Hinter der ganzen Sache steckte nicht die Staatsmacht. Der Bergmann hatte den Waffenstillstand gebrochen und ihn getäuscht. Der Bergmann wollte den Film.

In den frühen Nachmittagsstunden war eine weitere Nachricht eingetroffen. Wollweber hatte Samtlebe zu einer Telefonzelle geschickt, der von dort aus die angegebene Telefonnummer angerufen und seinem Gesprächspartner mitgeteilt hatte, dass Wollweber zum Austausch bereit sei.

Günther Wollweber schaute auf die Uhr. Noch fünf Stunden bis zum Ablauf des Ultimatums.

Das Gespräch mit dem Polizisten Bennecke hatte ihn nicht weitergebracht. Er hatte gehofft, dass Bennecke, der offensichtlich für Staatssekretär Eberwein arbeitete, ihm einen Hinweis liefern würde, ob nicht doch der Staatsapparat hinter der Entführung seines Sohnes steckte. Entweder wusste Bennecke tatsächlich nichts oder er hatte Mimik und Sprachzentrum gut im Griff.

Nach kurzem Klopfen öffnete sich die Tür und Kellner Samtlebe schob sich in den Raum. Er hielt einen Briefumschlag in der Hand und nickte.

Wollweber rollte auf ihn zu und setzte seine Lesebrille auf. Der Kellner öffnete das Kuvert und reichte seinem Chef die Nachricht.

Der Alte las die Botschaft und reichte den Zettel dann an Samtlebe zurück.

»In einer Stunde?!«, sagte der Kellner. »Das ist nicht viel Zeit, etwas vorzubereiten.«

»Wir werden nichts vorbereiten. Wir geben dem Bergmann den Film und bringen meinen Sohn nach Hause.«

»Wir?«

Wollweber nickte. »Sie werden mich fahren!«

Zwanzig Minuten später begleitete ein Bankangestellter Günther Wollweber durch einen langen, fensterlosen Gang und schloss eine vergitterte Tür auf. In dem hell erleuchteten Raum dahinter standen ein rechteckiger Tisch und ein Holzstuhl, neben dem Tisch ein Papierkorb. Der Raum glich einer Gefängniszelle, nur die zahllosen Schließfächer an den Wänden unterschieden ihn davon.

Der Bankangestellte steckte einen Schlüssel in das Schließfach mit der Nummer 412. Es befand sich in einer der oberen Reihen. Der Bankmann drehte sich zu Wollweber um. Der war kein Sitzriese und hätte aufstehen müssen, um seinen Schlüssel benutzen zu können.

»Ich verstehe nicht, warum man Ihnen nicht längst ein anderes Schließfach zur Verfügung gestellt hat«, wunderte sich der Banker.

»Das geht schon in Ordnung«, sagte der alte Wollweber. »Bisher hat mein Sohn das Schließfach genutzt.«

Er reichte dem Mann seinen Schlüssel. Der öffnete das Fach, zog eine metallfarbene Kassette heraus und stellte sie auf den Tisch. »Rufen Sie mich, wenn Sie fertig sind.«

Damit ließ er Wollweber allein.

Der Senior hob den Deckel der Kassette. Der Inhalt bestand aus einer einzigen DVD. Wollweber nahm sie und legte sie behutsam auf seine linke Handfläche.

Sie wog nur ein paar Gramm und war doch wertvoller als eine Kiste voller Gold. Mit dieser kleinen Scheibe hatte er die Welt verändern wollen. Sie hatte ihn vorübergehend zu einem der mächtigsten Männer Deutschlands gemacht, einen Krisenstab rund um die Uhr beschäftigt und der Kanzlerin schlaflose Nächte beschert. Und sie hatte bisher acht Leuten das Leben gekostet.

Wenn er den Film behalten und seinen Plan weiterverfolgen würde, war ihm ein Platz in den Geschichtsbüchern sicher. Aber das würde auch bedeuten, dass er seinen Sohn im Leichenschauhaus wiedersehen würde. Bei aller Macht der Welt, das war der Film nicht wert.

Günther Wollweber steckte die DVD in seine Jackentasche und klappte den Kassettendeckel wieder zu. Natürlich konnte niemand garantieren, dass der Bergmann Boris leben lassen würde, wenn er erst mal in den Besitz des Films gekommen war. Aber gab es eine Alternative?

60.

Bastian saß vor Liebischs Schreibtisch und wartete. Der Kriminalrat hatte durch seinen Assistenten ausrichten lassen, dass er noch in einer Sitzung sei und Bastian sich bitte gedulden möge.

Liebischs Büro war spartanisch eingerichtet. Schreibtisch, Stühle, Aktenschränke, eine Liege für lange Nächte. Anscheinend war es sein Stil, sein Arbeitszimmer von jeglicher persönlichen Note freizuhalten. Sogar das obligatorische Familienfoto auf dem Schreibtisch fehlte.

Bastian hatte lange über sein Gespräch mit Sarah nachgedacht. Zuerst hatte er sich geärgert, dass sie ihn hatte abblitzen lassen. Dann war ihm nach und nach klar geworden, dass sie Recht hatte. *Allein gegen die Mafia* war ein guter Filmtitel, aber nicht die Überschrift für sein Leben.

Die Tür öffnete sich und ein junger Streifenpolizist kam herein. »Ich wollte zu Kriminalrat Liebisch.«

»Der ist noch in einer Sitzung. Ich warte hier auch auf ihn.«

Bastian musterte den jungen Mann. Er war Mitte zwanzig und hatte eine Narbe an der Stirn, die er mit einem abenteuerlichen Haarschnitt zu kaschieren versuchte. Bastian erinnerte sich, er hatte dem Kollegen vor zwei Jahren bei einer Festnahme geholfen. Der Fall hatte den schlichten Zuschnitt eines Klassikers gehabt. Nach einem Streit um den letzten Fusel in einer Wodkaflasche war ein betrunkener Fernsehmechaniker mit einer Fonduegabel auf seine Ehefrau losgegangen und hatte ihre Innereien perforiert. Während die Nachbarn die Polizei informierten, war der Mann in seine Stammkneipe gegangen und hatte dort das Besäufnis fortgesetzt.

Bastian, Rippelmeyer und der junge Polizist hatten in der Wohnung auf die Spurensicherung gewartet, als der Kerl zurückgekommen war und nicht ihre Meinung teilte, dass er unter Tatverdacht stand. Wegen seines alkoholisierten Zustands hatten sie ihn unterschätzt. Der Kerl zog ein Butterfly-Messer und nahm den Streifenpolizisten als Geisel. Bastian und Rippelmeyer hatten ihn schließlich überwältigen können, aber dem jungen Kollegen war ein Erinnerungsmal an diesen Einsatz geblieben.

»Wie läuft es denn so, Kollege Adrian?«, erkundigte sich Bastian.

»Ganz gut, Herr Hauptkommissar. Wir haben uns ja erst kürzlich getroffen, erinnern Sie sich?«

Bastian konnte nicht.

»Neulich nachts. Der Einsatz draußen bei der Fabrik. Als alles in die Luft flog.«

»Sie waren auch dabei?«

»Nicht an vorderster Front. Ich stand an der Straßensperre.«

»Seien Sie froh. Das hat ganz schön gerumst.«

Der Streifenpolizist nickte und schaute auf seine Armbanduhr.

Bastian spürte, dass der Kollege etwas auf dem Herzen hatte. »Kann ich irgendwas für Sie tun?«

»Eigentlich muss ich jetzt meine Frau aus dem Krankenhaus abholen«, druckste der Polizist herum. »Wir haben eine Tochter bekommen.«

»Glückwunsch!«

»Danke.«

»Was steht dem im Weg?«

Der junge Mann trat von einem Fuß auf den anderen. »Ich bin noch einmal zu der Fabrik gefahren. Ich hatte an dem Abend meine Mütze verloren und ich war mir sicher, dass sie irgendwo am Straßenrand liegen musste. Ich habe vor zwei Monaten schon mal eine verloren und wollte keinen Stress mit der Bekleidungskammer.«

»Haben Sie die Mütze gefunden?«

Der junge Vater grinste. »Sie lag tatsächlich noch da.«

»Dann ist doch alles geklärt!«

Das Lächeln verschwand aus dem Gesicht des Polizisten. »Da waren Leute. Ich habe zwei Autos gesehen. Ich bin nicht näher ran, aber irgendwas ist da los.«

»Da ist doch nichts mehr zu holen, kein Stein liegt mehr auf dem anderen ...«

»Teile von dem Flachbau stehen noch.«

»Sie glauben, der Bergmann hat sein Lager reaktiviert?«

Der Kollege zuckte mit den Achseln.

Bastian stand auf und legte ihm die Hand auf die Schulter. »Sie holen jetzt Ihre Frau und Ihr Kind ab. Ich werde Liebisch von Ihrer Beobachtung erzählen. Wenn er mehr wissen will, wird er Sie anrufen.«

Der junge Vater nickte dankbar und ging zur Tür.

»Wie soll die Kleine denn heißen?«

»Sarah.«

»Ein schöner Name! Grüßen Sie Ihre Frau.«

»Mach ich!«

Der glückliche Vater schloss die Tür hinter sich. Bastian nahm wieder vor dem Schreibtisch Platz und knetete seine Hände. Unruhig rutschte er auf dem Stuhl herum.

Als Kriminalrat Liebisch zehn Minuten später sein Büro betrat, war der Platz vor seinem Schreibtisch leer.

61.

Günther Wollweber dirigierte Samtlebe in den Norden der Stadt. Es war seit langer Zeit das erste Mal, dass nicht sein Sohn am Steuer des Wagens saß.

Bei der Auswahl seiner Männer hatte Wollweber stets eine gute Hand bewiesen. Samtlebe hatte vor über zehn Jahren als Lkw-Fahrer bei ihm angefangen. Er war pünktlich und zuverlässig. Und er konnte mit der Faust zulangen, wenn es sich im Streit mit anderen Brummifahrern nicht vermeiden ließ.

Später war er in der Disposition eingesetzt worden und Wollweber konnte sich nicht erinnern, dass es irgendwann Probleme gegeben hatte, weder mit den Fahrern noch mit den Kunden. Als Wollwebers Fleischfabrik vor vier Jahren geschlossen worden war und sie Vorbereitungen für die Illegalität getroffen hatten, war es für Samtlebe selbstverständlich gewesen, dabeizubleiben. Seiner Aufmerksamkeit und seinem latenten Misstrauen Fremden gegenüber verdankten sie, dass in der Anfangsphase zwei V-Männer der Polizei enttarnt werden konnten. Ihre Entsorgung hatte Samtlebe übernommen.

Vor einigen Monaten hatte Wollweber über einen Strohmann das Restaurant *Artischocke* gekauft. Das vegetarische Spitzenrestaurant war die perfekte Tarnung für Wollwebers Residenz im Zentrum Berlins. Er ließ Samtlebe in einem Crashkurs zum Kellner ausbilden und der schien in seiner neuen Rolle aufzugehen; nie hatte Wollweber ein Wort der Klage gehört.

Dass der Mann verheiratet war und eine Tochter hatte, hatte er nur durch Zufall erfahren. Samtlebe war schweigsam wie ein Grab und ging zum Lachen in den Keller.

Daher erstaunte es Wollweber umso mehr, dass Samtlebe das Wort an ihn richtete, als sie das Ortsausgangsschild passierten. »Und wenn das Ganze eine Falle ist?«

»Wie meinen Sie das?«

Samtlebe ließ sich Zeit mit der Antwort. »Ich weiß nicht, ich habe ein ganz komisches Gefühl. So ein Gefühl, als ob ich den Tag nicht überleben werde.«

Wollweber musterte seinen Fahrer. »Sie haben Angst? Das kenne ich gar nicht von Ihnen.«

»Ich auch nicht«, sagte Samtlebe. »Das ist es ja, was mich beunruhigt.«

»Wenn Sie das eher gesagt hätten, hätte ich einen anderen Fahrer genommen. Jetzt ist es zu spät.«

»Ich weiß.«

Wollweber wies auf eine Telefonzelle. »Da ist sie. Schauen Sie auf Seite 118 nach.«

Samtlebe lenkte den Wagen an den Seitenstreifen, blickte sich sichernd um und betrat die Kabine.

Wollweber fuhr mit der Hand über sein Kinn. Das war kein gutes Omen, wenn sein bester Mann um sein Leben fürchtete. Er tastete nach der DVD in seiner Jackentasche. Noch konnte er umkehren.

Samtlebe kam zurück und reichte ihm einen Zettel. »Die Wegbeschreibung.«

Der Kellner sah prüfend in sämtliche Spiegel. Eine Frau mit einem Kinderwagen überquerte die Straße, zwei Rentner schlichen den Bürgersteig entlang und erinnerten sich lachend an bessere Zeiten, drei türkische Kids verzierten eine Hauswand mit Graffiti. »Ich bin mir sicher, dass sie uns beobachten.«

»Umso besser. Dann wissen sie, dass wir uns an die Abmachung halten.«

Samtlebe gab Gas und glaubte, im Rückspiegel zu erkennen, dass die Frau in den Kinderwagen griff und ein Handy hervorholte.

Aber sicher war er sich nicht.

62.

Die Stelle, an der Bastian im Gras lag und mit einem Fernglas die Ruinen der Fabrik absuchte, war ihm bestens bekannt. Hier hatte er vor wenigen Tagen schon einmal gelegen. Ameisen und Käfer hatten das von ihm Erbrochene auf eine kleine, trockene Masse reduziert. Es kam ihm vor, als sei eine Ewigkeit vergangen, seit Sarah neben ihm gelegen und seine Hand gehalten hatte.

Der Kollege Adrian hatte sich nicht getäuscht. Hinter dem Teil des Flachbaus, der die Explosion überstanden hatte, parkte ein Wagen. Das Nummernschild konnte Bastian nicht erkennen. Die Wand, auf die er schaute, war frisch verputzt, als habe man ein Fenster zugemauert.

Bastian duckte sich tiefer ins Gras, denn ein Mann trat aus dem Bürogebäude und ließ seinen Blick über die Gegend schweifen. Der Mann trug Jeans, ein blaues ärmelloses T-Shirt und eine Maschinenpistole in der rechten Hand. Er schlenderte zu dem Wagen und entnahm dem Kofferraum eine Kühltasche.

Bastians Magen knurrte und rief ihm in Erinnerung, dass seine letzte Mahlzeit aus einem Toast mit einer Scheibe Käseimitat bestanden hatte.

Der Mann in Blau verschwand mit der Kühltasche in der Hand in dem Bürogebäude.

Bastian spürte, wie etwas seinen Rücken traf. Im gleichen Augenblick bemerkte er ein paar Tauben, die über den Trümmern der Fabrik kreisten. Ein Vogelschiss auf seinem

Sakko hatte ihm gerade noch gefehlt. Er tastete seinen Rücken ab, fand allerdings keine nasse Stelle.

Jetzt landete ein kleines Steinchen neben seinem Kopf. Bastian drehte sich um, die Pistole fest im Griff.

Ein paar Meter hinter ihm lag Sarah und winkte ihm zu. Bastian nickte und sie robbte heran.

Noch aus Liebischs Büro hatte er Sarah angerufen und ihr von den Beobachtungen des Streifenpolizisten berichtet. Er hatte nicht geglaubt, sie umstimmen zu können, er wollte nur, dass jemand wusste, wo er war. Für den Fall der Fälle.

Sarah hatte nach Bastians Anruf ihr Spiegelbild befragt und alle Gründe aufgelistet, die dagegen sprachen, sich mit ihm auf ein neues Abenteuer einzulassen. Sie hatte keinen Widerspruch gehört. Allerdings hatte sie sich während des Monologs flache Schuhe angezogen, ihre Pistole aufmunitioniert und eine Jacke bereitgelegt.

Zehn Minuten nach Bastians Anruf war sie in ein Taxi gestiegen und hatte den Fahrer mit einer Tour an den Stadtrand Berlins glücklich gemacht. An der Straße, die zu *chemical industrial productions* führte, hatte sie sich absetzen lassen.

»Tut sich was?«, fragte sie, als sie Bastian erreicht hatte.

Bastian ließ sich nicht anmerken, dass ihn Sarahs Auftauchen freute. »Ja, aber ich weiß nicht, was. Ich habe einen Mann mit einer Maschinenpistole gesehen. Wahrscheinlich sind noch mehr Leute in dem Gebäude.«

»Gibt es einen Hinweis, dass sie Boris Wollweber hier gefangen halten?«

»Nicht wirklich, aber es wäre keine dumme Idee. Jeder geht davon aus, dass der Bergmann die Ruine aufgegeben hat.« Er reichte ihr das Fernglas. »Und an der Wand ist ein Fenster zugemauert worden, offenbar erst vor Kurzem.«

Sarah spitzte die Ohren. »Da kommt ein Auto!«

Sie machten sich flach wie Flundern. Ein Sportwagen fuhr auf den Hof und hielt vor dem Eingang der Büroruine.

Der Mann mit der Maschinenpistole erschien in der Tür und ging auf den Wagen zu.

Der Fahrer ließ sich Zeit mit dem Aussteigen. Sarah und Bastian erkannten ihn in dem Augenblick, als er dem Mann mit der MPi die Hand zur Begrüßung reichte. Bei dem Besucher handelte es sich um Anwalt Harder.

Kaum waren alle in den Ruinen verschwunden, verließen Bastian und Sarah ihren Beobachtungsposten und schlichen näher an das Gebäude heran. Hinter einer halb eingefallenen Mauer gingen sie erneut in Deckung. Von hier aus hatten sie direkte Sicht auf den Eingang des ehemaligen Bürotraktes.

Kurz darauf trat ein weiterer Mann aus dem Gebäude, einen Blecheimer in der ausgestreckten Hand. Er lief direkt auf das Versteck von Sarah und Bastian zu und kippte mit leicht angeekeltem Gesicht den Eimer aus. Dann verschwand er wieder.

»Die drei werden nicht in einen Eimer pinkeln, wenn sie es an jeder Ecke tun könnten. Das kann doch nur eins bedeuten ...«

»... da drinnen ist Boris Wollweber.« Sarah stieß Bastian mit dem Ellbogen an. »Du hattest den richtigen Riecher, Partner!«

»Partner?«

Sie lächelte. »Ich werde doch nicht zulassen, dass sie dir allein einen Lorbeerkranz aufs Haupt stecken. Ich will auch einen.«

Erneut vernahmen sie die Geräusche eines sich nähernden Wagens. Auch der Anwalt hatte sie gehört und stellte sich vor das Haus. Kurz darauf rollte Wollwebers Limousine auf den Hof.

Der Anwalt sah seinen Besuchern mit verschränkten Armen und ernstem Gesicht entgegen. Er wartete, bis Samtlebe Günther Wollweber in seinen Rollstuhl gehoben hatte, dann ging er auf die beiden Männer zu.

»Tut mir leid, dass ich Sie in dieser ungastlichen Umgebung empfangen muss.«

Er streckte Wollweber die Hand zur Begrüßung hin, aber der verweigerte die Annahme.

»Wir haben uns an die Abmachung gehalten. Sie auch?« Wollweber sah sich misstrauisch um.

»Natürlich. Es sind lediglich zwei Männer zur Bewachung hier. Übrigens, Kompliment für die Leberwurst. Sie hat mir ausgezeichnet geschmeckt.«

Der Alte im Rollstuhl verzog keine Miene.

»Herr Wollweber, nehmen Sie das alles nicht persönlich. Es geht doch immer nur ums Geschäft.«

»Dann lassen Sie uns zum Geschäftlichen kommen. Wo ist mein Sohn?«

»Wo ist der Film?«

»Ich will erst sehen, dass ihm nichts passiert ist. Dann bekommen Sie den Film.«

Harder pfiff durch die Zähne. Der Mann mit der Maschinenpistole erschien im Türrahmen.

»Bring ihn her!«

Sarah und Bastian starrten gebannt auf das Geschehen, das nur wenige Meter vor ihnen stattfand.

»Film. Was für ein Film?«, flüsterte Sarah.

»Es muss um diese Erpressung gehen.« Bastian kratzte sich am Kinn. »Liebisch hat mir doch erzählt, dass Wollweber die Regierung unter Druck setzt.«

Sie beobachteten, wie die beiden Bewacher Boris Wollweber aus dem Gebäude führten. Von der Sonne geblendet, hielt sich der Junior die Hand vor die Augen, schien ansonsten unversehrt.

Im nächsten Moment spürte Bastian den kalten Lauf einer Pistole in seinem Nacken. Aus den Augenwinkeln sah er, dass Sarah das gleiche Schicksal ereilte.

Der Mann, der neben Sarah hockte, hielt den Zeigefinger vor den Mund. Bastian erkannte, dass es Liebisch war, und seufzte im Stillen auf. Vorsichtig drehte er sich um. Hinter ihnen waren ein halbes Dutzend Polizisten in Deckung gegangen. Sie trugen Gesichtsmasken, schusssichere Westen und schwarze Kleidung.

Liebisch signalisierte, dass Sarah und Bastian sich gemeinsam mit ihm zurückziehen sollten. Die beiden befolgten, auf allen vieren kriechend, den Befehl.

»Wo kommen die denn her?«, flüsterte Bastian. Als Sarah nicht antwortete, wurde ihm klar, was das zu bedeuten hatte. »Du hast Liebisch Bescheid gesagt!«

Liebisch ermahnte Bastian mit einem strengen Blick.

Endlich waren sie weit genug von der Ruine entfernt. Hinter den Resten einer Mauer richteten sie sich auf.

Der Kriminalrat zog Sarah und Bastian nahe zu sich heran. »Das ist jetzt unser Job. Sie bleiben hier und rühren sich nicht von der Stelle.« Er winkte einen Polizisten herbei und wies auf die beiden.

Der Mann nickte und zog seine Pistole. Ehe Bastian oder Sarah protestieren konnte, war Liebisch schon wieder verschwunden.

Günther Wollweber umarmte seinen Sohn. »Geht es dir gut?«

»Ja. Alles okay.«

Der Maschinenpistolenmann zerrte Boris wieder von seinem Vater weg. Samtlebe machte einen Schritt nach vorn, aber sofort richtete der zweite Bewacher seine Waffe auf ihn.

Harder trat an Wollweber heran. »Jetzt möchte ich den Film!«

»Danach können wir fahren?«

Der Anwalt nickte.

Wollweber griff in die Tasche seines Sakkos und förderte die DVD zu Tage. »Das Original. Ersparen Sie mir die Frage, ob es Kopien gibt. Es gibt keine.«

Harder streckte die Hand aus, Günther Wollweber reichte ihm die Scheibe.

Ein Ruf störte den feierlichen Moment.

»Polizei! Keine Bewegung!«

Ein Dutzend schwarz gekleideter und vermummter Polizisten stürmte aus allen Richtungen auf den Hof.

Harders Begleiter wollte seine Maschinenpistole in Anschlag bringen, aber seine Hand hatte noch nicht den Abzug erreicht, als ein Knall ertönte und der Mann lautlos in sich zusammensackte. Sein ärmelloses T-Shirt färbte sich am Rücken blutrot.

63.

Bastian und Sarah hielten es nicht länger aus und machten Anstalten, loszurennen. Doch ihr Bewacher entsicherte seine Pistole und schüttelte den Kopf.

»Wir sind Kollegen!«, sagte Bastian energisch.

»Tote Kollegen, wenn Sie noch einen Schritt weitergehen!«

Der Vermummte richtete seine Waffe auf Sarah, er hatte offenbar klare Befehle erhalten und nicht die Absicht, mit sich diskutieren zu lassen.

Bastian setzte sich auf einen Stein und warf Sarah einen grimmigen Blick zu. »Den Lorbeerkranz werden sich andere an den Hut stecken.«

»Wir hätten allein nichts gegen sie ausrichten können. Oder willst du einen Heldentod sterben?«

»Warum hast du mir nicht gesagt, dass du Liebisch informiert hast?«

»Ich habe Liebisch nicht informiert«, sagte Sarah.

Sie vermied es, Bastian in die Augen zu schauen. Aber den traf trotzdem die Erkenntnis, wen Sarah angerufen hatte.

Eberwein fuhr mit seinem Wagen vor. Harder, Samtlebe, Boris Wollweber und der zweite Wärter mussten gerade den Adler machen.

Der alte Wollweber sah aus, als hätte er noch nicht realisiert, was in den letzten Minuten passiert war. Er schüttelte fortwährend den Kopf.

Eberwein winkte Liebisch zu sich heran. Mit seinem blauen Zweireiher, dem blütenweißen Hemd und einer blaugelben Seidenkrawatte passte der Staatssekretär in die Szenerie wie ein Gourmet in eine Fernfahrerkneipe.

»Gut gemacht, Herr Kriminalrat.«

»Danke, Herr Staatssekretär!«

»Haben Sie etwas für mich?«

Liebisch reichte ihm die DVD.

Auf Eberweins Gesicht war keine Gemütsregung zu erkennen. »Ich werde dem Polizeipräsidenten vorschlagen, Sie zum Kriminaldirektor zu ernennen. Einwände?«

»Nein, Herr Staatssekretär.«

Der Staatssekretär ließ die DVD in seiner Jackentasche verschwinden. Sein Blick glitt über die Polizisten, die ihren Job machten. »Sind das alles Ihre Leute?«

Liebisch nickte.

»Zuverlässig?«

Liebisch lächelte. »Eine kleine, aber feine Truppe!«

Eberwein legte seine Hand auf Liebischs Schulter und

ging ein paar Schritte mit ihm. »Ich brauche Ihnen nicht zu sagen, welches Gesindel wir da vor uns haben. Die Spitzen der Fleischmafia. Sie werden die besten Anwälte der Welt engagieren und die Richter werden sie für den Besitz eines Mettbrötchens zu einer Bewährungsstrafe verurteilen. Und die ganze Scheiße wird wieder von vorne losgehen.«

Der Kriminalrat nickte. »Genauso wird es sein.«

»Aber das muss nicht so sein.« Eberwein verstärkte seinen Griff auf Liebischs Schulter. »Es kann und darf doch nicht sein, dass die Guten immer die Dummen sind.«

Liebisch schaute in das ernste Gesicht des Staatssekretärs. Langsam dämmerte es ihm, worauf Eberwein hinauswollte. Er schluckte.

Eberwein senkte den Blick. »Liebisch. Denken Sie an Ihre Frau!«

Der Kriminalrat schaute Eberwein überrascht an.

»Ich weiß, was passiert ist«, fuhr Eberwein fort. »Sie ist überfahren worden. Der Fahrer des Wagens beging Unfallflucht. Man hat ihn nie geschnappt.«

»Ich habe keine Ahnung, was Sie mir sagen wollen.«

»Hatten Sie nicht kurz zuvor zwei von Wollwebers Leuten festgenommen?«

Liebisch nickte. »Aber es gab keine Beweise, dass Wollweber etwas mit dem Tod meiner Frau zu tun hatte.«

»Damals nicht ...« Eberwein machte eine kleine Pause. »Mir liegt ein Bericht der Polizei in München vor. Sie haben einen Mann verhaftet, der für Wollweber arbeitet und bis vor zwei Jahren in Berlin aktiv war. Er musste die Stadt verlassen, weil der Boden für ihn zu heiß geworden war.«

Liebisch trat Schweiß auf die Stirn. »Sie meinen ...?«

Eberwein nickte. »Er hat gestanden, Ihre Frau überfahren zu haben. Auf ausdrücklichen Befehl von Günther und Boris Wollweber!«

Liebisch schloss die Augen. Die Erinnerung war wieder da. Er war beim Schießtraining gewesen, als er den Anruf aus dem Krankenhaus erhalten hatte. Zehn Minuten später war er in die Intensivstation gestürmt und hatte von drei Ärzten und einer Spritze ruhig gestellt werden müssen. Eine weitere Stunde später hatte ihm ein Weißkittel mitgeteilt, dass man für seine Frau nichts mehr hatte tun können. Sie war den schweren inneren Verletzungen erlegen.

Der Tod seiner Frau hatte Liebisch für Wochen außer Gefecht gesetzt. Er hatte angefangen zu trinken und den Job vernachlässigt. Quasi im letzten Moment hatte er sich gefangen, eine Therapie begonnen und die Arbeit wieder aufgenommen.

Natürlich war man schon damals der Vermutung nachgegangen, dass der Tod seiner Frau ein Racheakt gewesen sein könnte, aber es hatten sich dafür keinerlei Beweise finden lassen. Und irgendwann hatte sich Liebisch damit abgefunden, dass ein betrunkener Autofahrer sein Geheimnis mit ins Grab nehmen würde.

Nun war das Rätsel gelöst.

Liebisch drehte sich zu Wollweber um. Der Alte beobachtete ihn und Eberwein. Ein Polizist stand neben dem Rollstuhl und schien sich zu langweilen.

»Ich kann Ihnen trotzdem keine Hoffnung machen, dass Wollweber dafür zur Verantwortung gezogen wird«, fuhr Eberwein langsam fort. »Er wird niemals zugeben, den Befehl gegeben zu haben. Dann wird Aussage gegen Aussage stehen.«

Liebisch ließ sich Zeit. Dann holte er tief Luft. »Wir hatten nicht mit einer so heftigen Gegenwehr gerechnet, Herr Staatssekretär. Es tut mir leid, aber wir konnten keine Gefangenen machen.«

Ein leichtes Lächeln umspielte den Mund des Staatssekretärs.

64.

Mit ausgebreiteten Armen ging Eberwein auf Sarah und Bastian zu.

Bastian blieb auf seinem Stein sitzen, um einer Umarmung zu entgehen. Sarah ließ sich von Eberwein auf die Wangen küssen. Allerdings registrierte Bastian mit Zufriedenheit, dass seine Partnerin den Wangenkuss nicht einmal mit einem Lächeln quittierte.

»Wie haben Sie das nun wieder rausgekriegt?«, fragte Eberwein und klopfte Bastian auf die Schulter. »Bennecke, Sie sind ein Teufelskerl!«

»Das war Glück.« Bastian stand auf und klopfte sich den Schmutz von der Hose. »Haben Sie gewusst, dass Boris Wollweber entführt worden war?«

»Erst durch Sarah.« Eberwein suchte den Blickkontakt mit Bastian. »Ich nehme es Ihnen ein bisschen übel, dass Sie mich nicht über Ihre Begegnung mit Wollweber informiert haben. Haben Sie kein Vertrauen zu mir?«

Bastian suchte nach einer diplomatischen Antwort, fand aber keine.

Eberwein gab dem Wachposten mit einer Handbewegung zu verstehen, dass er sie allein lassen sollte. Tatsächlich trollte sich der Polizist.

»Ich glaube, Sie sind sauer, weil ich Ihnen nicht gesagt habe, dass die Regierung von Wollweber erpresst wird. Ich hätte Ihnen gerne reinen Wein eingeschenkt, das können Sie mir glauben. Aber das hätte mich meinen Job gekostet. Da habe ich ganz egoistisch gedacht.«

Bastian musterte den Staatssekretär. »Wie kommt es, dass Sie mit Liebisch kooperieren? Mir ist zu Ohren gekommen, dass er für den Bergmann arbeitet. Der Kriminalrat soll verantwortlich sein für den Mord an Wilhelm Köstler.«

»Diese Lüge wollte man mir auch auftischen. Der Mitarbeiter des Verfassungsschutzes, der diesen Verdacht lanciert hat, ist gestern Abend verhaftet worden. Er steht auf Wollwebers Lohnliste.«

Sarah und Bastian waren sprachlos.

»Liebisch hat unbestechliche Polizisten um sich gesammelt, die mit ihm zusammen schwarze Schafe unter den Berliner Polizisten ausfindig machen. Wollweber hatte offenbar vor, Liebisch als das Trojanische Pferd vom Bergmann zu denunzieren.«

»Warum haben Sie uns das alles nicht gleich gesagt?« Sarah verschränkte die Arme vor die Brust. »Sie haben uns immer nur so viele Informationen gegeben wie für unseren nächsten Auftritt notwendig. Sie haben mit unserem Leben gespielt.«

Eberwein winkte ab. »Jetzt lassen Sie mal die Kirche im Dorf, Frau Kutah.«

Sarah registrierte genau, dass er sie nicht mehr mit Vornamen ansprach.

Eberwein warf einen Blick über seine Schulter. Von hier aus hatte man keine Sicht auf das Geschehen auf dem Platz. »Sie beide haben einen guten Job gemacht, aber das gibt Ihnen nicht das Recht, mir etwas vorzuwerfen oder mich zu kritisieren. Wollen wir mal nicht vergessen: Ich repräsentiere den Innenminister und Sie waren und sind zwei mir untergebene Beamte, denen ich die Chance gegeben habe, sich aus der Scheiße zu erheben, die Sie sich selbst eingebrockt haben. Wenn ich will, dann landen Sie ganz schnell wieder dort.«

In diesem Augenblick wurde es laut, sehr laut: Eine Maschinenpistole bellte. Man hörte Schreie und Befehle.

Ein Querschläger pfiff an den drei im Abseits Stehenden vorbei, die Kugel bohrte sich neben dem Staatssekretär in die Wand. Fast synchron warfen sie sich zu Boden und suchten Deckung. Das Inferno dauerte zwei Minuten, dann war alles ruhig.

Bastian erhob sich am schnellsten und lief auf den Platz.

Es roch wie auf einem Schießstand. Das Erste, was Bastian ins Auge fiel, war der im Rollstuhl zusammengesunkene Körper Günther Wollwebers. Mehrere Kugeln hatten seine Brust zerfetzt. Seine schlaffen Hände berührten fast den Boden. Neben dem Rollstuhl lag eine Pistole.

Bastians Blick suchte den Junior. Boris saß auf dem Asphalt, die Beine von sich gestreckt, sein Rücken lehnte an der Eingangstür der Ruine, von seinem Gesicht war nicht mehr viel zu erkennen.

Ein Polizist kniete neben Kellner Samtlebe und fühlte seinen Puls, er schüttelte den Kopf. Die Leiche des zweiten Bewachers verdeckte Harder, ein Polizist stieß mit dem Fuß die Waffe zur Seite.

Sarah und Eberwein traten neben Bastian.

»Was ist passiert?«

Liebisch kam zu ihnen und machte ein zerknirschtes Gesicht. »Bedauerlicherweise ist keiner auf die Idee gekommen, den Alten in seinem Rollstuhl zu filzen. Damit konnte doch niemand rechnen. Und dann ging alles ganz schnell.«

»Ist einer Ihrer Männer verletzt?«

»Ich glaube nicht.«

Sarah meinte, eine Bewegung wahrzunehmen. Sie lief zu dem Anwalt und kniete sich neben ihn. Sein Anzug war blutgetränkt, aber es war nicht sein eigenes Blut, sondern das des Mannes, der über ihm lag. Sarah winkte zwei Polizisten heran, die die Leiche wegzogen. Harder war im Unterleib und im rechten Oberschenkel getroffen worden.

Seine Augen starrten in den Himmel. Dann blinzelte er.

»Er lebt noch!«, schrie Sarah auf.

Sie knöpfte ihm die blutige Jacke und das Hemd auf. Der Anwalt trug darunter eine dieser neuartigen dünnen, aber schusssicheren Westen, die sich auch Polizisten kaufen konnten, allerdings auf eigene Rechnung. Auf der Weste hatten deutlich sichtbar drei Kugeln, die abgeprallt waren, Abdrücke hinterlassen.

»Wir brauchen einen Krankenwagen.«

Bastian beobachtete, wie sich Eberwein und Liebisch einen Blick zuwarfen. Als Liebisch bemerkte, dass Bastian ihn im Visier hatte, griff er zum Funkgerät.

»Ist schon unterwegs!«

Sarah presste ein Taschentuch auf die Wunde in Harders Unterleib. Der Mann würde nie mehr Kinder zeugen können.

»Vielleicht kann mir mal jemand helfen!«, brüllte sie.

Die Polizisten guckten fragend in Richtung ihres Vorgesetzten. Per Kopfbewegung wies Liebisch zwei seiner Männer an, Sarah zu assistieren. Sie agierte wie eine gelernte Krankenschwester.

»Er verliert zu viel Blut. Bindet ihm das verletzte Bein ab.«

Zehn Minuten später fuhr ein Krankenwagen vor. Sarah wich nicht von Harders Seite. »Ich werde mitfahren!«

»Das ist doch nicht nötig«, sagte Eberwein. »Der Mann ist in guten Händen.«

»Es gibt hier ohnehin nichts mehr für mich zu tun.« Ungerührt stieg sie in den Krankenwagen, der kurz darauf sein Blaulicht in Gang setzte und davonschoss.

Bastian stand unter Schock. Er beobachtete das Treiben um sich herum wie durch einen Wattebausch, bis er begann, sich zu wundern. Liebisch rief seine Männer nicht zur Ordnung, dabei spazierten sie kreuz und quer über den Tatort, klaubten die herumliegenden Waffen auf und zündeten sich Zigaretten an. Später würde es schwierig werden, Spuren zu sichern und den Tathergang zu rekonstruieren. Außerdem lernte man auf der Polizeischule, dass man Flüchtenden in die Beine schießt. Brustbein, Schambein, Stirnbein und Jochbein hatte der Ausbilder nicht gemeint.

Liebischs Leute gingen zur Tagesordnung über. Autos, Frauen, Hertha und die eigenen Chancen des baldigen Aufstiegs in eine höhere Besoldungsgruppe waren die dominierenden Themen einer unaufgeregten Konversation.

»Schöne Scheiße.« Eberwein stellte sich neben Bastian.

»Was ist mit dem Film?«, fragte Bastian.

»Was für ein Film?« Eberwein tat erstaunt.

»Darum ging es doch bei der Entführung. Boris Wollweber gegen einen Film. Ich schätze mal, damit ist der Film gemeint, mit dem die Regierung erpresst wird.«

Eberwein runzelte die Stirn. »Woher wissen Sie davon?«

Bastian fuhr mit der Zunge über seine staubtrockenen Lippen. »Ich weiß nur das, was ich vorhin gehört habe.«

Der Staatssekretär nickte. »Ja, Sie haben richtig gehört.«

»Haben Sie den Film?«

Eberwein schüttelte den Kopf. »Offenbar wollte Wollweber den Anwalt täuschen. Wir haben nichts bei dem Alten gefunden. Weiß der Teufel, wo er den Film versteckt hat. Leider wird er es uns nicht mehr sagen können.«

65.

Sarah saß auf einem Stuhl neben dem Krankenbett, in dem Harder vor sich hin dämmerte. In einer Notoperation hatte man dem Anwalt drei Kugeln aus Unterleib und Beinen entfernt. Er hatte viel Blut verloren und die Ärzte gaben ihm eine Überlebenschance von 60 : 40.

Vor zehn Minuten war er vom OP in die Intensivstation verlegt worden, wo er nun an Schläuchen hing und diverse Apparate über sein Leben wachten.

Obwohl Sarah hundemüde war, wollte sie Harder nicht allein lassen. Sie hatte ihn gefunden und erste Hilfe geleistet, sie fühlte sich für ihn verantwortlich.

Eine freundliche Krankenschwester brachte ihr einen Kaffee und ein paar Illustrierte.

»Ihr Mann?«

»Nein.«

»Ein Freund?«

»Ein Feind!«

Der Kaffee schmeckte bitter. Sarah goss die Reste ins Waschbecken und entsorgte den Pappbecher im Papierkorb.

Sie setzte sich wieder auf den Stuhl und blätterte im *stern*, dem kleinsten Übel der Regenbogenpresse. Weil sie weder der grausame Erstickungstod eines Säuglings noch der Serviceteil *alles fürs Auto* interessierte, griff sie zu einem Hochglanzmagazin, das sich ganz dem Leben und Wirken der Schönen und Reichen verschrieben hatte.

Sie überging die Meldungen über glamouröse Trauungen, kostspielige Scheidungen und unerwartetes Mutterglück bei Stars und Sternchen, überblätterte den Modeteil mit Stofffetzen, für deren Erwerb sie ein Jahr lang hätte arbeiten müssen, und stieß auf den letzten Seiten auf die obligatorischen Berichte über Partys und Events.

Ihr Blick fiel auf ein Foto von Imogen, das ihn während seiner Vernissage zusammen mit Eberwein und der aufregenden Schönheit zeigte. Im dazugehörigen Text hieß es:

Er ist einer der Superstars der Berliner Kunstszene. Die Bilder von Imogen Suhrkamp (39) hängen im Kanzleramt und im Reichstag. Kein Wunder, dass die Vernissage des gebürtigen Wiesbadeners gut besucht war. Staatssekretär Eberwein (42) ist einer der Bewunderer und Förderer des Künstlers. An diesem Abend erstand er ein Bild für 16.000 Euro. Es wird in Zukunft in seiner Charlottenburger Wohnung hängen, die er sich mit seiner Verlobten Meike (26) teilt.

Sarah las den Text ein zweites Mal, aber der Inhalt blieb unverändert. Von wegen Cousine!

Eine unbändige Wut packte Sarah. Eberwein hatte sie nach Strich und Faden verarscht. Sie warf die Zeitschrift in die Ecke und pumpte Luft. Eine mögliche Liaison mit Eberwein hatte sie sowieso ad acta gelegt. Spätestens bei seinem herrischen Auftreten heute Abend war ihr klar geworden, dass Bastian Recht hatte. Eberwein benutzte sie für seine Zwecke. Er hatte seinen Charme eingesetzt, um sie zu einem lebensgefährlichen Abenteuer zu überreden. So weit okay, warum auch nicht?! Aber dass er sie angelogen hatte und seine Verlobte als Cousine ausgegeben hatte, das war zu viel. Das war unterste Schublade. Das war einfach unwürdig.

Wasser schoss ihr in die Augen. Ich werde jetzt nicht weinen, sagte sie sich. Nicht wegen dieser Demütigung. Und erst recht nicht wegen dieses Arschlochs.

66.

Die Sitzung bei Liebisch dauerte zwanzig Minuten. Der Kriminalrat fasste kurz die Ereignisse zusammen und rügte zwei seiner Männer für ihre Unachtsamkeit bei der Bewachung von Günther Wollweber. Er lobte Bastian für seine Hartnäckigkeit, letztendlich habe man es ihm zu verdanken, dass der Fleischmafia ein entscheidender, wenn nicht vernichtender Schlag versetzt werden konnte.

Nach der Sitzung bat Liebisch Bastian, noch einen Moment zu bleiben.

»Haben Sie es sich überlegt, ob Sie bei uns mitmachen? Ihr Engagement für Eberwein hat sich ja nun mit Wollwebers Tod erledigt.«

Bastian schüttelte den Kopf. »Ihre kleine, aber feine Truppe kommt sicherlich auch ohne mich klar.«

»Unsere Tür steht immer für Sie offen.«

Bastian kratzte sich am Kinn. »Eine Bitte hätte ich.«

»Nur zu!«

»Ich würde gern wieder in meiner alten Abteilung arbeiten. Ich glaube, dass ich meine Bewährungsprobe bestanden habe. Wenn Sie der gleichen Auffassung sind, könnten Sie mit den entsprechenden Stellen reden. Das Gleiche gilt auch für meine Kollegin.«

»Ich verliere Sie ungern, Bennecke«, meinte Liebisch. »Aber ich werde tun, was ich kann.«

»Danke!«

Bastian ging zur Tür.

»Moment noch!«

Er drehte sich zu Liebisch um. Der kramte in einem Stapel Akten.

»Weil wir gerade von der Kollegin Kutah reden. Ich habe da etwas für sie.« Der Kriminalrat fand ein Kuvert und zog ein paar Fotos heraus. »Einer aus der kleinen, aber feinen Truppe ist kürzlich einem Anfangsverdacht nachgegangen und hat einen Kollegen von der Soko Fleisch beschattet.«

Liebisch reichte Bastian die Bilder. Sie zeigten einen Mann mit Nickelbrille um die vierzig, der von einem Dealer eine Kiste mit Hähnchenschenkeln in Empfang nahm.

»Ich kenne den Mann nicht«, sagte Bastian.

»Frau Kutah aber. Sein Name ist Böckel.«

Es gab drei Dinge, die Bastian nicht ausstehen konnte: Waldemar Hartmann in der *Sportschau,* Fritten aus der Tiefkühltruhe und den Besuch in Krankenhäusern.

Krankenhaus, das Synonym für Krankheit, Siechtum, Tod, für die brutale Endlichkeit des Lebens. Er hasste die Begegnung mit den dahinvegetierenden Gestalten auf den langen Fluren, die ihren Tropf spazieren führten. Ihm grauste vor den aschfahlen Typen im Raucherzimmer, die vor ihrer Kehlkopfoperation noch schnell eine rauchen mussten. Er hatte von den feuchten Träumen seiner Geschlechtsgenossen gehört, es mit einer Krankenschwester zu treiben. Für ihn waren die Kitteldamen so erotisch wie das Rentnerinnentrio aus den *Golden Girls.*

Als er auf das Gelände der Charité fuhr, befiel ihn eine Gänsehaut, auf der man Kartoffeln hätte reiben können.

Er parkte den Wagen vor dem Trakt, der die Intensivstation beherbergte, und betrat das barocke Bauwerk. Die Geruchsmischung aus Bohnerwachs, Desinfektionsmittel, Kohlgerichten und Bettpfannen raubte ihm den Atem.

Er erkundigte sich beim Empfang nach dem Zimmer von Harder und erklomm die Stufen in die zweite Etage. Seine Schuhsohlen quietschten auf dem gebohnerten Linoleum.

Sarah begrüßte ihn mit einem Kopfnicken.

Bastian warf einen Blick auf den Patienten. »Wird er durchkommen?«

»Vielleicht.«

»Schöne Grüße von Liebisch.«

»Gibt es etwas Neues?«

Bastian schüttelte den Kopf. »Es scheint immer noch nicht ganz klar zu sein, wie es zu der Schießerei kommen konnte. Ich möchte nicht in Liebischs Haut stecken. Er hat den Einsatz vergeigt.«

»Vielleicht wollten sie keine Gefangenen machen.«

Bastian schaute Sarah skeptisch an.

»Es ist doch merkwürdig, dass keiner von Liebischs Leuten verletzt worden ist.«

»Manchmal ist einfach Glück im Spiel.«

Sie widersprach: »Ich habe das Gefühl, dass im Hintergrund etwas abläuft, von dem wir nicht die geringste Ahnung haben. Und das hat nichts mit Glück oder Pech zu tun. Seitdem wir mitspielen, gab es keine Zufälle, der Spielverlauf scheint festzustehen. Gewinner und Verlierer auch. Aber wir sehen immer nur die Oberfläche.«

»Weibliche Intuition?«

»Nenn es, wie du willst.«

Bastian zog seine Jacke aus und legte sie sich über den Arm. »Deine Intuition kann sich irren.«

»Selten.«

Er zog ein Foto aus der Innentasche seiner Jacke. »Du hast doch geglaubt, dass dein Kollege Petersen dich mit den Hähnchenschenkeln beglückt hat.«

Sarah nickte.

Ohne Kommentar reichte er ihr das Foto.

»Das ist Böckel!« Sarah starrte fassungslos auf das Stück Papier in ihrer Hand. Dann sackte sie in sich zusammen, alle Kraft schien ihrem Körper zu entweichen. Sie fühlte sich erniedrigt, gedemütigt, beschmutzt. Das Leben hatte ihr seit einer Woche nur Enttäuschungen und Verrat beschert. Sie brauchte eine Auszeit. Sie musste ihr Leben neu ordnen. Vor allem musste sie schlafen.

Ein Zitat von Schiller fiel ihr ein. Aus *Wallensteins Tod*, ein Stück, das sie mehr als einmal im Theater gesehen hatte. *Ich denke einen langen Schlaf zu tun, denn dieser letzten Tage Qual war groß.*

Langsam stand sie auf und wankte zur Tür.

»Was ist denn, Sarah?«

»Ich bin müde«, sagte sie und verließ den Raum.

Bastian war versucht, ihr hinterherzulaufen. Doch eine dunkle Ahnung sagte ihm, dass er sie weder trösten noch aufhalten konnte. Am besten war, er fuhr ebenfalls nach Hause, nahm eine heiße Dusche und legte sich ins Bett. Verdammt – das Bett! Er war heute Nachmittag nicht zu Hause gewesen, als den Futon hätte geliefert werden sollen. Nun ja, dann eben eine weitere Nacht auf dem Sofa.

Er warf einen letzten Blick auf Harder. In dem Moment schlug der Anwalt die Augen auf.

Bastian ergriff die Hand des Schwerverletzten. Sie war kalt. Harders Augen blinzelten, er schien bei Bewusstsein zu sein.

»Soll ich eine Krankenschwester holen?«

Harder schüttelte den Kopf.

»Möchten Sie etwas trinken?«

Harders Mund formulierte ein tonloses Ja.

Bastian stand auf, füllte einen Zahnputzbecher mit Wasser und setzte dem Anwalt das Glas an den Mund. Der Patient schluckte gierig und musterte dabei seinen Gönner.

»Mein Name ist Bastian Bennecke. Sie werden mich nicht kennen.« Er setzte das Glas ab.

»Doch, ich kenne Sie.«

Die Stimme des Anwalts war leise, aber Bastian verstand jedes Wort. »Sie sollten besser nicht sprechen. Ich werde einen Arzt holen.«

Die kraftlose Hand des Anwalts legte sich auf Bastians Arm. »Nein!«

Bastian stellte das leere Wasserglas auf den Nachttisch.

»Ich muss Ihnen etwas sagen«, hauchte Harder.

»Ja?«

Der Anwalt schloss die Augen. Eine Sekunde später war er eingeschlafen.

Bastian lief im Zimmer auf und ab. Das Sofa zu Hause rief und er konnte sich im Moment auf dieser Welt keinen schöneren Schlafplatz vorstellen, aber auf der anderen Seite wollte ihm Harder etwas mitteilen. Vielleicht etwas, was Licht in die Dunkelheit brachte, die über ihren bisherigen Ermittlungen gelegen hatte.

Der Polizist in ihm siegte über den faulen, müden Sack. Bastian stellte zwei Stühle neben das Bett und versuchte, es sich bequem zu machen.

Er fiel in einen kurzen, traumlosen Schlaf, der zweimal gestört wurde. Eine Krankenschwester kontrollierte die Anzeigen auf den Monitoren und warf Bastian einen aufmunternden Blick zu. Der dämmerte wieder weg. Bis ein Mann seinen Kopf durch die Tür steckte, ihn aber gleich wieder zurückzog, mit der Entschuldigung, er habe sich im Zimmer geirrt. Bastian versuchte, die Müdigkeit von sich abzuschütteln. Hatte er den Mann schon einmal gesehen?

Bastian erhob sich von seiner unbequemen Schlafstätte, reckte und streckte sich. Er ging an das Waschbecken und warf sich kaltes Wasser ins Gesicht.

Als er sich das Gesicht abtrocknete, sah er im Spiegel, dass Harder die Augen geöffnet hatte. Bastian füllte das Wasserglas auf und setzte es an den Mund des Anwalts.

Harder schien ihn zu erkennen, denn er lächelte Bastian an. »Ich muss Ihnen etwas sagen«, flüsterte er.

»Ich weiß.«

Der Anwalt schloss die Augen.

Nicht schon wieder, dachte Bastian.

Aber Harder war nicht eingeschlafen, offenbar versuchte er, Kraft zu sammeln.

Bastian war auf vieles vorbereitet, aber nicht auf Harders erste Worte: »Ich bin nicht der Bergmann. Aber ich weiß, wer es ist.«

67.

Es war weit nach Mitternacht, als Eberwein das französische Restaurant betrat. Die Kellnerin begrüßte ihn und führte ihn zu einem Tisch, an dem Jungclausen gerade die Reste eines Reisnudel-Gemüse-Auflaufs verspeiste.

»Ich hoffe, du bist nicht böse, dass ich schon angefangen habe. Ich hatte einen Bärenhunger.«

Eberwein knöpfte den Zweireiher auf und setzte sich. »Kein Problem. Ich hatte dir ja gesagt, dass es spät werden kann.«

Er angelte die Flasche Weißwein aus dem Kühler und goss sich ein. »Wie war dein Tag?«

»Wie erwartet. Ich habe den ersten Entwurf der Rücktrittserklärung für den Innenminister geschrieben.«

»Er hat die Sache abgehakt?«

Jungclausen legte die Gabel zur Seite. »Das Ultimatum läuft morgen Mittag aus. Keiner rechnet noch mit einer Wende.«

Die Kellnerin brachte Eberwein die Speisekarte. Er winkte ab. »Ich nehme wie immer das Gemüse mit Seetang und gemischtem Getreide, vorweg die Suppe mit Sprossen und Curry.« Er zog die Flasche aus dem Kühler. »Und bringen Sie gleich eine neue Flasche.«

Jungclausen nippte an seinem Weinglas. »Was ist mit deiner Trumpfkarte? Sticht sie?«

Eberwein griff in seine Jackentasche und legte die DVD auf den Tisch.

Jungclausen schob seine Brille auf die Nasenspitze. »Was ist das?«

»Der Film.«

Jungclausen fiel die Kinnlade nach unten und die Brille in die Reisnudeln. »Das ist nicht dein Ernst!«

»Sehe ich aus, als würde ich Scherze machen?«

Während Jungclausen mit der rechten Hand die Brille von seinem Teller klaubte, angelte er mit seiner linken das Handy aus seiner Tasche.

Eberwein schüttelte den Kopf. »Steck es weg!«

»Das muss ich sofort dem Innenminister sagen.«

»Steck das Handy weg!«

Zögernd folgte Jungclausen der Aufforderung. »Na gut. Dann will ich aber jetzt die ganze Geschichte hören. Und anschließend feiern wir bis zum Umfallen.«

Die Kellnerin brachte die neue Flasche Wein. Eberwein und Jungclausen sahen schweigend zu, wie sie die Flasche entkorkte, Eberwein probieren ließ und zwei neue Gläser füllte. Sie wünschte ihnen: »Wohl bekomm's!«, und ließ sie allein.

»Günther Wollweber und sein Sohn sind tot. Sie wurden bei einem Polizeieinsatz erschossen. Harder liegt schwer verletzt im Krankenhaus.«

»Wann ist das passiert?«

»Vor knapp zwei Stunden.«

Sie stießen mit ihren Weingläsern an.

»Gratulation!«, sagte Jungclausen. »Das ist dein Durchbruch an die Spitze. Jetzt kann dich nichts mehr aufhalten.«

»Ohne deine Hilfe hätte ich es nicht geschafft. Prost!«

»Wann werden wir ihnen den Film geben? Morgen früh?« Vor Aufregung bekam Jungclausen rote Flecken im Gesicht. »Wir packen die DVD in eine Geschenkbox. Mit roter Schleife drum. Kleiner Zettel dabei: *Mit freundlicher Empfehlung von Bruno Eberwein und Siggi Jungclausen.*« Jungclausen füllte die Gläser auf. »Wichtig ist, dass die Kanzlerin, der Fraktionsvorsitzende und ein paar einflussreiche Leute in der Partei erfahren, wem sie das alles zu verdanken haben.

Ich kann arrangieren, dass du vor der Parteiführung exklusiv vortragen kannst, wie du die ganze Sache gemanagt hast.«

Eberwein hörte unbeeindruckt zu.

»Um acht Uhr morgen früh tritt der Krisenstab zusammen. Sollen wir sie noch ein bisschen schmoren lassen oder möchtest du deinen Auftritt direkt zu Beginn?«

Die Kellnerin brachte die Suppe. Eberwein wartete, bis die Frau gegangen war.

»Es wird keinen Auftritt geben.«

»Du willst doch nicht etwa, dass sich der Innenminister mit dem Siegerkranz schmückt?«

»Sie werden den Film nicht bekommen.«

Jungclausen schaute seinen Freund verständnislos an. »Ich glaube, ich habe gerade etwas Falsches verstanden.«

»Das Ultimatum wird verstreichen. Es sei denn, sie gehen auf die Forderungen ein. Wenn nicht, wird der Film veröffentlicht.«

Jungclausen legte seine Stirn in Falten und seine Hand auf die DVD. »Aber das ist doch der Film. Gibt es noch Kopien?«

»Nein.«

Jungclausen wirkte immer verwirrter.

Eberwein nahm den Löffel und probierte die Suppe. »Lecker!«

»Bruno! Was ist jetzt mit dem Film?«

»Der Bergmann hat den Film.«

»Ich denke, Harder ist der Bergmann! Und der liegt im Krankenhaus und das hier ist der Film.« Er klopfte auf die Hülle der DVD.

»Harder ist nicht der Bergmann.« Der Staatssekretär leckte den Löffel ab und lehnte sich zurück. »Was weiß man über den Bergmann?«

»Zwischen dreißig und fünfzig Jahre alt. In Bochum geboren, im Ruhrgebiet aufgewachsen.«

Eberwein lächelte. »Und wo bin ich geboren worden?«

Jungclausen verschluckte sich an seinem Wein.

Breit grinsend fuhr Eberwein fort: »Wie oft habe ich dir das Lied von Grönemeyer vorgesungen? *Bochum, du Perle des Reviers.* Und zwischen dreißig und fünfzig bin ich auch.«

»Jetzt hör auf mit dem Scheiß!« Jungclausen war sauer. »Bei dir weiß man manchmal nicht, woran man ist. Du könntest ein Todesurteil verkünden und der Delinquent würde denken, er habe im Lotto gewonnen.«

»Möchtest du mal probieren?«, fragte Eberwein und hielt seinem Freund den Löffel hin.

Der winkte ab.

Eberwein zuckte die Achseln und schob den Teller zur Seite. »Vor drei Jahren habe ich meinen alten Schulfreund Werner Schulze wiedergetroffen, bei einem Klassentreffen. Er war früher bei der Ruhrkohle beschäftigt, verantwortlich für die Abwicklung von Bergschäden, die durch Einbrüche alter Stollen verursacht wurden. Er hatte Pläne des unterirdischen Stollennetzes von Castrop-Rauxel bis Duisburg. Cleverer Typ. Geschäftsmann durch und durch. Als wir uns wiedersahen, hatte er gerade die erste Fleischfabrik unter Tage fertig gestellt.«

Jungclausen schüttelte den Kopf. »Sag mal, hast du eine Nase durchgezogen?«

»Werner brauchte Geld, um ein Vertriebsnetz aufzubauen. Zwanzig Prozent Rendite. Die kriegst du nicht mal bei Aktien, also bin ich eingestiegen. Werner expandierte und machte Wollweber zunehmend Konkurrenz. Werner war naiv, er glaubte, dass der Markt groß genug für zwei sei. Doch Wollweber ließ eine von Werners unterirdischen Hühnerbatterien stürmen. Dabei kam Werner ums Leben.« Eberwein tupfte sich den Mund mit der Serviette ab. »Ich habe Werners Geschäfte übernommen. Dann kam die Berufung zum Staatssekretär. Erst wollte ich ablehnen, aber du hast mich ja bekniet, den Job anzunehmen. Mir wurde klar, dass das eine gute Idee war, denn so wusste ich immer als Erster, welche Maßnahmen gegen die so genannte Fleischmafia geplant wurden.«

Jungclausen verzog das Gesicht, als würde jemand verkünden, dass die Erde eine Scheibe sei. »Ich glaube dir kein Wort. Du bist seit sechs Jahren Vegetarier. Ich erinnere mich noch gut, wie du bei einem Rinderbratenessen in unserer WG verkündet hast, dass dies dein letztes Stück Fleisch sei.«

»Heroindealer sind auch clean.«

»Was ist mit Anwalt Harder?«, fragte Jungclausen, immer noch ungläubig.

»Ein guter Mann. Für Geld machte der alles. Schon Werner hat mit ihm zusammengearbeitet. In der letzten Zeit wurde Harder allerdings ein bisschen zu neugierig. Es wurde an der Zeit, sich von ihm zu trennen.«

Die Kellnerin kam und räumte den Teller ab.

Jungclausen richtete sich in seinem Stuhl auf. Das spöttische Grinsen, mit dem er Eberweins Ausführungen begleitet hatte, war aus seinem Gesicht verschwunden. »Wenn ich das alles richtig verstanden habe, hast du mir gerade gesagt, dass du der Bergmann bist!«

Eberwein nickte.

»Und warum hast du mir das erzählt?«

»Weil du mein Freund bist.«

»Ich bin seit acht Jahren dein Freund.«

»Es hat sich vorher nicht ergeben.« Eberwein trank sein Weinglas leer. »Außerdem war ich mir nicht sicher, wie du reagieren würdest.«

»Wie sollte ich denn – deiner Meinung nach – reagieren?«

»Verhalten, aber positiv.«

Jungclausen war fassungslos. »Ich bin ein hoffnungsvoller Nachwuchspolitiker, karrierebewusst, egoistisch und ein bisschen korrupt. Ich bin mit mir im Reinen. Ich habe nicht das Zeug dazu und auch nicht die Nerven, Verbrecher zu werden.«

»Politiker, die Wasser predigen und Wein saufen, sind Verbrecher.«

»Du redest dir deine Welt schön!«

»Sie ist schön. Soll ich dir meine Kontoauszüge zeigen?«

Jungclausen schnaufte. »Mensch, Bruno. Wo sind deine Ideale geblieben?«

»Ideale sind das Größte und Wertvollste im Leben, außer wenn man versucht, danach zu leben.« Eberwein steckte die DVD ein, die die ganze Zeit auf dem Tisch zwischen den beiden Männern gelegen hatte. »Wie entscheidest du dich? Brauchst du Bedenkzeit?«

»Ich brauche keine Bedenkzeit. Meine Antwort ist Nein!«

Eberwein holte tief Luft. »Schade. Wir beide zusammen wären unschlagbar gewesen.«

»Was hast du jetzt mit mir vor? Jetzt, wo ich dein Geheimnis kenne?«

»Hast du Angst?«

Jungclausen schüttelte den Kopf. »Nein. Irgendwie kann ich mir nicht vorstellen, dass du mich umbringen wirst.« Er stand auf und legte einen Fünfzig-Euro-Schein neben sein Glas.

Eberwein schob ihm den Schein wieder zu. »Du bist eingeladen.«

Jungclausen ließ seine Hand, wo sie war. »Tut mir leid, aber ich kann das nicht mehr annehmen. Leb wohl, Bruno.«

Ohne den Staatssekretär eines weiteren Blickes zu würdigen, verließ Jungclausen das Restaurant.

Die Kellnerin brachte Eberwein das Hauptgericht. »Ist Ihr Freund schon gegangen oder kommt er nochmal zurück?«

»Er kommt nicht mehr zurück.«

Eberwein zog sein Handy hervor, rief das SMS-Programm auf und schickte seinem besten Mann eine Kurznachricht. Dann ließ er sich das Gemüse mit Seetang und gemischtem Getreide schmecken.

68.

Sarah hatte in der kurzen Nacht kein Auge zugetan. Sie hatte sich von einer Seite auf die andere gewälzt, es mit autogenem Training versucht, einer kalten Dusche und mit einem sündhaft teuren Whisky aus der Minibar, aber der Schlaf wollte nicht kommen.

Sie hatte zunächst darüber nachgedacht, ob das mit der Liebe überhaupt je hinhauen könnte. War das schon Torschlusspanik, das Ticken der biologischen Uhr? Sie hatte gelesen, dass die Fruchtbarkeit bei Frauen nicht mit vierzig, sondern schon mit zweiunddreißig rapide abnahm, damit war sie schon drei Jahre im Minus. Wollte sie wirklich eine Familie gründen, Kinder haben? Würde Mr. Right noch kommen oder musste sie Kompromisse machen? Konnte sie sich vorstellen, mit jemandem zusammenzuleben, den sie nur ein bisschen liebte, und Kinder zu haben, nur um im Alter nicht allein zu sein? Oder sollte sie es darauf ankommen lassen und es riskieren, dass sie mit fünfundsechzig auf der Bademakte ausrutschte und nach einem Jahr mumifiziert vom Hausmeister gefunden wurde, weil im Haus ein Wasserschaden aufgetreten war?

Als der Tag anbrach, ließ sie die Männer in ihrem Leben Revue passieren. Damit war an Schlaf gar nicht mehr zu denken.

Um kurz nach sieben war sie aufgestanden, hatte erneut

geduscht und sich angezogen. Anschließend setzte sie sich in den Frühstücksraum und löffelte ein Früchtemüsli. Nach drei Tassen schwarzem Kaffee fühlte sie sich wach und gewappnet.

Sie nahm ein Taxi. Der Fahrer war iranischer Herkunft und offenbar davon überzeugt, dass persische Volksmusik auch deutsche Ohren erfreuen würde. Sarah bat ihn, die Kassette ab- und das Radio anzustellen.

Die Acht-Uhr-Nachrichten meldeten, dass die Kanzlerin für den frühen Nachmittag eine Pressekonferenz einberufen hatte, möglicherweise ging es erneut um die verschlechterten Beziehungen zu Russland. Der Gewitterregen am Vortag hatte zu Überschwemmungen in Norddeutschland geführt, zahlreiche Keller standen unter Wasser. Dem organisierten Verbrechen war ein schwerer Schlag versetzt worden, bei einer Schießerei vor den Toren Berlins hatte es mehrere Tote gegeben. Außerdem wurde die Ermordung von Jungclausen, einem engen Mitarbeiter des Innenministers, gemeldet.

Sarah ließ die News an sich vorbeirauschen, sie war gedanklich damit beschäftigt, die nächsten Stunden zu planen.

Der Taxifahrer setzte sie vor dem Präsidium ab.

Böckels Zimmertür war verschlossen, aber sie wusste, wo er einen Reserveschlüssel aufbewahrte.

Sie durchsuchte seinen Schreibtisch und versuchte vergeblich, das Passwort seines Computers zu knacken. Also setzte sie sich auf den Platz gegenüber und malte Strichmännchen auf einen Notizblock.

Um kurz vor neun kam Böckel herein. Er schien über Sarahs Anwesenheit nicht sonderlich erstaunt zu sein.

»Guten Morgen! So früh schon auf den Beinen?«

»Ich habe heute noch viel vor.«

Böckel ließ sich an seinem Schreibtisch nieder und verstaute sein Pausenbrot in einer Schublade. »Du hättest vorher anrufen sollen. Ich habe nichts Neues für dich.«

Sarah zog das Foto aus ihrer Handtasche. »Diesmal habe ich die Neuigkeiten.«

Sie warf ihm das Bild zu und schaute ihm ins Gesicht.

Böckel schluckte, als er sich auf dem Foto erkannte. Seine Wangen wurden so rot wie Liebischs Staudentomaten.

»Warum?«, fragte Sarah.

Böckel vermied es, Sarah in die Augen zu sehen. Er starrte auf das Foto, als könnte sein Blick es auslöschen.

»Aus Rache? Das kann ich mir nicht vorstellen, ich habe dir nichts getan. Aus Karrieregründen? Meine Planstelle hättest du ohnehin nicht bekommen, Petersen war vor dir dran. Also: Warum?«

»Ich weiß es nicht mehr«, sagte er mit leiser Stimme.

»Du weißt es nicht mehr!«, entfuhr es Sarah. »Du ruinierst mein Leben und du weißt nicht mehr, warum?!«

Böckel schaute auf die Unterlage seines Schreibtischs, als habe er dort die Gründe notiert. »Es war einfach die Gelegenheit. Als man mir das Fleisch anbot, habe ich an dich gedacht. An deinen Gesinnungsterror, an deine Überheblichkeit. Der müsste man mal eins auswischen, einen Denkzettel verpassen, habe ich gedacht.«

»Der Spaß hat dich eine Menge Geld und mich meinen Job gekostet!«

»Das habe ich nicht gewollt.«

Sarah schüttelte den Kopf. »Und dann diese perfide Mitleidsnummer. Ich habe tatsächlich geglaubt, du würdest mir helfen wollen. Wie ist das mit Froese gelaufen?«

»Ich habe ihn zu fassen gekriegt, bevor die Internen mit der Vernehmung begannen. Ich habe ihm versprochen, dass wir ihn laufen lassen, wenn er aussagt, dass er dir das Zeug verkauft hat, und habe ihm ein Foto von dir gezeigt.« Böckel schaute auf. »Ich dachte, du bekommst eine Abmahnung, und das war's.«

Sarah nahm ihm das Foto wieder ab. »Was bist du nur für ein Mensch!«

Sie ging zur Tür.

»Was soll ich denn jetzt machen?«, jammerte Böckel.

Sarah ließ ihn mit der Frage allein. Sie hatte gehofft, dass ihre Wut nach einer Aussprache verraucht sein würde, aber das Gegenteil war der Fall. Sie war zorniger denn je.

Hinrichs kam ihr entgegen. Er bemühte sich um ein Lächeln. »Schön, dass ich Sie treffe. Ich habe gute Nachrichten für Sie.«

»Sie sind noch nicht dran!«, schnauzte Sarah, ließ den verblüfften Hinrichs stehen und nahm den Aufzug. Der iranische Taxifahrer wartete auf der anderen Straßenseite auf seine nächste Tour und war überrascht, dass Sarah erneut seine Kundin wurde.

»Machen Sie die Musik aus und bringen Sie mich zur Galerie Suhrkamp in der Knesebeckstraße.«

Die Galerie war noch geschlossen, darauf hatte Sarah spekuliert. Sie kramte den Schlüssel hervor und schloss auf. Zielgerichtet ging sie zu einem Schrank mit vielen Schubladen, in dem Imogen seine Skizzen und Entwürfe aufbewahrte. Nach fünf Minuten hatte sie gefunden, wonach sie suchte. Eine Bleistiftskizze, die Imogen von ihr zu Beginn ihrer Beziehung gemacht hatte. Sie würde ihr als Erinnerung an Imogen reichen.

Sie verließ die Galerie und warf den Schlüssel in den Briefkasten. Sarah schaute auf die Uhr. Zeit für einen Besuch bei Eberwein.

69.

Der Innenminister saß vor Eberweins Schreibtisch, die Schultern zusammengezogen, mit schwarzen Rändern unter den Augen in einem aschfahlen Gesicht. »Wie lange haben Sie sich gekannt?«

Eberwein wischte sich über die Stirn. »Wir waren seit acht Jahren befreundet. Wir haben zusammen in Hamburg in einer Wohngemeinschaft gelebt.«

»Siggi hat mir davon oft erzählt. Sie müssen viel Spaß gehabt haben.«

Eberwein nickte.

Der Innenminister trank einen Schluck Kaffee. »Gibt es irgendwelche Hinweise, wer es getan haben könnte?«

Eberwein schüttelte den Kopf. »Ich habe eben noch mit dem Staatsanwalt und dem ermittelnden Kommissar gesprochen. Sie gehen von einem Raubüberfall aus, Siggis Brieftasche ist geplündert worden.«

»Was für ein Tod! Er hatte eine große Zukunft vor sich.«

»Wir haben gestern Abend noch zusammen gegessen. Er hat mir erzählt, dass er Ihre Rücktrittserklärung formuliert hat.«

»Ja. Und wie immer brillant.«

»Sie glauben nicht mehr an eine Wende?«

Der Innenminister hob die Hände. »Ich glaube nicht an Wunder. Wollweber und sein Sohn sind zwar tot, aber heute Morgen kam eine Mitteilung, die uns daran erinnerte, dass das Ultimatum um zwölf Uhr abläuft. Wir rechnen damit, dass der Film abends veröffentlicht wird. Wir haben uns zwar mit allen Intendanten kurzgeschlossen und alle haben uns versichert, dass sie den Film nicht zeigen werden, aber

Sie kennen doch die Brüder! Für Quote verbünden die sich sogar mit dem Teufel.«

»Was werden Sie danach machen?«

»Meine Memoiren schreiben, Vorträge halten, Rosen züchten. Verhungern werde ich nicht, ich sitze in vier Aufsichtsräten.« Der Innenminister erhob sich. »Ich muss jetzt wieder in die Krisensitzung. Und anschließend tagt die Fraktion. Was halten Sie davon, wenn ich Sie für meinen Job ins Gespräch bringe?«

»Halten Sie das für eine gute Idee?«

Der Innenminister nickte. »Sie sind zwar noch nicht lange in der Partei, aber dafür haftet Ihnen auch kein Stallgeruch an. Das könnte Sie auch für die Opposition wählbar machen.«

Eberwein reichte dem Innenminister die Hand. »Ich danke Ihnen für Ihr Vertrauen!«

»Schade, dass Siggi das nicht mehr erlebt«, sagte der Innenminister und nahm Kurs auf die Tür. »Er hätte sich bestimmt gefreut!«

Eberwein wartete, bis sich die Tür geschlossen hatte, dann drückte er den Knopf zur Wechselsprechanlage. »Frau Semper. Kommen Sie mal bitte.«

Kurz darauf trat die Sekretärin in das Büro. Sie schien geweint zu haben.

»Ich habe eine Bitte.«

»Was kann ich tun?«

»Fahren Sie zur Staatsanwaltschaft und besorgen Sie mir Kopien von den Ermittlungsakten im Fall Jungclausen. Der leitende Staatsanwalt weiß Bescheid.«

Frau Semper war schon auf dem Rückzug, da hielt sie inne. »Aber dann ist niemand im Sekretariat. Gleich kommt doch Herr Alt.«

»Kein Problem, mit dem werde ich allein fertig.« Er zwinkerte seiner Sekretärin zu.

Zehn Minuten später enterte ein korpulenter Anzugträger das Büro. Er war genauso alt wie Eberwein, aber seine grauen, stoppellangen Haare, die wie gemeißelt über seiner hohen Stirn saßen, ließen ihn wie einen Mittfünfziger aussehen.

»Tag, Bruno.«

»Grüß dich, Reinhard.«

Die beiden Männer begrüßten sich mit einer Umarmung.

»Wenn du ein paar Minuten eher gekommen wärst, hättest du den Innenminister getroffen. Er hat ein paar unschöne Sachen über euch Fernsehleute abgesondert. Für eine gute Quote würdet ihr euch mit dem Teufel verbünden.«

»Ein wahrer Satz aus einem verlogenen Mund.«

Eberwein setzte sich wieder auf seinen Platz. »Ich weiß noch, was Werner gesagt hat, als du damals beim Fernsehen angefangen hast: Exklusiv ist ab jetzt das, was Reinhard erfindet!«

Der Fernsehmann ließ sich auf dem Stuhl vor Eberweins Schreibtisch nieder und seufzte. »Unser Werner. Schade, dass er nicht mehr sehen kann, was wir aus seiner Geschäftsidee gemacht haben.«

»Er sitzt bestimmt auf Wolke sieben, Harfe in der einen Hand, Currywurst in der anderen und schaut zu uns herunter.«

Alt lehnte sich zurück. »Kann ich jetzt endlich den Film sehen, der die Welt verändern wird?«

70.

Bastian ging zur Theke des Internetcafés und bestellte sich die vierte Tasse Kaffee.

Nach seinem Gespräch mit Harder war er wie benommen mit dem Wagen durch die Stadt gefahren. Er konnte einfach nicht glauben, was der Anwalt ihm anvertraut hatte.

Nachdem er vergeblich versucht hatte, Sarah in ihrem Hotelzimmer zu erreichen, war er zum *Kempinski* gefahren. Doch sie hatte das Hotel schon verlassen. Auf ihrem Handy meldete sich nur die Mailbox, wahrscheinlich lag es immer noch mit einem leeren Akku in ihrem Zimmer. An wen konnte er sich noch wenden?

In seiner Verzweiflung hatte er Rippelmeyer angerufen. Zu Bastians Überraschung erklärte sich sein Expartner ohne Umschweife bereit, zum Krankenhaus zu fahren und vor Harders Zimmer zu wachen.

Ein wenig beruhigt war er in das Internetcafé gegangen, um die Informationen, die ihm der Anwalt gegeben hatte, zu überprüfen.

Kaum hatte er die ersten Abfragen in das weltweite Netz geschickt, war der nächste Schlag erfolgt: Rippelmeyer meldete sich und teilte mit, dass sein Job überflüssig geworden war. Harder war seinen Verletzungen erlegen.

Bastian konnte es nicht glauben. Die Ärzte, die ihn mit ihrer Visite von Harders Krankenbett vertrieben hatten, hatten den Zustand des Anwalts als »stabil« bezeichnet und ihm eine hohe Überlebenschance eingeräumt.

Bastian machte sich Vorwürfe. Vielleicht hätte er das Krankenhaus nicht verlassen sollen. Harder hatte gewusst, dass ihn der Bergmann zum Abschuss freigegeben hatte, und um sein Leben gefürchtet. Nur deshalb hatte er sich einem Polizisten anvertraut, den er nur vom Hörensagen kannte.

Bastian setzte sich wieder an den Computer und zwang sich, seine Arbeit fortzuführen. Er klickte sich durch zu der Homepage des Bochumer Gymnasiums, auf das Eberwein gegangen war, und rief die Namensliste dessen Jahrgangs auf.

Wieder entdeckte er die gleichen Namen: Bruno Eberwein, Werner Schulze, Reinhard Alt.

Ein Link führte ihn auf die Seite eines nichtkommerziellen Vereins, der sich das Ziel gesetzt hatte, alte Schulfreunde zusammenzuführen. Eberweins Klasse hatte sich vor drei Jahren in Bochum getroffen. Die offenbar unausgelastete, rührige ehemalige Klassensprecherin hatte darüber einen kleinen Bericht verfasst, der sich las wie ›Mein schönstes Ferienerlebnis‹.

Ein Foto zeigte Eberwein zusammen mit Alt und Schulze.

Bastian zog das Bild mit der Maus neben einen Artikel der WAZ, in dem über die Ermordung eines Fleischdealers berichtet wurde.

Es bestand kein Zweifel. Eberweins Schulfreund Schulze war der ›Pate von Wattenscheid‹ gewesen!

Der Anwalt hatte ihn nicht angelogen. Jahrelang hatte Harder Freund und Feind glauben lassen, dass er der Bergmann sei, obwohl er in Wirklichkeit seine Aufträge von Eberwein bekommen hatte. Doch der Bergmann hatte dem Anwalt Diskretion und Treue nicht gedankt und Harder geopfert.

Mit dem offiziellen Tod des Bergmanns war nun ein Kapitel zu Ende gegangen, Eberwein schrieb längst an dem nächsten.

Bastian googelte den Namen *Reinhard Alt* und fand eine Biografie, die anlässlich seiner Ernennung zum Intendanten einer großen Rundfunkanstalt verfasst worden war. Alt hatte nach dem Studium und einer journalistischen Ausbildung zunächst als Hörfunkreporter gearbeitet und war dann zum Fernsehen gewechselt. Er hatte diverse TV-Magazine betreut und sich zum Programmdirektor hochgearbeitet. Seit zwei Jahren stand er an der Spitze des Senders.

Ein Foto von der feierlichen Inthronisierung zeigte ihn mit einem Champagnerglas und Eberwein an seiner Seite.

Bastian ging in den Toilettenraum und steckte seinen

Kopf unter den Wasserhahn. Sein Schädel brummte. Was konnte er mit diesen Informationen anfangen? Wer würde ihm glauben, dass der Staatssekretär der Bergmann war?

Die kalte Dusche brachte keine Lösung. Bastian trocknete sich mit Papiertaschentüchern ab und kehrte zurück zu seinem Computer.

Das Handy, das neben seinen Notizen lag, meldete ihm eine neue Nachricht. Bastian hörte seine Mailbox ab.

»Hier ist Sarah. Wo steckst du? Ich rufe aus einer Telefonzelle an. Ich bin auf dem Weg zu Eberwein und werde ihm ein paar klare Worte sagen. Das ist bestimmt auch in deinem Sinne. Bis dann.«

Fluchend kramte Bastian seine Sachen zusammen.

71.

Sarah zückte ihren Dienstausweis und passierte die Kontrolle am Eingang des Innenministeriums. Nachdem sie nun auch das Kapitel Imogen abgeschlossen hatte, fühlte sie sich endlich etwas besser. Sie war sich sicher, dass es ihr nach einer Aussprache mit Eberwein noch besser gehen würde.

Sie würde ihm die Meinung geigen. Er hatte Bastians und ihr Leben aufs Spiel gesetzt, um seine eigene Karriere zu beschleunigen. Er hatte sie angelogen und benutzt. Er hatte ihre Gefühle verletzt und ihren Verstand beleidigt.

Mit einer aufgefrischten Portion Wut im Bauch betrat sie das Vorzimmer des Staatssekretärs, bereit, die schicke Sekretärin mit einem markigen Spruch in ihre Schranken zu weisen. Doch der Platz der Sekretärin war verwaist.

Erhobenen Hauptes schritt sie zur Tür, die zu Eberweins Reich führte, und ballte die Faust, um sie gegen das Mahagoni zu donnern.

Doch dann hörte sie Stimmen. Sie hielt inne und presste ihr Ohr an die Tür.

Eberwein schaltete den Monitor aus und nahm die DVD aus dem Player. »Was sagt der Experte?«

Reinhard Alt faltete die Hände vor seinem Bauch. »Die Schwenks sind unsauber, da sind auch ein paar Wackler, das Ganze muss optisch aufgehellt werden, der Ton schnarrt. Unsere Techniker werden mich zum Teufel wünschen. Wenn ich aber bedenke, dass Grieser die Aufnahmen heimlich gemacht hat – Kompliment.«

Der Intendant lehnte sich zurück und verschränkte die Arme hinter dem Kopf. »Gut angetrailert und gut beworben könnte es unsere Nachrichtensendung auf über fünfzig Prozent Marktanteil bringen. Das hatten wir zuletzt am 11. September.«

»Kannst du auch mal an was anderes denken als an deine Marktanteile?!«

Der Intendant lachte. »Um etwas anderes geht es dir doch auch nicht. Warum hast du dich sonst auf das Spiel mit Wollweber eingelassen und ihn liquidieren lassen? Weil du jetzt seinen Markt übernehmen kannst.«

»Was in deinem Sinne ist«, stellte Eberwein fest. »Schließlich bist du mit zwanzig Prozent beteiligt.«

»Was ist, wenn das Kabinett nicht zurücktritt?«, fragte Alt.

»Sie haben keine Alternative. Gutachter werden bestätigen, dass das Material echt ist. Welcher Wähler will von einer Regierung vertreten werden, die Wasser predigt und Wein trinkt?«

»Und was kommt danach?«

»Vorgezogene Neuwahlen. Jede andere Regierung ist besser als die, die wir jetzt haben. Vor allem mit mir als neuem Innenminister.«

Alt lachte immer mehr und Eberwein fiel in das Lachen ein.

»Wenn der Film in die Abendnachrichten soll, muss ich jetzt los, damit die Techniker ihren Job machen können«, gluckste der Intendant schließlich. Er streckte die Hand aus.

Eberwein zögerte. »Zuverlässige Leute?«

»Ja. Und ich werde sie nicht aus den Augen lassen.«

Eberwein drückte Alt die DVD in die Hand. »Vielleicht kriegst du dafür den Grimme-Preis.«

»Ich werde ihn Grieser aufs Grab legen.«

In diesem Augenblick öffnete sich die Tür. Noch mit einem Lächeln auf den Lippen, wandten sich Eberwein und Alt um.

Sarah schaute die beiden Männer mit eiserner Miene an.

Während der letzten Minuten vor der Tür war ein Schauer nach dem andern durch ihren Körper gegangen.

Sie hatte weglaufen wollen, irgendwohin, in eine Oase des Vergessens und Verdrängens, aber ihre Beine hatten vergessen, wie man sich fortbewegt. Also hatte sie den Dialog bis zu seinem zynischen Ende verfolgt. Und bevor ihr Gehirn eine Error-Meldung hatte abschicken können, hatte ihre Hand die Türklinke ergriffen und ihre Füße trugen sie in den Raum.

Jetzt stand sie da und wusste, dass »Guten Tag« eine unsinnige Begrüßung war.

»Guten Tag«, sagte Sarah.

Die beiden Männer starrten sie an wie eine Marienerscheinung.

»Frau Kutah«, sagte Eberwein und seine Stimme war belegt wie eine Käsestulle. »Das ist aber eine Überraschung.«

Der Staatssekretär wandte sich an den irritierten Alt. »Kommissarin Kutah von der Soko Fleisch. Ich habe dir doch von ihr erzählt.«

Alt nickte und versenkte die DVD in seiner Jackentasche.
»Das ist Herr Alt. Intendant von ...«
»Ich weiß!«, unterbrach Sarah.

Sie war sich immer noch nicht im Klaren darüber, wie ihr Auftritt verlaufen sollte. Sollte sie sagen, dass sie gelauscht hatte? Sollte sie ihren ursprünglichen Plan umsetzen und Eberwein die Leviten lesen? Das schien ihr angesichts der Ungeheuerlichkeiten, die sie vernommen hatte, banal und unpassend.

Während sie nach einer Lösung suchte, schuf Eberwein Fakten. »Sie haben gelauscht, nicht wahr?«

Sarahs Schweigen war ihm Antwort genug.

»Jetzt haben wir ein Problem.«

Sarah schüttelte den Kopf. »Wir haben kein Problem. Sie haben ein Problem.«

Eberwein lächelte. »Mein Problem ist gelöst. Darf ich Ihnen Herrn Krischka vorstellen?«

Der Trick ist so alt wie das Buch Mose, dachte Sarah. Dann traf sie der Knauf einer Smith & Wesson in den Nacken und ihr Gehirn spendierte einen malerischen Sonnenuntergang.

72.

Bastian gab seinem Wagen die Sporen. Er nutzte vorwiegend die Bus- und Taxispur und war froh, dass Lynchjustiz auch in Berlin aus der Mode gekommen war. An der Siegessäule rannte ihm ein Betrunkener vor den Kotflügel. Farben und Muster seines T-Shirts, die sich mit Fuselresten und Erbrochenem zu einem Gesamtkunstwerk vermischt hatten, wiesen ihn als Angehörigen eines Staates aus, in dem Elche und bekennende Alkoholiker keine Seltenheit waren. Der routinierte Wirkungstrinker akzeptierte einen Zwanzig-Euro-Schein als Schmerzensgeld für einen blauen Fleck am Oberschenkel und torkelte weiter.

Die Friedrichstraße war bevölkert mit Menschen, die es geschafft hatten und ihre Beute aus den Boutiquen von Armani und Versace vorführten, und denen, die es nie schaffen würden und in den Containern nach den abgelegten Klamotten ihrer Landsleute suchten. Touristenbusse aus Århus, Nijmegen und Rottach-Egern verstopften die Straße, Stadtneurotiker führten ihre Golden Retriever aus, Internisten ihre zwanzig Jahre jüngeren Frauen. Es war Freitagmorgen, zehn Uhr und kein Schwein schien zu arbeiten.

Bastian fragte sich einmal mehr, wie viele Jahre dieses Deutschland noch existieren würde, bis es einen großen Knall gab.

Auf der Suche nach einem Parkplatz fuhr er dreimal um das Innenministerium herum, bis ihn ein freundlicher, älterer Herr zwischen einen Jaguar und einen Smart einwinkte.

Bastian legte einen Euro in die ausgestreckte Hand und musste sich als Geizhals beschimpfen lassen.

Während er vor der Pförtnerloge seinen Dienstausweis zückte, sah er, dass Sarah aus einem Nebenausgang trat. Er wollte sie mit einem Ruf begrüßen, doch dann wurde ihm bewusst, dass sie nicht allein war und auch nicht allein gehen konnte. Ein Mann hatte ihre Taille umfasst und hielt sie aufrecht. Sarahs Kopf sackte im Sekundentakt auf ihre Brust, ihr Begleiter versuchte, sie mit leichten Schlägen auf die Wange wach zu halten.

Bastian hatte den Mann schon mal gesehen. Zuletzt im Krankenhaus. Und zuvor – jetzt fiel es ihm wieder ein – in der Nacht, als Bergmanns Leute die Fabrik geräumt hatten. Der Typ hatte neben Anwalt Harder gestanden und Kommandos erteilt. Dass er nun Sarah wie eine Marionette zu einem Lieferwagen dirigierte, ließ bei Bastian alle Alarmsirenen erklingen.

Bastian kürzte den Weg ab und erreichte den Wagen vor dem seltsamen Paar. »Kann ich helfen?«

Krischka nahm sofort eine Abwehrhaltung ein. »Nein, danke. Meine Bekannte fühlt sich unwohl. Ich bringe sie nach Hause.«

»Ihre Bekannte?«

Bastian suchte Sarahs Blick.

Krischka begriff, dass er einen Fehler gemacht hatte. Er hatte den Mann schon an Harders Krankenbett gesehen und wusste, dass er Polizist war. Eberwein hatte ihm von Sarah und Bastian erzählt und es bedurfte keiner gedanklichen Höchstleistung zu schlussfolgern, wer da vor ihm stand.

»Nun ja, Staatssekretär Eberwein hat mich um diesen Gefallen gebeten. Ich selbst kenne die Dame nicht.«

Bastian bemerkte Angst in Sarahs verschleierten Augen. Ihr Sprachzentrum war gelähmt, aber ihr Blick sendete tonlose Botschaften aus.

Den beiden Männern wurde im selben Augenblick klar, dass jeder weitere Satz zwischen ihnen überflüssig war.

Krischka griff nach seiner Smith & Wesson, die im Holster unter seiner linken Achsel klemmte. Bastian wusste, dass er gegen diesen Django im Duell der Waffen keine Chance hatte. Er zog das Knie an und traf Krischka an der Stelle, wo es Männern wehtut. Krischka klappte zusammen. Bastian schmetterte ihm die Faust ins Gesicht und schrie selbst vor Schmerz auf. Sein kleiner Finger war steif wie der eines snobistischen Champagnertrinkers.

Krischka hatte alle viere von sich gestreckt, Sarah hielt sich trotz des Verlustes ihrer Stütze schwankend aufrecht.

Bastian klaubte die Waffe aus Krischkas Schulterholster und steckte sie ein.

Dann zog er Sarah zu sich heran und nahm sie in die Arme. »Alles ist gut. Alles ist gut.«

Sarah antwortete nicht, aber Bastian glaubte zu sehen, wie die Angst in ihren Augen einem Lächeln Platz machte. Er blickte sich um. Kein Mensch hatte von ihrem Schlagabtausch Notiz genommen. Der Pförtner saß etwas entfernt in seiner Loge und war offenbar mit einer spannenden Lektüre beschäftigt.

Bastian parkte Sarah an der Beifahrertür des Lieferwagens, drehte Krischka auf den Rücken und legte ihm Handschellen an. Dann zerrte er ihn auf die Ladefläche des Transporters und half Sarah beim Einsteigen.

Kurz darauf passierten sie die Pförtnerloge. Der Pförtner winkte ihnen freundlich zu.

Eine halbe Stunde später stand der Lieferwagen auf dem Parkplatz einer Apotheke. Sarah hatte ihr Sprachzentrum wieder im Griff und Bastians geschundene Hand notdürftig verbunden. Ihr selbst waren leichte Kopfschmerzen und ein Eisbeutel im Nacken als Erinnerung an den Schlag geblieben.

Krischka war für die nächsten Stunden mit K.-o.-Tropfen außer Gefecht gesetzt worden und träumte vielleicht vom Kosovo.

»Wir haben nicht viel Zeit«, sagte Bastian, nachdem Sarah ihm von ihrem Lauschangriff berichtet hatte. »Das Ultimatum läuft in einer Stunde ab.«

»Wir haben nicht viele Bataillone, die wir in die Schlacht führen können.« Sarah rieb sich den Nacken.

»Was ist mit Liebisch und seinen Leuten?«, fragte Bastian.

»Er hat das Massaker bei der Fabrikruine angerichtet. Hast du das schon vergessen?«

»Wahrscheinlich auf Eberweins Anweisung. Ich glaube, er wusste nicht, wessen Knecht er war.«

Sarah zuckte mit den Achseln. »Na gut. Wir haben keine Wahl.«

Bastian startete den Motor.

Zehn Minuten später saßen sie in seinem Büro. Liebisch war um Jahre gealtert. Seine Augen waren trübe wie nach einer durchzechten Nacht, seine Arme hingen schlapp über der Armlehne seines Stuhls, als hätte er gerade fünfzig Liegestütz absolviert.

»Was auch immer Sie wollen, ich bin nicht mehr Ihr Ansprechpartner«, erklärte er mit müder Stimme. »Ich habe um meine vorzeitige Versetzung in den Ruhestand gebeten. Heute ist mein letzter Arbeitstag.«

Bastian wollte etwas sagen, aber der Kriminalrat ließ ihn mit einer Handbewegung stumm bleiben. »Keine Sorge. Meine letzte Amtshandlung war ein Gespräch mit dem Polizeipräsidenten in Ihrer Sache. Mit großer Wahrscheinlichkeit können Sie demnächst wieder in Ihren alten Abteilungen Dienst tun. Das war ich Ihnen schuldig.«

»Warum mussten Günther und Boris Wollweber sterben?« Sarah suchte den Blick des Kriminalrats, doch der starrte auf einen Fleck auf seinem Schreibtisch, den seine übergeschwappte Kaffeetasse hinterlassen hatte. Der Fleck sah aus wie Italien. Mit dem Zeigefinger vergrößerte Liebisch Sizilien und schwieg.

Sarah war nicht bereit, das Schweigen zu akzeptieren. »Das war keine Notwehr. Es gab keine Gegenwehr. Die Männer wurden liquidiert.« Sie zog ein Papiertaschentuch hervor und beseitigte Italien. »Wie hat Eberwein Sie dazu gekriegt?«

Liebisch wischte seinen Finger an seiner Hose ab. »Vor zwei Jahren kam meine Frau bei einem mysteriösen Verkehrsunfall ums Leben. Ich hatte sofort den Verdacht, dass

Wollweber dahintersteckte. Aber es gab keine Beweise. Gestern erzählte mir Eberwein, dass man in München einen von Wollwebers Leuten geschnappt habe, der zugeben würde, meine Frau im Auftrag von Wollweber umgebracht zu haben.«

Bastian und Sarah tauschten einen Blick.

»Was nicht stimmt?«, fragte Bastian.

Liebisch nickte. »Ich habe mich in München erkundigt. Es gab keine Festnahme, kein Geständnis, nichts.«

Bastian rückte seinen Stuhl näher an den Schreibtisch heran. »Sie haben sich von Eberwein manipulieren lassen. Wenn es Sie tröstet: Sie waren nicht der Einzige.«

»Das reicht nicht für einen Freispruch. Schon gar nicht von mir selbst.«

Bastian schaute auf die Uhr. Für Selbstmitleid und Katzenjammer war keine Zeit. »Herr Kriminalrat. Wir haben einen Therapievorschlag.«

73.

In einem der Schneideräume des Berliner Studios starrten Intendant Alt und ein Techniker auf einen Monitor. Der Techniker korrigierte Farben und Töne des Bildmaterials zu einer sendefähigen Fassung. Aus fünf Minuten Rohmaterial würde eine dreiminütige Dokumentation entstehen, die die Republik verändern sollte. In einer Stunde würden sie den Film in die Zentrale überspielen, wo die Nachrichtenredaktion in den Startlöchern stand, um alles Weitere in die Wege zu leiten.

»Wir sind jetzt bei 3.18«, sagte der Techniker.

»Vielleicht nehmen wir den Schwenk auf den Verteidigungsminister raus. Ich bin dem Kerl noch einen Gefallen schuldig.« Alt lehnte sich im Stuhl zurück. »Lass nochmal laufen!«

Der Techniker drückte die Starttaste.

Auf dem Bildschirm blieb es schwarz. Nur eine Schrift erschien: *Außenshot Schloss Hardenberg.*

»Ich habe zwanzig Sekunden eingeplant.«

»Wir nehmen das Material von der Klausurtagung aus den Nachrichten vom Juni. Da gibt es eine Totale mit dem ganzen Kabinett vor dem Eingang. Die Redaktion hat es schon rausgesucht.«

Nun wurde der Monitor hell und zeigte eine fröhliche Runde beim Essen. Es wurde gekaut und geschmatzt, getrunken und gelacht. Ein verwackelter Schwenk auf einen Teller zeigte den Grund der allgemeinen Freude: Rindercarpaccio.

»Wo hatte der Kerl nur die Kamera versteckt?«

Der Techniker zuckte mit den Achseln. »Vielleicht im Ärmel. Oder in einem der Knopflöcher seiner Jacke. Diese Spezialkameras sind heutzutage so klein wie eine Wanze, die kann man überall verstecken.«

Das Objektiv erfasste die Kanzlerin. Sie stand an einer Seite des Tisches und schnitt mit einer Geflügelschere eine gefüllte Gans auf. Der Außenminister assistierte ihr dabei. Es folgte ein Schwenk über die genussvoll speisenden Kabinettsmitglieder. Das Bild verharrte auf dem Innenminister, der einen knusprig aussehenden Flügel abnagte.

Plötzlich flackerte das Deckenlicht in dem abgedunkelten Raum auf. Alt und der Techniker drehten ihre Stühle Richtung Tür.

Sie sahen sich vier Männern im schwarzen Dress gegenüber. Die Eindringlinge trugen Gesichtsmasken mit Schlitzen und Pistolen in ihren Händen. Offenbar hatten sie schon eine ganze Weile dort gestanden, Alt hatte nicht gehört, wie sie hereingekommen waren.

»Wer sind Sie?«, fragte Alt mit belegter Stimme. »Was

wollen Sie?« Er hatte die Worte noch nicht ausgesprochen, da war ihm schon klar, wie naiv seine Frage war.

Um kurz vor zwölf ging Eberwein zu seiner kleinen Bürobar und schenkte sich einen Cognac ein. Dann setzte er sich wieder an seinen Schreibtisch und starrte auf die Digitalanzeige der Designeruhr. Sie war ein Geschenk von Siggi anlässlich seiner Ernennung zum Staatssekretär gewesen. Er hätte gleich gerne mit ihm angestoßen.

Vor zwei Jahren hatte Eberwein seinem Freund gegenüber schon mal zarte Andeutungen gemacht, dass es sinnvoll sei, neben der Politik noch ein zweites Standbein zu haben, aber Siggi hatte darauf mit Desinteresse reagiert. In einer ihrer nächtlichen Diskussionen hatte Eberwein mit Respekt vom Bergmann und seiner Logistik gesprochen, Siggi hatte mit Rübe-ab-Schlagworten gekontert. Siggi war ein hoffnungsloser Moralist gewesen, für den es Schwarz und Weiß, aber keine Schattierungen gab.

Eberweins Augen füllten sich mit Wasser. Er würde dafür sorgen, dass Siggi ein würdiges Begräbnis erhielt.

Die Digitalanzeige verkündete, dass es zwölf Uhr war.

»Prost, Siggi.«

Eberwein kippte den Cognac.

Die nächste halbe Stunde war er damit beschäftigt, die restlichen Termine des Tages abzusagen, er wollte für die Turbulenzen nach dem Rücktritt der Regierung gewappnet sein. Anschließend blätterte er in den Ermittlungsakten, die ihm seine Sekretärin gebracht hatte. Es gab einen Zeugen, der den Mann gesehen hatte, der Jungclausen auf der Straße niedergestochen hatte.

Eberwein griff zum Telefon und versuchte, Krischka zu erreichen, um ihn zu bitten, sich für die nächsten Wochen von der Hauptstadt fern zu halten. Die Mailbox meldete sich. Eberwein sah auf die Uhr. Die Entsorgung der aufdringlichen Polizistin musste Krischka eigentlich längst erledigt haben.

Um kurz vor eins erschien seine Sekretärin in der Tür.

»Der Herr Innenminister«, meldete sie und klang etwas verstört.

Der Dicke kam herein und schien bester Laune zu sein. Unaufgefordert setzte er sich auf das Sofa.

»Der Ruhestand tut Ihnen gut«, feixte Eberwein. »Sie sehen zehn Jahre jünger aus.«

»Nichts ist mit Ruhestand«, sagte der Innenminister und breitete seine Arme auf dem Rückenpolster aus. »Kein Rücktritt, kein Ruhestand.«

»Was ist passiert?« Im Nacken des Staatssekretärs begann es zu kribbeln.

Der Innenminister verzog das Gesicht zu einem feisten Grinsen. »Wir haben den Film.« Er griff in die Innentasche seines Jacketts und zog die DVD hervor.

Eberwein biss sich auf die Unterlippe. Fieberhaft suchte er nach einer Erklärung. Der Film war beim Sender, auf Alt war hundertprozentig Verlass.

Der Innenminister genoss die Verblüffung seines Gegenübers. »Eine Spezialeinheit der Polizei hat gerade eine Verschwörung aufgedeckt, die gegen die Repräsentanten unseres Staats gerichtet war. Es hat erste Verhaftungen gegeben.«

Eberwein schluckte. Er goss sich aus einer Karaffe ein Glas Wasser ein und trank es aus. »Geht es ein bisschen konkreter?«

»Natürlich!«

Der Innenminister federte aus dem Sessel wie ein Sprinter beim Startschuss. »Fragen Sie doch die Beteiligten selbst. Sie warten draußen.«

Mit schnellen Schritten war er an der Tür und öffnete sie. Zuerst betrat Liebisch etwas zögernd den Raum und nickte dem Staatssekretär verlegen zu. Als Bastian hinter ihm auftauchte und lässig die Hand zum Gruß hob, spürte Eberwein ein Grummeln in der Magengegend, das sich zu einem Tornado entwickelte, als Sarah hereinspazierte.

Eberwein fühlte sich wie damals, als er das erste Mal Gast in einer Live-Talkshow gewesen war. Er war zweiundzwanzig und zufällig Zeuge eines Banküberfalls. *Helfen oder gaffen* lautete der unbeholfene Titel der Show, in der er auf Wunsch des Redakteurs seine Gewissensnöte angesichts eines Schwerverletzten am Tatort schildern sollte. Alle Spots und Kameras waren auf Eberwein gerichtet gewesen und er hatte gewusst, dass nicht nur Millionen, sondern auch seine Eltern, Freunde und Bekannten zuschauten. Vom Hals abwärts wurde sein ganzer Körper gefühllos, schien nicht zu ihm zu gehören. Er hätte sich in die Hose machen können, er hätte es nicht gespürt.

Und nun, zwanzig Jahre später, hatte er ein Déjà-vu.

Sarah ging auf Eberwein zu, holte aus und schlug zu.

»Aua!«

Sie drehte sich zum verblüfften Innenminister um. »Das hat mit der Sache nichts zu tun. Das war rein privat.«

74.

Bastian stand am Herd. Im Backofen brutzelte ein Nudelauflauf mit Erbsen und Safran vor sich hin, die Kruste hatte bereits eine bräunliche Färbung angenommen. Vorweg würde es einen gemischten Salat geben, Sarah war dabei, eine Salatsoße aus Olivenöl, Dijonsenf, Weißweinessig, Honig und frischen Kräutern zuzubereiten.

Bastian warf ihr einen verstohlenen Blick zu. Seine Kollegin hatte sich für ihren letzten gemeinsamen Abend in Schale geworfen, sie trug ein hautenges, tief geschnittenes Kleid. Eine Perlenkette verzierte ihr freizügiges Dekolletee, dezente Ohrringe klimperten im lauwarmen Wind, der durch das offene Küchenfenster hereinwehte.

Ab morgen würden sich ihre Wege wieder trennen. Sarah ging zurück in die Soko Fleisch, um sich mit den Nachfolgern von Wollweber und Co. herumzuschlagen. Und Bastian würde sich wieder zusammen mit seinem Kollegen Rippelmeyer mit dem Grässlichen beschäftigen, das anständige Menschen nur in Träumen begehen, Mord und Totschlag.

Vor zwei Stunden hatten sie die Bescheide über die Einstellung der Ermittlungsverfahren gegen sie und einen warmen Händedruck vom Polizeipräsidenten erhalten. Sarah war vom *Kempinski* in die kleine Pension in der Kantstraße umgezogen und hatte sich vorgenommen, am Wochenende auf Wohnungssuche zu gehen. Bastian hatte schweren Herzens seinen Kühlschrank von Willis Nachlass befreit und das Zeug im Hinterhof verbuddelt. Sehr zum Ärger diverser Hundehalter, die von ihren Vierbeinern zu dem nicht wirklich sehenswerten Grabungsplatz gezerrt wurden. Sarah hatte Bastian nicht mehr auf ihren Streit und dessen Ursache angesprochen und er hielt es für das Beste, die Sache auf sich beruhen zu lassen.

Um neunzehn Uhr hatten sie zusammen die Nachrichten angeschaut. Die Kanzlerin war vor die Presse getreten und hatte erklärt, dass die Regierung von den Plänen Abstand nehmen würde, dass Bundesbürger nur noch mit einer Ausreisegenehmigung Fahrten nach Russland unternehmen durften. Man wolle die Beziehungen zu Russland nicht weiter belasten. Der Vorstand des Deutschen Fußballbundes hatte beschlossen, gegenüber des FC Bayern Gnade vor

Recht ergehen zu lassen – der Verein durfte in der Bundesliga bleiben. Die Strafe in Form eines Abzuges von sechs Punkten für »unsportliches und unsittliches Verhalten« war von der Vereinsspitze akzeptiert worden. Waldbrände in Spanien hatten zahlreiche Todesopfer gefordert, Olli Dittrich war zum Vorsitzenden der Goethe-Stiftung ernannt worden.

Erst dann wurde von einer Pressekonferenz des Innenministeriums berichtet. Der Innenminister gab bekannt, dass der Versuch »krimineller Elemente«, die Bundesregierung mit gefälschtem Bild- und Filmmaterial zu diskreditieren, hatte vereitelt werden können. Im Rahmen der Ermittlungen sei Staatssekretär Eberwein von seinen Aufgaben entbunden worden und befinde sich in Untersuchungshaft. Der Innenminister kündigte eine brutalstmögliche Aufklärung an.

Bastian und Sarah hatten herzhaft gelacht und beschlossen, sich den Abend nicht verderben zu lassen.

Nun nahm Bastian einen Schluck aus seinem Weinglas und wischte sich die Hände an seiner Küchenschürze ab.

»Probierst du bitte mal das Dressing.« Sarah schob sich an ihn heran und hielt ihm einen Teelöffel vor das Gesicht.

Bastian öffnete den Mund, neckisch zog Sarah den Löffel weg und sein Mund schnappte ins Leere. Sarah machte ein paar Schritte zurück, bis sie die Anrichte stoppte. Bastian umfasste ihre Taille und spürte, dass sie unter dem Kleid nackt war.

Sein Mund näherte sich wieder dem Teelöffel. Als seine Zungenspitze das Cromargan berührte, gaben Sarahs Finger dem Löffel eine kleine Drehung. Ein Tropfen Salatdressing rann langsam über ihren Hals. Der Tropfen nahm Kurs auf das schmale Tal zwischen ihren Brüsten.

Bastian streifte die Schürze ab.

75.

Etwa zur gleichen Zeit traf sich das Kabinett zu einer Sitzung im Kanzleramt. Der Innenminister hatte blaue Flecke vom Schulterklopfen. Er legte den Kabinettsmitgliedern den Entwurf zur Verschärfung der Prohibition vor, unter anderem sollten notorische Fleischdealer nach ihrer Haftentlassung in psychiatrische Anstalten überwiesen und die Propagierung von Fleischkonsum in Bild und Schrift mit Gefängnis bestraft werden. Die Regierungsmitglieder nickten den Vorschlag ab, bei Stimmenthaltung des Ministers für Bildung und Forschung, der vor sich hin schlummerte und den seine Kolleginnen und Kollegen nicht hatten wecken wollen.

Zwei Stunden ging es so weiter, Entscheidung folgte auf Entscheidung, dann zog sich das Kabinett zu einem kleinen Imbiss zurück.

Die Türen des Speisesaals wurden geschlossen.

Der Innenminister nahm neben der Kanzlerin Platz und band sich die Serviette um den Hals.

Die Kanzlerin legte ihm die Hand auf den Arm. »Es muss dich sehr verletzt haben, dass Eberwein hinter der Sache steckte. Du hast ihn ja stets protegiert.«

»Nur damit ich ihn besser unter Kontrolle haben konnte. Ich hatte schon immer den Verdacht, dass er ein Mann mit zwei Gesichtern ist.«

Auf dem gedeckten Tisch vor ihnen standen Schüsseln mit allen Köstlichkeiten, die die vegetarische Küche hergab: Auberginen-Moussaka, Kohlrabigratin mit Zitronenreis, überbackene Kartoffelklößchen, Wirsingrouladen, Bananengemüse mit scharfer Kokussauce und gebratenem Tofu, Hafer mit Sahne und Kräutern.

Die Kanzlerin klopfte mit der Gabel an ihr Glas, das Geplapper am Tisch verstummte.

»Wir alle haben schwere Tage hinter uns. Noch vor wenigen Stunden dachte ich, dass das heute ein Abschiedsessen werden würde. Das Blatt hat sich gewendet, wir haben eine Staatskrise gemeistert.« Sie nahm ihr Weinglas in die Hand. »Trinken wir auf Deutschland!«

»Salut!«

Die Kabinettsmitglieder stießen auf ihr eigenes Wohl an.

»Dann mal guten Appetit!«

Der Innenminister angelte sich eine Wirsingroulade und schnitt sie an. Er knöpfte sein Jackett auf und fuhr sich mit der Zunge über die Lippen.

»Das sieht ja sehr lecker aus«, sagte er und musterte die Füllung.

Langsam bohrte sich seine Gabel in ein saftiges Kalbsmedaillon.

Mehr von Leo P. Ard

Die Miteß-Zentrale
und andere unglaubliche Geschichten
ISBN 3-89425-015-1

»...homöopathisch giftige Entzücklicka« Der Tagesspiegel

»Phantasieprodukte am Rande der Realität« DER SPIEGEL

»Stories, die zum Lachen reizen, auf daß einem dieses Lachen im Halse steckenbleibe« WDR

»Geschichten wirken geradezu unglaublich, aber immer exzellent recherchiert« NDR

Flotter Dreier
[zusammen mit Michael Illner]
ISBN 3-89425-036-4

»Leichen gibt es nicht zu knapp in dieser Story ums heutige Berlin – trotzdem selten so gelacht. Deutsch-deutsche Reibung unter hauptstädtischen Kriminalisten-Kollegen zerquetscht die Täter ... Selten gab's das glaubhafter als in dieser Geschichte.«
Das Magazin

»Temporeicher, nach amerikanischem Muster inszenierter Action-Krimi, der mit lockerem Witz und flotten Sprüchen die berlinspezifische Stimmungslage der 90er-Jahre einfängt.«
ekz-Informationsdienst

»Ein spannender Krimi über organisiertes Verbrechen mit einem korrupten Polizisten als deren Helfershelfer.«
Mittelbayerische Zeitung

»Was diesen Krimi ausmacht, sind seine Ironie und sein Witz, die wunderbar gnadenlos über jedem der Beteiligten ausgeschüttet werden.« Berliner Morgenpost

»... das ist ein spannendes Stück aus einem Guss.«
Sächsische Zeitung

»Pegasus«-Krimis von Ard & Junge

Das Ekel von Datteln
1. Band ISBN-10: 3-89425-426-2 ISBN-13: 978-3-89425-426-1
»Gründlich ausrecherchiert – darum sehr realitätsnah – ist die Szenerie an den Schauplätzen des kriminellen Geschehens.« Ruhr-Nachrichten

Das Ekel schlägt zurück
2. Band ISBN-10: 3-89425-010-0 ISBN-13: 978-3-89425-010-2
»Tempo, Spannung, der milieusichere Blick in die rauhe Herzlichkeit des Revier-Genossen-Filzes.« Manfred Breuckmann/WDR

Die Waffen des Ekels
3. Band ISBN-10: 3-89425-021-6 ISBN-13: 978-3-89425-021-8
»Genial springen die Autoren zwischen mehreren Handlungssträngen, spielen mit der deutschen Sprache wie mit Verdachtsmomenten; so entsteht Lesevergnügen vom Feinsten.« SCHNÜSS, Bonn

Meine Niere, deine Niere
4. Band ISBN-10: 3-89425-028-3 ISBN-13: 978-3-89425-028-7
PEGASUS, das berühmteste Videoteam zwischen Marten, Oespel und Lütgendortmund, deckt kriminellen Organhandel auf.

Der Witwenschüttler
5. Band ISBN-10: 3-89425-044-5 ISBN-13: 978-3-89425-044-7
Doppelmord in Recklinghausen: Die Opfer sind der Umweltminister von NRW und seine Geliebte. Private Rache oder Terror?

Totes Kreuz
6. Band ISBN-10: 3-89425-070-4 ISBN-13: 978-3-89425-070-6
Panik in Datteln: Zwei Altenpflegerinnen werden ermordet, ein altes Ekel nervt und Zivi Kalle Mager ruft PEGASUS zu Hilfe.

Straßenfest
7. Band ISBN-10: 3-89425-213-8 ISBN-13: 978-3-89425-213-7
Punker-Happening beim Straßenfest in einer spießigen Reihenhaussiedlung – es gibt Tote, PEGASUS filmt und Lohkamp ermittelt.

Glatzenschnitt
8. Band ISBN-10: 3-89425-257-X ISBN-13: 978-3-89425-257-1
Skinheads vergewaltigen eine Türkin – danach setzt das große Sterben bei Mitgliedern der ›Heimatfront Ruhr‹ ein.

Politkrimi-Klassiker

Leo P. Ard / Reinhard Junge
Bonner Roulette
11. Auflage ISBN 3-89425-391-6

»Eine brisante Mixtur aus Verbrechen, Politik und Satire zieht die Leser in ihren Bann.« WDR, Echo West

»... jenseits dessen, was tatsächlich vorstellbar ist.«
Christoph Zöpel, Minister a.D.

»... herzlichen Dank für Ihr ›Bonner Roulette‹. Ich habe es zunächst mit bewunderndem Spaß gelesen: Woher Sie wohl so gut wissen, wie es in einem Krisenstab zugeht? Dann mit nachdenklichem Entsetzen. Was gerade wegen der unverschämten Ähnlichkeiten angreifbar wäre, wird durch die Unmöglichkeiten des Schlusses aufgehoben. Insoweit ist das Ganze fast literarisch geworden, jedenfalls ein Vergnügen.« Egon Bahr, Minister a.D.

»Immer schön locker-flockig fabulieren die Autoren sich durch ihre interessant ausgeklügelte Story, geben sich Mühe mit den Details und bieten zur Auflösung eine Pointe der knallharten Art an ... Lektüre für den engagierten Feierabend.« Westdeutsche Allgemeine

»... ein sorgfältig konzipierter und flüssig geschriebener Krimi.« unsere zeit

»... ein Krimi-Schnellschuß, der als Treffer zu werten ist.«
Hamburger Rundschau

grafit